覆雨翻雲

黃易

作品集 卷十二

【修訂版】

【目錄】

第一章　為妻雪恨

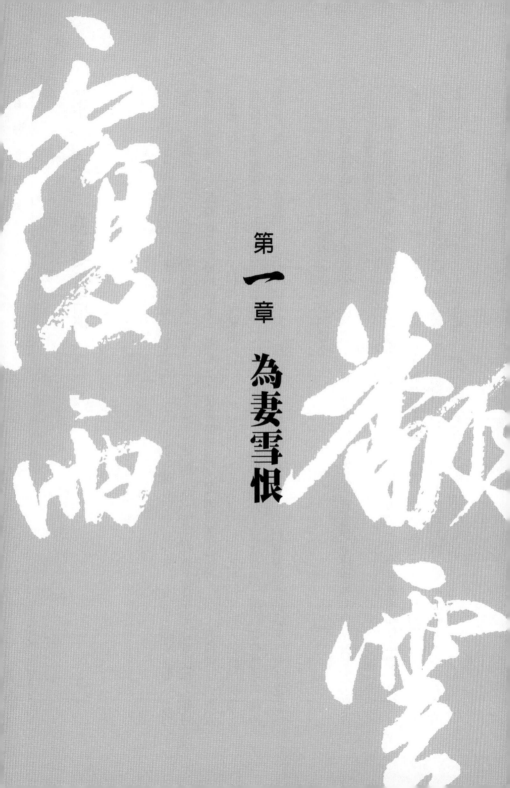

第一章　為妻雪恨

單玉如在黑暗裏掠越田野，終在金陵城外東方八十里的一處山頭停了下來。她臉色蒼白如紙，站了足有半個時辰，功力神態才回復過來。鬆了一口氣，總算撿回一命。既仍有幾年壽元，自可找些人參何首烏等靈藥，又或修練玄門魔門的某一些功法，使壽命延長。想到這裏，精神一振，先運轉了一周天「密藏心法」，把生命的磁場、精神全斂藏起來，才舉步緩行。心底裏忽地浮起韓柏那惱人的鮮明印象，憶起被他擠壓摟抱的動人情景，旋即大吃一驚，知道自己因真元損耗，魔功減退，所以竟會抵受不住他挑逗的魅力。就在此時，她打了個寒顫，駭然停步。朦朧的月色下，一個瀟灑偉岸的人影，負手傲立前方。

單玉如不能相信地顫聲道：「浪翻雲？」

浪翻雲哈哈一笑，大步走來，淡然道：「教主爲何如此失策，竟蕩到金陵城外來會見浪某人，是否忘記了浪某的警告？」

單玉如想起他「不得離開金陵城半步的警告」，嬌軀一顫恍然道：「原來秦夢瑤和你串通了來算計妾身的。」不由心中大恨，若非秦夢瑤有如果她肯收山罷手，便可將她放過之語，以她單玉如的才智，早應猜到浪翻雲這麼輕易離去，當是因有秦夢瑤這招殺手。即使在她功力處於巔峰的時刻，恐仍非浪翻雲十合之將，此刻更不用提了，只感遍體生寒，連逃走的心志和力氣都失去了。

浪翻雲直來到她身前，忽地伸手抓著她嬌俏的下頷，托得她的俏臉往上仰起，柔聲道：「看到那高懸著明月的夜空嗎？這世界是如此美好，為何你卻要終生活在黑暗裏，幹著損人的事！腦中除了陰謀詭計外，再無其餘？」

單玉如雙目一紅，兩行熱淚順著臉頰流下，閉上美目悽然道：「妾身知道對你不起，給人家一個痛快吧！」

浪翻雲反手一掌，重重摑在她的粉嫩玉頰上，打得她慘叫一聲，旋轉著飛跌開去，頹然倒在地上。當她再抬起頭來，右邊玉頰多了個淡紅的掌印，卻沒有腫起半分。

浪翻雲冷然道：「死到臨頭，還向我施展媚術，不過你也好應自豪，能令浪某破例掌摑女人。」

單玉如仍是楚楚可憐的樣子，垂下頭來，輕輕道：「玉如是眞心悔疚，你怎樣對我亦絕不會有半句怨言。」

浪翻雲哈哈一笑道：「想起幫主之死，惜惜之恨，就算你比現在可憐百倍，也休想浪某有半點憐香惜玉之心。」

單玉如猛地仰起俏臉，顫聲道：「不須你動手，玉如便自絕給你看，免得弄污了浪大俠的尊手。」

浪翻雲微微一笑，來到她身前，低頭細看她堪稱絕世的芳容，悠然道：「縱使教主自殺身亡，浪某也要把你的首級割下，好回去祭奠幫主和惜惜的亡靈。」

單玉如臉色微變，知道給這天下稱雄的劍客識破她的圖謀。她當然不會眞的自殺，只想施展魔門秘技，進入假死的狀態，若浪翻雲信以為眞，她便可在稍後回醒離去，繼續快樂地生存。忽然間她醒悟到在這蓋世劍客前，無論文的武的，都鬥他不過。

單玉如嘆了一口氣，把嬌嫩的纖手遞給浪翻雲，撒嬌似的道：「大俠可拖人家起來嗎？」

浪翻雲不置可否，卻伸手把她拉了起來。單玉如暗自心驚，此人乃唯一接觸她身體而毫無感覺的男人，換了別人，只要略碰到她身體任何部分，受她媚功感染，誰不色授魂與。現在她唯一倚仗的就是媚術，使對方不忍殺她。她嬝娜多姿地緩行開去，以哀求的聲音道：「陪人家走幾步好嗎？就當是行刑前的最後盛宴吧！」

浪翻雲微微一笑，負手陪她走下小丘。單玉如以一種奇異的節奏和誘人的姿態旋律盈盈前行，使高挺的雙峰隱約地在薄衣內含蓄地跳動著，那種暗示性比之赤身裸體更散發出驚人的魅力。對著她動人的體態，只要是沒有缺陷的正常男人，眞是沒有人能不起色心，尤其是她臉上正閃著貞潔的光輝，那種極端的對比，更使人興起不顧一切，粉碎她端莊嚴正外表的意慾。浪翻雲亦不由心中暗嘆，要殺死這麼一個外表看不出任何凶毒、又是傾國傾城的絕世尤物確不容易。他雖好像佔盡上風，但仍未眞個過得她媚術那一關，若能逼得她出手偷襲，他便可說大獲全勝。否則縱使狠心辣手摧花，殺死一個毫無反抗力女人的深刻印象，會造成不利於他修爲的後遺症。於此也可知單玉如不愧爲魔門的頂級人物，在此等智窮力絕的時刻，仍有反抗之力。

單玉如忽地輕呼道：「唉！玉如累了！」就在山腳的一塊大石上坐了下來，春意盈盈的美目柔情似水地瞧著浪翻雲。浪翻雲卓立不動，面無表情地低頭看著她，便像她只是件沒有生命的死物。

單玉如心頭一寒，感受到浪翻雲可隨時向她橫施辣手的心意，媚功相應下大幅減退，勉強一笑，悽然道：「玉如的一生裏，還從未碰上半個可征服玉如的男人，但現在人家卻是心甘情願向你投降，任君擺布。」

這番話出自這能顛倒身旁所有男人，位高權重的美女檀口，不論眞假，都可使任何男性自豪。浪翻雲卻一點不爲所動，仍是木然瞪視著她。單玉如渾身不自在起來，浪翻雲的眼神使她感到心內所有秘密都完全暴露了出來。

浪翻雲忽地長長吁出一口氣，望著從薄薄白雲後透出仙姿的明月，眼中射出無比深刻的情懷，無限溫柔地道：「惜惜！你可以安息了！」

單玉如心中湧起不能遏制的恐懼，知道就算自己的媚術再厲害百倍，也敵不過浪翻雲對他亡妻的感情，換言之，他終究會下手殺她。猛一咬牙，雙環趁浪翻雲分神思念嬌妻之際，悄無聲息地由一對翠袖內飛出突襲，同時仰後斜飛，憑她的遁術，只要拉開一段距離，說不定能躲過浪翻雲的追殺。

炮聲隆隆，火光閃躍中，圍著春和殿的高牆，碎石般崩塌傾倒下來。燕王棣方面的人全撤進殿裏。寶庫的秘道被打了開來，傷者首先被運走。這條秘道設計巧妙，先由庫頂直伸十多丈，才往下斜伸，誰都不知出口在哪裏。燕王棣果然信守承諾，堅持不肯率先離開，對眾人的苦勸來個充耳不聞。此時只有一半人進入秘道之內，想加快點行動都不成。「轟！」又一道高牆倒下。春和殿就像個弱質女子，正被一群惡漢逐件脫掉衣服，嬌貴的肉體漸漸地暴露人前。范良極卻是最興奮的人，手持大袋，專挑寶庫內的精品塞進去，對炮聲充耳不聞。

炮聲倏止。燕王棣、韓柏等均守在中殿處。

戚長征訝道：「爲何他們忽然客氣起來呢？」

僧道衍笑道：「他們在等我們逃出去，好逐一屠戮。」

燕王棣搖頭道：「任允炆有天大膽子，也不敢毀壞父皇的遺體，負上不孝之名。」眾人點頭同意，愈來愈佩服燕王棣洞察無遺的超人見地。

殺聲四起，震耳欲聾。連戚長征那麼膽大包天的人都爲之色變，厲聲道：「燕王請立即離開，由我老戚擋著他們。」

寒碧翠尖叫道：「碧翠死也要和你在一起。」

韓柏等正要說話，了盡合什道：「各位施主請和燕王一起走吧！了盡亦會跟來。這裏就交給七位師兄。皇上既已壽終正寢，他們亦完成了使命，決意以身殉道。時間緊迫，切勿多言。」

眾人無不心頭激動，往似老僧入定的七位影子太監望去。老公公睜開神光四射的銳目，微微一笑道：「范施主鎖好寶庫，關上地道，而我們則死守這中殿之地，只要不讓他們知道各位如何離去，各位必能安返順天。」

燕王棣搶前下跪，向老公公等連叩三個響頭，霍然起立，喝道：「我們走！」

虛夜月忍不住「哇」一聲哭了起來，倒入韓柏懷裏去。了盡與七位同門相視微笑，低宣一聲佛號，追在眾人背後去了。他們才進入秘道，無數如狼似虎的剽悍兵將，潮水般由各個入口、窗門飛湧而來。老公公一聲佛號，七人一齊出手。

浪翻雲仰天一陣悲嘯，閃電移前，間不容髮中躲過雙環凌厲的攻勢，覆雨劍來到手上，後發先至，鬼魅般追到單玉如背後丈許處。單玉如忽感劍氣罩體，魂飛魄散下強攝心神，回身以僅餘的一對翠袖應敵。劍雨漫天灑開，就若月色碎作了無盡的光點，把左衝右突的單玉如籠罩在內。單玉如變成了籠中之鳥，雖有振翅高飛之想，卻闖不出那區區之地。乍合倏分。單玉如玉臉血色盡褪，踉蹌倒跌，到站穩時，嬌軀不受控制地發起抖來。她身上全無傷痕，但誰都知她吃了大虧。

單玉如眼中射出糅雜著驚惶、絕望和痛恨的神色，顫聲道：「浪翻雲！你好狠！」

浪翻雲收劍回鞘，微微一笑道：「若說狠心，浪某自嘆不如。爲了一己私利，弄得天下生靈塗炭，禍及無辜。像浪某與你無怨無仇，教主仍不肯放過，還以卑鄙手段害死浪某的妻子，你說誰更狠心呢？」再冷哼一聲道：「教主最好找條小河看看倒影，欣賞一下氣門被破後上天對你的懲罰。」掉頭便去。

單玉如頹然坐倒地上，不斷打著寒噤，本是烏黑的秀髮已變得灰黯無光，臉與手上的皮膚完全失去了動人的光澤，身體不住抖顫。這時她連自殺的氣力都失去了，臉上現出瘋狂的懼色。浪翻雲轉瞬消失在月照下昏暗的山野裏。

地道又深又長，整個時辰後，先頭部隊才抵達另一邊的出口。嚴無懼鑽了出去，推開掩壓著入口的雜物，赫然發覺是個堆放貨物的無人倉庫，不一會他回到入口處，向下面的葉素冬嘆道：「眞是精采，老葉你猜這裏是甚麼地方？」

葉素冬跳了出去，大奇道：「是哪裏呢？」傾耳一聽，動容道：「外面是秦淮河嗎？」

嚴無懼道：「是秦淮外河和長江口交界處的石頭城水師船塢，外面還泊有幾艘樓船級的水師艦。」

葉素冬大喜道：「這裏的指揮方玉璧是我們西寧派的人。」

嚴無懼道：「人心難測，誰知他有沒有投靠天命教，又或決意歸附允炆，先把傷兵運出來，我們集中人力，一舉將船塢控制，然後揚帆入江，那就算允炆有百萬雄師，亦奈我莫何！」

計議既定，立即進行。到燕王棣、韓柏等鑽出來後，均有重見天日的感覺。葉素冬、嚴無懼、帥念祖、直破天等四將，領著數百精銳，潛出倉外行事。眾人想起老公公等捨棄自身，成全他們，都心情沉重，沒有說話的興致。只有范良極這賊王坐在一角，愛不釋手地點算著順手牽羊得來的寶貝，忽然招手喚韓柏過去。

韓柏放開摟著虛夜月和莊青霜那兩條小蠻腰的手，走到他旁邊道：「甚麼事？」

范良極以眼角一瞟默立一角的陳令方道：「你那便宜二哥定是因丟了官而不開心，替我勸他看開點吧！」

韓柏知他因曾欺騙陳令方而耿耿於懷，所以分外關心這結拜兄弟。點頭後來到陳令方旁道：「嘿！二哥！」陳令方長長嘆了一口氣。

韓柏鼓起勇氣道：「他日燕王得了天下，二哥的官可當得更有威勢，放心吧！我怎麼也要燕王給你封個好職位。」

陳令方搖頭道：「老哥我一點都不擔心官運，像這麼絕無可絕的險境都可安然脫身，又不用走破鞋子般去逃難，把屁股往船上一放就行了。」

韓柏奇道：「那為何你仍是愁眉不展呢？」

陳令方悽然道：「我只是捨不得小妮妮哩！她對你二哥我是眞情眞意，沒有了她，官當得再大都沒有意思。」

韓柏恍然大悟，記起燕王棣當日在香醉舫上贈他的異族美女。一時熱血上湧，拍胸道：「這事包在我身上，二哥既把朝霞送我，我韓柏赴湯蹈火，也要把小妮妮帶來你身邊。」

陳令方嚇得扯著他的衣袖，駭然道：「現在京師遍地敵人，我們又要立刻逃命，你怎麼也不可以溜回去。」

韓柏失笑道：「你忘記了老子是福將嗎？你看四弟我像不像短命的人？」

陳令方一想也是，仍不放心道：「但你千萬要小心一點。」

范良極這時走了過來，聽到原來是如此這般後，義不容辭道：「念在一場兄弟，本大哥就協助這小子為你載美而回，嘿！讓我先去找月兒霜兒疏通一下，若她們也要跟去就糟糕。」逕自找兩女去了。

韓柏又問明了陳令方小妮妮住處和有關細節後，燕王棣已和兩女齊往他們走過來。

虛夜月泰然地拉著韓柏手臂道：「月兒雖捨不得和夫君分開，但陳二哥的事要緊，月兒絕不會阻攔。」

莊青霜兩眼一紅，垂下頭去，幽幽道：「事成後你們怎樣與我們會合哩！」

燕王棣道：「這個沒有問題，待會讓本王告訴他們幾個聯絡地點和人物，只要接觸到他們，就可以找到我們了。」伸手親切地摟著韓柏和范良極兩人肩頭，走了開去低聲道：「千萬小心，若你們任何一人稍有閃失，本王會感到抱憾終身。」兩人受寵若驚，至此總算感到燕王棣確比朱元璋真誠一點。

燕王棣又道：「你們為了朋友的一個小妾，竟肯冒此大險，本王真的非常感動。」范韓兩人心中有鬼，唯唯諾諾謙遜謝了。燕王低聲說出了剛才所說的聯絡人，這才珍重惜別。

此時倉門大開，葉素冬伴著個文秀的將軍大步走進來。那將領一見燕王棣便屈膝下跪道：「小將方玉璧，參見皇上。」

眾人均呆了一呆，這時才想起燕王棣早變成大明的天子，只要返回順天，便可揮軍南下，清除叛黨。除了了盡外，倉內所有人全體下跪，向新主高呼萬歲。燕王棣心頭一陣激動，泛起與這些人血肉相連、榮辱與共的感覺。暗下決心，將來就算得了天下，也絕不會學朱元璋般把這些人逐一誅戮。

浪翻雲回到金陵城外一所小剎裏，憐秀秀、花朵兒和歧伯正心急地等待著他，還有負起保護他們之責的秦夢瑤，正與憐秀秀在禪室內閒聊著。憐秀秀見浪翻雲回來，像盼望丈夫回來的小妻子般驚喜歡迎。

秦夢瑤微笑道：「看浪大哥神舒意暢的風采，單玉如必已伏誅劍下。」

浪翻雲欣然一笑，坐在一旁的椅子裏，接過花朵兒奉上的香茗，頷首微笑，淡淡道：「夢瑤是否就此歸隱靜齋，再不履足凡塵呢？」

秦夢瑤道：「大致如此，不過剛才皇城內炮聲不絕，顯然是朱元璋出了問題，未能控制全局，夢瑤想回去一見韓郎，才決定返靜齋之期。」

浪翻雲露出深思的神色，嘆道：「鬼王果然法眼無差，朱元璋終過不了這三天大壽。相學雖說是小道，但卻眞有鬼神莫測之機。」

秦夢瑤柔聲道：「韓郎刻下仍在金陵城內，夢瑤送別大哥後，便立即起程去找他。」

浪翻雲笑道：「小心一見後又難捨難離，這小子魔種已臻大成之境，對夢瑤會生出強烈的感應力。你的劍心通明根本有他的魔種成分在內，很容易對他情不自禁。就像現在找到藉口，便又要與他胡混去也。」

憐秀秀失笑道：「浪大哥竟也會這麼調笑夢瑤，秀秀眞不能相信。」

秦夢瑤意態自若，淺淺笑道：「大哥愛怎麼說都行，要夢瑤不見他這一面萬萬不行，夢瑤又不是未與他胡混過，多一次少一次也沒有甚麼相干。大哥珍重，攔江一戰夢瑤不能來爲兩位吶喊助威，只可在靜齋潛心默禱，望此戰能繼百年前傳鷹和蒙赤行的長街一戰，成爲千古流傳的美事。」

浪翻雲對秦夢瑤答得如此坦白直接，非常欣賞，大笑著長身而起道：「既是如此，大哥再不阻夢瑤你去與情郎相會。我和秀秀亦立即起程，趕赴洞庭。此地一別，可能永無再見之日，好夢瑤你珍重了。」

秦夢瑤盈盈起立，向浪翻雲送出一個迷人的甜笑，再向憐秀秀三主僕打個招呼，飄然去了。一切盡在不言中。

范良極、韓柏兩人仗著鬼神莫測的身手，悄無聲息在金陵的民居上走壁飛簷，迅速移動。城內一切如常，不同處只是家家戶戶張燈結綵，街上湊熱鬧的人比平時多了幾倍，尤其是秦淮河畔舉行燈會的地區，更是擠得水洩不通。兩人大爲奇怪，大批軍馬調進京城，剛才皇城內又是炮聲隆隆，難道這些人只是當作檢閱軍隊和鳴放禮炮嗎？不過縱使昇平如昔，但他們均想到曾使天下穩定的關鍵人物朱元璋已死了，天下正陷於四分五裂的局勢中，只能憑實力再定出誰是新主。只有朱元璋這個人方可鎭著大局，大樹既倒，天下從此多事了。

兩人迅快來到陳令方在金水河旁的官宅，只見到宅內燈火通明，平靜安詳，都鬆了一口氣。

范良極笑道：「我費了這麼多工夫才把寶庫打開，才不信允炆手下有此能人，看來最後還是要被迫把那三公找來，由他們開啓寶庫。」

韓柏笑道：「當他們以爲打開寶庫便可見到幾百人擠作一團的情況，卻發現不但空空如也，連櫃內的寶物都給小賊洗劫一空時，那表情定然非常精采。」

范良極興奮道：「這些奸黨還要擔心詔書落到了燕王手裏，不知會有甚麼後果。哈！眞是笑死人了。」

兩人笑得撞到一堆，才閃電般飛越大街，落到官宅之內，幾個閃騰，依著陳令方的指示，來到了陳令方那愛妾妮娘的宅院上。

他們運足耳力，立時聽到下面傳來妮娘那不大純正的語音道：「唉！老爺說過今晚官宴前會先回來洗澡更衣，到現在還不見人影，眞讓人家牽腸掛肚呢。」

一個似是婢女的聲音道：「夫人和老爺眞是恩愛，少見一刻都不行。」

妮娘嗔道：「丫頭竟敢笑我，唉！老爺眞的對我很好，以前從沒有人那麼疼惜我的，那恩情妮娘怎麼也報答不了。」

婢女與她關係顯然非常密切，笑道：「老爺定是寶刀未老，每次夫人陪夜後，起床後都開心得像小鳥兒般不住歡笑或歌唱。」

妮娘大窘嬌嗔，接著是一陣嬉鬧求饒的軟語。范良極以手肘輕撞韓柏，兩人對望一眼，都會心微笑，又爲陳令方深感高興。

妮娘擔心地道：「剛才皇城隆隆作響，連這裏都感震盪，嚇死人了。」

女婢道：「街上的人都說是皇城點燃了特製的大鞭炮，不過廚子張叔卻聽過這種聲音，說是大火炮發放的鳴響，有甚麼稀奇呢？皇上大壽，自然要多鳴放幾響禮炮呢。噢！婢子去看看替夫人燉的參湯弄好了沒有，那是老爺特別爲夫人找來的上等人參呀！」

婢女前腳才踏出房門，兩人便分由前後窗溜入房內。妮娘見忽然多了兩個人闖進來，大驚失色，正要尖叫，范良極已道：「嫂子，是我們，不認得了嗎？」

妮娘捧著心兒差點躍了出來的驕人胸脯，驚魂甫定道：「原來是大伯和四叔，老爺整天都提著你們呢。」當日燕王把她贈與陳令方時，韓柏和范良極均是座上客，他們形相特別，天下難尋，妮娘印象深刻，故一眼就認了出來。

范良極以最快的速度略作解說，妮娘立即花容失色，手足無措，不知先做何事才對。

韓柏道：「二嫂先遣散婢僕，著他們立即躲到親戚處暫避，最重要別再回來，沒親戚的只要給足銀兩，可找個客棧躲他一晚，明早立即離開京城。」

妮娘六神無主，心亂如麻道：「我不知錢放在哪裏？」

范良極賊眼一翻，哈哈笑道：「這個包在大伯身上，來！我陪二嫂你去處理一切。」又向韓柏喝道：「你負責監視動靜，說不定允炆無法可想時，會由你嫂嫂處追查你二哥的行蹤。」

韓柏想起天命教的厲害，忙由窗戶回到屋頂，全神把風。夜風徐徐吹來，天上明月高照，韓柏神舒意暢，若非因朱元璋、忘情師太和影子太監等的過世心中仍餘哀痛，說不定會哼起歌來。唉！今天眞的雙手染滿血腥，也不知殺了多少人，回想起來都要身體打顫，奇怪是當時卻是愈殺愈起勁，難道那才是魔種的本性？忽地心中一動，一道嬌小的人影由官宅走到街上，忽地加速，轉瞬遠去。韓柏嚇了一跳，慌忙翻入內宅去找范良極。大廳內聚了二十多名婢僕，正由妮娘逐一贈與豐厚的遺散費。婢僕和主人間顯然關係極佳，人人都眼眶紅紅的，幾個婢女更哭了起來，難捨難離。

韓柏來到范良極旁，說出所見。范良極一震道：「人都到齊了嗎？」

妮娘正暈頭轉向，不辨東西，聞言美目環掃，吃驚道：「小青到哪裏去了？」

眾人均面面相覷。范良極和韓柏交換了個眼色，心知不妙。這小青不用說也是天命教的臥底，現在是趕去通風報信。

范良極站起來拍掌道：「官兵立即會來捉人，你們手頭的銀兩足夠買屋買地，只要勤勤儉儉，可一世無憂，快！立即疏散，千萬不要走在一起。」

眾婢僕聽得官兵快來抄家拿人，腳都軟了，害得韓范兩人又扶又推，才離府各自去了。妮娘這時換過方便行動的裝束，才背了個小包裹，焦急地等待著。宅外忽然衣袂聲響，也不知來了多少人。范良極好整以暇，先把一塊厚布摺好放在背後，才著妮娘伏到他背上，由韓柏把兩人綁好。妮娘見這大伯老得滿臉皺紋，又守禮至極，放下心來。

老賊頭傳音道：「我們先躲一躲，待他們以為宅內無人時，你才撲出去亂殺一輪，不要留情。我則帶你二嫂直接逃出金陵，把她送回去給你二哥，你脫身後立即前來會合。」

兩人對望一眼，兩手緊握到一起，比親兄弟還深厚的感情，流過兩顆灼熱的心。范良極呼的一聲，閃到了樓上去。

韓柏哈哈一笑，先把桌上剩下的銀兩繫在腰間，才在大廳一張太師椅大馬金刀般坐下，鷹刀放在旁邊几上，還蹺起二郎腿，優閒地哼著虛夜月平時最愛唱的小調。心裏想著對方最強的幾個人，當然以單玉如、不老神仙、鍾仲遊、解符、白芳華和楞嚴為佼佼者。單玉如遇上我的乖夢瑤，能否保命都是未知之數。不老神仙眞元損耗極大，沒幾天工夫，休想再出來作惡。鍾仲遊他是更清楚，那一刀足可使他躺上幾天。解符又中了忘情師太死前反擊的一掌，功力應大打了個折扣。所以最可怕的只剩下了個白芳華。她在太監村醒過來後，發覺事實與先前悲觀的猜想完全是兩回事，會有甚麼反應呢？單玉如若被夢瑤誅除，天命教教主之位，是否會落到她手上？

驀地有人在外頭大喝道：「范良極給本官滾出來受死。」

韓柏認得那是楞嚴的聲音，知道對方急於擒拿己方的人，好逼問出燕王的下落，所以現在必是傾巢而來，此仗頗爲不妙。他坐的位置在大廳一角，除非進入廳內，否則便看不見他。

楞嚴冷哼一聲，叫道：「給我搜！」所有門窗立時破碎，大門整扇給人震得倒飛入廳，也不知多少人衝了進來。

韓柏發出幾縷指風，彈熄了所有燈火，撿起鷹刀，離座飛出。在暗黑裏人影幢幢，他才撲出去，一刀一枴立往他身上招呼，不但疾快無倫，且功力深厚，招式威猛至極。韓柏想不到對方有此好手，悶聲不響，掣刀硬架，發出一連串金鐵交擊的脆響。那兩人武功雖高明，哪抵得他魔道合流的驚人氣勁，甫一交手，便硬給震退開去。四把劍在黑暗中四面八方往他攻來，雖及不上先前兩人，但都是罕見的好手。韓柏知道若不大展神威，只是這批人便可把他纏在這裏，冷喝一聲，施出由戰神圖錄領悟而來的刀法，刀勢大開大闔，流走無跡，同時迅速閃移，教敵人無法捉摸他的刀勢，更難以把他圈死在重圍裏。鷹刀疾如電閃，兩人立即應刀拋跌，命斃當場。凜冽的刀氣，籠罩全場。

那使枴和用刀的又再次撲上來。韓柏哈哈一笑，刀光暴漲，全力橫掃，登時生出衝殺於千軍萬馬中的慘烈氣概。那兩人大吃一驚，施盡渾身解數，死命擋格。哪知韓柏這一刀來自戰神圖錄，全無成法，卻暗合天地之理，竟若魚過石隙，在兩人㧐刀之間的空隙處滑過。兩人魂飛魄散時，同時咽喉一寒，丟掉刀㧐，倒跌身死。敵我雙方無不愕然。韓柏是不知自己爲何會使出這麼神妙的一招；敵方則想不到武功最強的兩個人，竟如此不堪一擊。在廳內的十二個人，同時生出怯意，鬥志全消，若非有嚴令在身，恐已奪門而逃。

韓柏哈哈一笑，一振鷹刀，找了個最近的敵人撲去。那人像見到死神接近般駭然猛退。韓柏趁勢人刀合一，穿窗而出，大叫道：「在裏面的是浪翻雲，大家快逃命！」

外面層層疊疊，圍著最少數百人，大都舉起火把，將宅第照得有如白晝，至少一半人手持弩箭，蓄勢以待。但因韓柏把刀捧在面門處，加上身法迅速，楞嚴等又以爲裏面只有范良極一人，一時竟認不出他是誰。聽到浪翻雲威震天下的名聲，無人不心頭震盪，更無暇想到韓柏的眞正身分。最妙的是這次來的大部分是楞嚴系統的錦衣衛，而韓柏穿的剛好是錦衣衛的裝束，一時連楞嚴都給他瞞過了。「颼」的一聲，韓柏落到對面街的屋頂上，刀光大盛中旋飛一匝，登時有五人拋跌喪命，其中兩人不待鷹刀及體，便給刀氣入侵，活活震斷心脈而亡。

楞嚴大喝道：「那是韓柏！上！」

韓柏倏進忽退，鷹刀不住催發勁氣，火把紛被掃滅，持弩者則弓斷人亡，敵方形勢大亂。四面八方的人都被他牽引得轉過頭來追殺。鷹刀掣動處，總有人應刀由屋簷頂掉到街上。

范良極的笑聲傳來道：「韓小子快走，你老子我去也！」聲音瞬即遠去。

楞嚴氣得七竅生煙，凌空撲來，一對奪神刺照臉往韓柏攻到。隨他同時掠過來的一對男女，男的手提長刀，身材矮瘦，女的手掣長劍，生得英姿颯爽，正是那晚在長江官船晚宴時，隨楞嚴同來赴會的四大戰將中的人物。

韓柏哈哈一笑道：「楞兄不隨令師弟回去，是否因這裏的食用較好呢？」鷹刀一振，幻出重重刀浪，先把湧上來的敵人逼得人仰馬翻，才一刀往楞嚴劈去。

楞嚴但見對方隨便一刀揮來，卻是變幻無方，忙不住變招，仍給對方劈中手上奪神刺，一股大力湧來，在半空處哪用得上力，一聲悶哼，竟給他劈得倒飛回去。韓柏順手一刀，斬在那矮瘦的戰將刀上，使了一下拖字訣，使得那人橫跌到街上，同時連消帶打，與那美女刀劍交觸時，往回一拖，那美女不但劍勁盡被化去，還給他帶得身不由己，收不住勢子，直往他懷內撞去，就像辛辛苦苦撲過來，專誠向他投懷送抱的樣子。無意中一連幾刀，韓柏把戰神圖錄的精義發揮得淋漓盡致，眞有天馬行空，不可一世的氣魄。那美女大吃一驚，運了個千斤墜，希望能在撞入韓柏懷抱前，落到下面街道去，豈知韓柏彈了起來，忽然間自己已給他抱個滿懷，還封著了穴道，長劍立時甩手掉下。

韓柏長笑聲中，摟著這千嬌百媚的美人兒，沖天而起，還大喝道：「有自己人呢！我們不要放箭！」眾敵人一愣間，他早落到街上，以美女爲盾，硬是撞入重圍裏，在人仰馬翻中，揚長而去，竟沒有人能使他停下片刻。楞嚴賠了夫人又折兵，氣得瘦臉發青，又是徒呼奈何。在這一刻，他終於體會到種魔大法的厲害。

四艘水師樓船順江而下，全速離開京師開往靠海的鎮江府。尙有八艘較小型的船艦，前後護送。方玉璧水師的兵員徵召自山東一帶，本就是燕王棣藩土的屬民，又沒有家小在京，說走便走，全無牽掛，忠心方面更不成疑問。他們還是三天前才奉朱元璋之命調入這船塢，可知朱元璋的思慮是多麼周詳和謹愼。燕王自登船後便避入靜室練功，好儘早回復功力。莊青霜則負起照顧親爹和沙天放之責，剩下的虛夜月被谷倩蓮硬拉了出艙廳湊熱鬧。眾人死裏逃生，分外高興。不過雲清、雲素都正在停放忘情師太遺體的房內唸經，故不敢喧嘩。談興正濃時，向清秋夫婦欣然前來參與這小聚會。

戚長征惋惜道：「只恨沒有帶兩罈清溪流泉來，否則今晚更能盡興。」

向清秋笑道：「美人如酒，此處美女如雲，花不醉人人自醉，縱是無酒又何妨呢？」

谷姿仙笑向雲裳道：「原來向先生如此風流自賞，夫人對他放心嗎？」

雲裳與向清秋相視一笑後，道：「到現在仍未抓著他的辮子，根本不知應該放心還是不放心。」眾人笑著起鬨。

戚長征道：「行烈！京師的事總算告一段落，你是否與岳丈岳母會合後，立即返回域外呢？」

虛夜月愕然道：「這就要走了嗎？」側頭盯著谷倩蓮，顯然最捨不得她。谷倩蓮兩眼一紅，垂下頭去，手卻伸了過來，用力握著虛夜月柔軟的小手。

風行烈見眾人無不瞪著他，吁出一口氣道：「此事要和岳丈商量一下，才可決定。」

谷姿仙淡淡道：「若能助燕王打天下，不是也等於收復了無雙國嗎？」

眾人均點頭稱是，以他們現在和燕王的關係，只要他奪得天下，那時他肯點頭，無雙國還不是立時重歸她谷家所有。此事對燕王亦有利無害，多一個有親密關係的藩國，總比落到沒有關係的人手內爲有利。

虛夜月鼓掌道：「我們又可在一起了。」

寒碧翠忽道：「爲何薄姑娘沒有下來呢？是否忘了邀請她？」

小玲瓏道：「她說很累，須休息一下。」眾人都知這是推搪之詞，禁不住眼光都飄到戚長征那裏去。

虛夜月跳了起來道：「我還是去拉霜兒下來，免得她給悶壞了。」一蹦一跳地去了。

戚長征見各人仍是瞧著他，尤其是寒碧翠的目光最使他受不了，顧左右而言他道：「眼前當務之急，就是要助燕王與允炆爭天下，而且必須速戰速決，把戰事儘量局限在幾個地區裏，免得人民生活受到波及。」見各人無不點頭同意，續道：「但我們就算到順天去，也幫不上多大忙，可是若能奪回怒蛟島，重新控制長江，那時只要燕王揮軍南下，我們便可順江而去，會師攻入京師，所以能否奪回怒蛟島這基地，實是能否速勝的關鍵。」

谷倩蓮讚道：「想不到老戚你也開始肯用腦筋了，說得既動聽又頭頭是道。」

戚長征笑罵道：「你這牙尖嘴利的小傢伙，我老戚一向英明神武，只是你腦袋只裝著一個風行烈，沒想到其他東西罷了！」

谷倩蓮俏臉飛紅，反唇相稽道：「你是東西來的嗎？你根本不是東西！」各人為之莞爾。

陳令方這時不知由哪裏鑽出來，捧著一大罈酒，道：「水師本不准藏酒，幸好先帝有命，著白指揮把兩罈清溪流泉運往江南，以獎勵當地官員，現在自然是我們的了。」

眾人歡聲雷動，忘了不得喧嘩的顧忌。當下自是合作至極，拿杯的拿杯，斟酒的斟酒，喜氣洋洋。

陳令方嘆道：「沒有了大哥和四弟，總像欠缺了點甚麼似的，何時我們可共聚一堂，若有浪大俠和夢瑤在，就更圓滿了。」

風行烈笑道：「放心吧！我看最遲明天早上，他們就可趕上來了。」

寒碧翠道：「希望他們能在鎭江府與我們會合就好了。」

戚長征皺眉道：「最好如此，否則由運河北上山東，我們若想返回洞庭，必須棄舟登陸，那時就麻煩哩。」

驀地有人哇一聲在近艙門處哭了出來，只見莊青霜掩面奔了回去，虛夜月則追在她身後。眾人知道莊青霜聽聞戚長征之言，心懸韓柏，忍不住悲從中來，均大感意興索然。

陳令方連喝兩杯酒，頹然道：「我還是回去睡覺好了，希望明早起來，見到他兩人在渡頭等著我們。」

戚長征自責道：「都是我不好！」

向清秋道：「怎關戚兄弟的事，熱戀中的年輕男女都是這樣的。」又笑道：「沒有分離又哪有別後重逢的滋味。」經他一說，各人又再開懷。

寒碧翠湊到戚長征耳旁道：「爲何你不去看看薄昭如？」

戚長征虎軀一震，不能相信地看著寒碧翠，這美女秀目一瞪道：「看甚麼？還不快滾。」戚長征如奉綸音，飛身去了。

韓柏抱著那不知名的美女，展開他糅合了魔種變幻莫測的特性和范良極天下無雙的夜行術，不片刻便把追蹤者甩掉，來到一戶大宅人家的後園裏，才把那美女放開，還解了她被封的穴道。

美女沒有逃走或反抗，只在月色下瞪著他，沉聲道：「你解開我的穴道，是不是認爲可隨時再制著我呢？」

韓柏嘻嘻笑道：「剛才多有得罪！尚請見諒。美人兒你現在可回家睡覺。」

美女一呆道：「你眞的肯放我？」

韓柏聳肩道：「當然啦！本大……嘿！本浪子和你往日無寃，今日亦不算有仇，還會拿你怎樣？哈！可以拿你來作老婆自是最好，不過我卻知道姑娘玉潔冰清，尚是處子之軀，絕非天命教的妖女。」

美女先是氣得杏眼圓睜，聽到最後兩句，繃緊的玉容鬆緩下來，幽幽嘆了一口氣，默然不語，但也沒有離開的意思。

韓柏道：「姑娘高姓大名，是哪裏人士？看來並非中原之人。」

美女乖乖答道：「人家的漢名叫邢采媛，是色目人，樣子當然長得不同啦！」

韓柏大奇道：「姑娘爲何對我忽然沒有半分敵意？」

邢采媛再嘆了一口氣，移後兩步，在一張石凳坐了下來，一雙手肘擱在大腿處，撐起兩手捧著臉蛋，一副愁眉難展的模樣。

韓柏最愛與美女胡鬧，哪管她是敵是友，走過去幾乎貼著她坐下，看著她有若精雕出來的美麗輪廓，柔聲問道：「邢姑娘因何滿懷心事？」

邢采媛吐出一口香氣，像對知交好友吐露心聲般道：「當年人家奉小魔師之命來協助楞爺，全是爲了本族的生死存亡，故義不容辭，可是現在楞爺投靠了天命教，還眞的當起大官來，我也不知道自己在幹甚麼？剛才刺你那劍根本未盡全力，才會被你手到擒來，抱了個滿懷不肯放手。唉！人家眞的心灰意冷，只想早點回家去，楞爺的事再不管了。」

韓柏感到此女既坦白直接，又語帶天眞，大生好感，用肩頭輕撞她一下道：「那最好了，姑娘有沒有盤纏，要不要我借點給你，不過記著要還的。」

邢采媛沒好氣地瞪他一眼道：「吝嗇鬼！」

韓柏笑道：「我還未說完，若能給我來個擁抱吻別，就不用還。」一拍腰囊，保證道：「看！老子多麼富有，嘿！我這輩子最多銀兩就是今晚。」這些錢其實都是妮娘遣散婢僕後剩下來的，給他這見錢眼開的人手到拿來，據為己有。

邢采媛「噗哧」一笑，閉上美目，嘟長小嘴道：「那就吻個飽吧！」

韓柏愕然道：「這麼容易便可得到姑娘的香吻嗎？」

邢采媛睜眼笑道：「你說容易也可以，人家喜歡你，甚麼都容易。若是討厭你，就死也不行。」

韓柏覺得自己有點像和雁翎娜說話的味道，暗想外族女子，確比漢女直接大膽多了。結結巴巴道：「你還是第一次和我說話兒，就那麼快喜歡上我了嗎？」

邢采媛嗤之以鼻道：「有甚麼不可以？那晚在官船上，和你交過手鬥不過你，當時便喜歡上你，人家最喜歡有本領的男人，你又長得像馬般強壯好看，喜歡你有甚麼稀奇呢？」

韓柏啼笑皆非，哂道：「你的楞爺不是也挺有本領嗎？那你喜歡他嗎？不過他頂多只是匹又瘦又高的馬。」

邢采媛神色一黯道：「我也曾喜歡過他一段日子，不過他愛的是陳玉真，其他女人只是拿來洩慾，我為此才不肯讓他碰我。」

韓柏對她毫不隱瞞大為訝異，不過亦頗感沒趣，看來她很容易愛上別人，使他感到縱使得到她的芳心亦非那麼珍貴。

邢采媛別過臉來瞧著他道：「還要不要吻人家？我要走了！」

韓柏嚇了一跳，道：「你還要回楞嚴那裏去？」

邢采媛道：「當然，楞爺那麼疼愛我，要走也要和他打個招呼，若他剛才不管我死活下令放箭，我便永遠都不回到他身邊去。」

韓柏站了起來，伸個懶腰打著呵欠道：「今晚太累了，下次再親嘴吧！」

邢采媛跟著站起，喜孜孜道：「唔！韓柏你妒忌了，眞的很好！」倏地伸手勾著他脖子，湊上香唇，輕輕吻了他一口道：「你剛才抱得人家眞舒服，我相信被你抱過的女人，都忘不了你。」一陣嬌笑，飛退開去，直至躍上牆頭，還在向他揮手。

韓柏大叫精采，一聲歡呼，由另一方向離開，不片刻來到秦淮河畔，只見花燈處處，平時躲在深閨的女孩都走出家門，來和陌生男子擠擠碰碰，小孩子則成群結隊，燃點爆竹煙花。韓柏見狀，一時興起，躍下横巷，奔出長街，擠入了人流裏。

戚長征輕敲了薄昭如的房門，低喚道：「薄姑娘！」

「呀！」的一聲，房門打了開來，露出薄昭如那風韻獨特的臉龐，幽幽地看了他一眼後，輕輕道：「你這樣來找人家，不怕寒掌門不高興嗎？」

戚長征大感愕然，隱隱間覺得兩女的關係有點不妥，不過寒碧翠既主動要他來找薄昭如，便是她在讓步了。眼前薄昭如對自己的欲拒還迎，會不會亦因爲寒碧翠而起？事實上薄昭如由始至現在都在對他顯出情意。想到這裏，膽子立時壯了起來，往薄昭如移去。

薄昭如吃了一驚，退入門內，他也忙閃了進去，邊關門邊答：「是她要我來找你，看你累成怎麼一副動人模樣，她叫我來時還表現得很高興呢！」

薄昭如被他開門見山的調情話兒弄得手足無措，芳心亂成一片，竟然衝口而出道：「你在騙我！」

戚長征含笑打量著這充滿成熟女性風情的美女，見她秀髮鬆亂，身上穿的是單薄的素黃內褂，另有一股嬌慵不勝的姿態，平添了使人心跳加速的風情，忍不住把眼睛湊了上去，只差兩寸許就觸及她的臉龐，含笑道：「我老戚會是說謊的人嗎？」

薄昭如自然地螓首往後稍作仰讓，但身體卻沒有退後，只是似嗔非嗔地蹙起那對修長入鬢的黛眉。

戚長征心中一蕩，差點就想把她摟著先親個嘴，但想起這麼做太不尊重她了，忙壓下這股衝動，深深的看著她，卻沒有說話。

薄昭如大感吃不消，寧願他滿口輕薄話兒，也不要像現在這樣曖昧和尷尬，微嗔道：「戚兄！」

戚長征嘆了一口氣，忽然掉頭往房門走去，竟是一副立即要離開的樣子。

薄昭如吃了一驚，愕然道：「你到哪裏去？」話出口才知不妥，這不是要他留下嗎？這小房間可算是她臨時的閨房，讓一個男人闖進來已於禮不合，何況還要他留下來。

戚長征心中暗喜，這一著以退爲進，果然測試到她眞正的心意，卻不說破，怕她臉嫩受不住，頹然道：「薄姑娘太誘人了，若在下不立即離去，恐怕忍不住會冒犯了姑娘。」

薄昭如立時霞燒玉頰，垂下螓首，咬著唇皮，好一會後才以蚊蚋般的聲音道：「走就走吧！不過你先告訴人家，寒掌門是否知你來找昭如都不生氣呢？」

戚長征狂喜轉身，倚門仰天打了兩聲哈哈，無限滿足的嘆著氣道：「原來如妹你一直拒絕我戚長征，只是為了與碧翠間有點問題，實不相瞞，這次眞是碧翠自己親口著我來慰問你的呢。」

薄昭如大窘，更抵受不住戚長征的表情和貪婪的目光，背轉身嬌嗔道：「莫要說三道四，既然不是你自己想來，立即給人家滾蛋，以後我都不要見你。我恨死你了，一副自以為了得的氣人模樣。」

戚長征自幼就在脂粉叢中打滾慣了，哪還不知她是因臉嫩而大發嬌嗔，心中泛起失而復得，銷魂蝕骨的迷人感覺，決意暫時不追問她和寒碧翠間的事，往前移去，由後伸手往前，把她摟個結實，兩手緊箍在她動人的小腹處。

薄昭如豐滿的胴體抖顫起來，「啊！」一聲張開了檀口，酥胸劇烈起伏著，喘息道：「戚長征！噢！不可以這樣。」

戚長征以粗臉揩擦著她嫩滑的臉蛋，眼光肆無忌憚地由她香肩上這方便的角度直接透視她襟口內無限迷人的勝景，溫柔體貼地吻著她的玉頰道：「薄昭如，嫁給我老戚吧！我保證你往後的下半輩子幸福快樂！」

他的語氣肯定兼有誠意，薄昭如一聲呻吟，再說不出抗議的話來，完全軟化在他刺激無比的擁抱和熱情裏。他是那麼強壯和充滿男性陽剛的魅力，又是充滿了狂野和不守任何規則的侵略性，在在使她甘願降服。不過她縱使想出聲抗議也辦不到，戚長征已捏著她俏秀的下巴，將她的小嘴移到一個予他最方便的位置，重重吻了過來。「嚶嚀」一聲，薄玉如的初吻終於獻了給他。她確曾下過不嫁人的決心，可是那天見到戚長征為情借酒澆愁，禁不住心生憐惜，只是這略一動情，便一發不可收拾。這些日子來暗自飽受折磨，但礙於寒碧翠，怕她嫉妒阻撓，始終不敢接受戚長征的追求，現在障礙消除，哪還抑制得住有如滔天激浪的愛意。戚長征的吻固然使她幾乎融化，最可恨是這壞蛋毫不客氣，一雙手已開始肆無忌憚的向她展開無所不至的侵犯，挑起了她深藏多年的愛火烈焰，教她羞赧難當。

「篤！篤！篤！」敲門聲響。兩人嚇得分了開來。

戚長征一邊幫她把完全敞開了襟口，使雙峰盡露的上衣拉好，邊問道：「誰！」

寒碧翠的聲音在門外響起道：「是人家啊！方便進來嗎？」

薄昭如像喝醉了酒般的俏臉露出駭然之色，打手勢要他出去應付她。戚長征微笑擰了她一下臉蛋，過去把門拉開，寒碧翠笑吟吟走了進來，眼光在薄昭如身上打了個轉，欣然道：「昭如姊不要著窘，我們的夫君就是那副德性，你只要退讓一步，他就會得寸進尺，絕不放過。碧翠早身受其害，昭如姊很快就會習慣的了。」

戚長征失笑道：「身受其害？我看是身承其福才對！」

寒碧翠嗔罵道：「貧嘴！給本掌門滾出去，我要和昭如姊說親密話。」

薄昭如臉若火燒，卻知寒碧翠對她再無芥蒂，又是心中歡喜，站在那裏，肉體好像仍在給戚長征那對壞手巡遊著，一時間不知如何自處。

戚長征怎肯離去，潑皮無賴的挨在艙房夾壁處，帶笑道：「出嫁從夫，怎可悖逆人倫把我趕出去，快告訴我你兩人間曾發生過甚麼意氣之事，好讓為夫為你們擺平。」

寒碧翠兩手負後，挺起驕傲的胸膛，笑意盈盈撒嬌般向薄昭如道：「我們應告訴他嗎？」薄昭如嬌羞搖頭。

寒碧翠走了過去，扯著戚長征，硬把他推出房門外，喘著氣笑道：「滾！我們寒家的規矩是出嫁夫從。」「砰！」的關上了房門。

戚長征正搖頭嘆息，只聽虛夜月的甜美聲音在旁道：「好了！死老戚！竟給翠姊捉到你偷入人家姑娘的閨房。」

戚長征一時沒留心虛夜月在鄰房探頭出來，故意捉弄她道：「好了！橫豎韓小子不在，便讓老戚來陪月兒。」嚇得虛夜月尖叫一聲，趕快關門，還上了門閂。

遠處房門打開，輪到陳令方探頭出來，叫道：「好老戚，橫豎給趕了出來，快來陪老哥喝杯酒吧。」

戚長征大喜走了過去，心中充滿了幸福的感覺。人生至此，尚有何求。

韓柏的理智在催促自己趕快離開這險地，但情緒上卻很想留下來，似乎有某種美好的事物，正深深吸引著他。沿著秦淮河北岸幾條青樓酒館林立的大街，都封了起來禁止車馬經過，用作燈會的場地。各式各樣的綵燈，在沿街門簷和樓房上高高掛起，相互爭妍鬥麗，照得秦淮河都變成五光十色的世界。猜燈謎，占卜和擺賣零食的滿布長街兩旁，各有引人之趣，惹得圍者如堵。歡笑、喧嘩，熱鬧得教韓柏差點忘了他們慶祝的對象，剛離開了人世。近河處鑼鼓喧天，韓柏隨著洶湧人潮，走了過去，原來是舞火龍的節目。往秦淮河望去，更是乖乖不得了。河上所有大小船隻，全掛滿了綵燈，加上河水的反映，使他目眩神迷，不相信人間有此奇景。其中最大的香醉舫，至少掛著上千綵燈，壯麗處使人嘆為觀止。韓柏想起媚娘等人，嘆了一口氣。

背後忽然有人壓下聲音道：「兄台何事咳聲嘆氣呢？」

韓柏大喜轉身，歡呼道：「天啊！原來是我的小夢瑤，難怪我怎麼也捨不得離開此地呢。」

秦夢瑤男裝打扮，一襲青衣，有著說不出的瀟灑和形容不盡的淡雅風流。韓柏一把抓著她的小手，拖著她沿河而去，在人潮裏艱難地緩行。四周雖是數以千計的人，可是在他眼中心內，卻只有身旁這使他傾倒迷醉的仙子。秦夢瑤柔順地讓他拖著手兒，還主動挨靠著他，好依偎得更緊密。韓柏興奮得說不出話來，感覺著她玉手用力抓緊他所顯示出來的情意，心神皆醉，不知身在何方。高掛的華燈映照下，使這一切更具有超乎現實的特質。

秦夢瑤柔聲道：「本來人家可早點來找你，因剛碰上禪主，遲了點兒。」

韓柏道：「我還以爲夢瑤在除掉單玉如後，會立即返回靜齋。唉！你都不知道你那副甚麼事都不放在心上的模樣多麼駭人，嚇得我癡心妄想也不敢。」

秦夢瑤微嗔道：「人家有說過不把你放在心上嗎？單玉如的確被除掉了，但動手的卻是眞正的大俠，不是那大甚麼的。」說罷甜笑起來，無限風情地橫了他一眼。

韓柏渾身骨頭都酥了，湊下頭去，在她臉蛋親了一口，惹得旁邊一群小孩，瞪大眼睛看著他們。

秦夢瑤以深情的眼神回應了他的親吻，轉眼間又回復那一塵不染的閒雅模樣，低聲道：「我們離開這裏好嗎？」

韓柏搔頭道：「附近哪間客棧最好呢？」

秦夢瑤「噗哧」笑了起來，白他一眼道：「你見到夢瑤，就只能想這種壞事嗎？」

韓柏見她毫無拒絕之意，不止是頭癢，而是全身都癢起來，拉著她加快腳步，硬擠到一邊，也不顧得驚世駭俗，拉著她騰上屋簷，幾個起落後，離開了會場。秦夢瑤一聲「跟我走」，反拉著他逢屋過屋，朝南而去。韓柏抓著她的柔荑，看著她在夜空奔掠衣袂飄飛的仙子模樣，幾疑自己只是在最美麗的夢境裏。忽然間，秦夢瑤又再是屬於他的了。他感到縱使自己要和她再結合體之緣，她也絕不會反對。

前方出現一組巍峨壯觀的建築組群。韓柏凝目一看，見到外牆的大門兩旁有石獅一頭和兩座石牌坊，額文分別是「旁求俊義」和「登進賢良」，大奇道：「這是甚麼地方，客棧不會是這樣子吧？」

秦夢瑤嬌笑吟道：「洞房花燭夜，金榜題名時。你這人呢！連天下仕子人人憧憬的貢院都不知道。」

韓柏哂道：「金榜題名，怎及得上洞房花燭，我們還是去哪間客棧找個上房好了。」

秦夢瑤大嗔道：「人家回山在即，所以要來陪你飽覽金陵勝景，傾盡深情，你卻只想把人弄到床上去，何時你才學會揣摩女兒家的心意？」

韓柏大笑道：「原來夢瑤還是要走，好吧！今晚就由夢瑤作主，我大甚麼無不遵從。」

秦夢瑤見他表現得如此灑脫，頓感意外，歡喜地道：「那就跟夢瑤來看看那塊金榜。」領著他越過高牆，躍落黑沉沉的院落裏，不過對他們來說，憑著天上的明月，黑夜和白晝分別不大。

不一會他們來到一面大照壁前，上堆盤龍，頗具氣勢。

韓柏奇道：「這塊照壁全是浮雕，怎樣張貼榜文？」

秦夢瑤偎入他懷裏，柔聲道：「韓郎啊！這照壁後臨貢院街，才是張貼金榜的地方。唔！」

韓柏早把她小嘴封住，痛吻起來。秦夢瑤熱烈癡纏地反應著，魔種道胎渾融一體的感覺，教這對男女魂為之銷。

韓柏離開了她的香唇，盯著她半閉的星眸，柔聲道：「我那雙手可以不規矩一下嗎？」

秦夢瑤張開美目，愛憐地撫著他臉頰，深情無限的道：「怎樣不規矩都可以，夢瑤根本是你韓家的人，永遠不會改變，就算以後夢瑤回返靜齋，仍是屬於韓郎的。」

韓柏一震道：「眞是這樣嗎？爲何上次假道別時，你卻擺出那凜然不可冒犯的可惱模樣？」

秦夢瑤柔順地道：「夫君息怒，當時若非那樣，怎騙得單玉如現身出來？現在諸事已了，燕王又安返順天，夢瑤除韓郎外，再無其他心事，所以才要來找韓郎，作正式的道別，好留下一段美好的回憶。」

韓柏點頭道：「夢瑤放心回去吧！就算你以後連我都不想，爲夫亦絕不會怪你，只要夢瑤能專心追求自己喜歡的理想，爲夫便感到無限欣慰。」

秦夢瑤主動移轉嬌軀，纖手纏上他的頭頸，用盡氣力摟緊他，讓動人的胴體偎貼得再容不下任何東西，歡喜地道：「夢瑤從未和天道這麼接近，這一切均是拜夫君所賜。若非有夫君爲夢瑤替萬民的福祉努力，夢瑤亦難以獨善其身，韓郎啊！你知否夢瑤對你的感激有多大，愛你有多深呢？」

韓柏聽得虎軀一震，把她壓到照壁去，雙手滑入了她衣服裏，撫摸著她凝脂白玉般的仙軀，嘆道：「到現在我才眞正感受到夢瑤對我的情意和愛戀，以前只以爲至少有一半是因你可憐我的癡心，天啊！韓某眞是天下最幸福的人。」

秦夢瑤任他輕薄，由他以最壞的手法挑起她原始的情慾，嬌喘著道：「韓郎啊！好好珍惜我們這次道別，讓人家陪你去追上月兒他們好嗎？」

韓柏停下了作惡的大手，喜出望外道：「哈！我還以爲你立即要走，原來還有一天半晚與我雙宿雙棲的好時光，那我就不急了。嘿！本夫君的魔種是否厲害多了？」

秦夢瑤勉強睜開秀眸，無力地瞟他一眼，柔順地道：「由始至終人家都抗拒不了你，也不願抗拒你，甚至希望你對人家使壞。這次來前，早打定主意，任你使壞作惡，這樣說，你明白夢瑤的心意了嗎？」

韓柏嘆道：「若能有條小舟，順江東去，我們甚麼都不管，只是纏綿親熱和說說瘋話兒，那就好了。」

秦夢瑤點頭道：「韓郎說得對，大江反比陸路安全，因為允炆已知燕王等率山東水師順水遠遁，水路難以追及，唯有抄捷徑由陸路追截。不過若我們循水道追去，除非他們停下來等我們，否則永遠要差上了幾個時辰呢。」

韓柏道：「朱元璋眞厲害，只是山東水師這著布置，使他死後仍能操縱著天下大勢。」

秦夢瑤道：「夢瑤有匹千里快馬，藏在北郊。來吧！韓郎先疼愛夢瑤一下，我們才動身起程，作送君千里的愛情壯舉。」

韓柏歡欣若狂，竟就在這貢院無人的角落，倚憑著代表天下士子夢寐以求，望能名題其上的金榜，再度與這超塵絕俗的仙子享受著深情的暢吻。生命攀登至最濃烈的境界。

第二章 龍回大海

第二章 龍回大海

燕王棣做完功課，在主艙內召見各人，風行烈、戚長征兩人亦被邀列席，使人覺得事不尋常。燕王棣端坐在艙中的太師椅內，背後立著僧道衍，張玉和雁玲娜三人。他精神飽滿，神采飛揚，一掃中了蠱毒後的頹態。葉素冬、帥念祖、直破天、嚴無懼、方玉璧等此時無不心悅誠服把他視作了朱元璋的化身，不但因他神態氣概均酷肖乃父，更因他顯示出來的泱泱大度，令人甘於為他賣命。

燕王棣掃視眾人一遍後，冷哼一聲道：「道衍，把情況說出來。」眾人都微感愕然，知道有事發生了。

僧道衍恭敬地道：「我等遵照皇……」

燕王棣輕喝道：「本王一天未揮軍攻入京師，你們仍以燕王稱呼我。」

僧道衍忙道：「是！我等遵照燕王吩咐，每船派出數名監察人員，一刻不停地監察船上動靜，果然發現其中一艘船艦先後放出了四隻信鴿，飛返京師的方向。」

方玉璧倏地跪下，顫聲道：「小將該死！」

燕王棣閃電離椅，來到方玉璧前，把他扶起，撫慰地道：「方卿家何罪之有？快給本王好好坐著。」待方玉璧坐好後，他才回到椅裏，看得眾人心中舒服，感到他是個明白事理的明主。

僧道衍道：「這人現已被我們逮著，證實果是天命教在水師內布下的臥底，將我們回順天的路線四次以信鴿傳回京師。」

戚長征和風行烈對望一眼，均感燕王棣的精明厲害，實不遜色於朱元璋。

張玉插入道：「在第一次放出信鴿時，我們便可憑鴿子飛出的位置和放鴿者手上留著的氣味輕易找到此人，而我們沒有立即採取行動，就是故意讓這臥底把我們回順天的航線洩露，如此我們若突然改變航程，便可令敵人撲了個空，所有部署均派不上用場。」

各人無不稱妙，不由對燕王棣更具信心。燕王棣能成明室一代猛將，確非偶然，只是這著看來簡單的小手段，立使本來凶險萬分的形勢，完全挽回過來。風行烈和戚長征不由自慚形穢，人家一刻都不鬆懈下來，他們則只知風花雪月，茫然不知危機重重。

葉素冬拜服不已道：「現在我們應改取哪條航線返北方呢？」

燕王棣從容道：「原本的航線只是掩人耳目，打一開始本王就決定了順江東去，直出大海，再沿岸北上，繞入渤海，由衛海逆上順天。」

戚長征拍掌叫絕道：「只要出江入海，允炆就算能號令全天下水師追來，亦只有徒呼負負了。」

燕王微笑道：「路程雖然遠了點，卻是最安全可靠，眾卿以為如何？」各人紛紛稱善，再無異議。

戚長征道：「在燕王你手下辦事真痛快，真想陪燕王直返順天，當個先鋒小卒。不過能否控制大江，實亦勝敗關鍵，所以吾等不得不向燕王請辭，在入海前離船登岸，好潛返洞庭，籌備重奪怒蛟島一事。」

燕王大喜道：「有怒蛟幫天下無雙的水上雄師助陣，何愁大事不成？本王在順天恭候貴幫的好消息，怒蛟島收復之日，就是本王揮軍南下之時。」眾人聽到他充滿一代霸主豪情壯氣之語，均感興奮異常。

風行烈道：「允炆現已公然登上帝座，他究竟會以何種手段對付我們呢？」

燕王微笑道：「諒他也不敢以毒殺父皇之名加罪本王，因爲他會以爲那封不存在的詔書仍在本王手裏，本王亦不會提出詔書之事，因爲根本沒有此事，本王不想以虛言而失信於天下。」

眾人都無不叫妙，這正是各有苦衷。

帥念祖笑道：「看來允炆只好弄個假遺體，裝成先帝壽終正寢，他才好名正言順繼承皇位。」

燕王道：「道衍！你看允炆會不會立即發兵進攻順天？」

僧道衍道：「允炆和天命教餘孽當然迫不及待想這麼做，不過齊泰、黃子澄等人均是智勇雙全之士，深明現在陣腳未穩，絕不宜輕舉妄動，誰說得定會有多少大臣將領改投我們？」

戚長征捧頭道：「我老戚只是聽聽已感頭痛，那麼允炆那群謀臣究竟會施展何種手段呢？」

燕王笑道：「一朝天子一朝臣，此乃千古不移之理，允炆首先要把至關重要的大臣將領全換上他的人，此乃第一步。陣腳既穩，便會來削與本王同聲同氣的其他藩王，務求孤立本王，那時再傾舉國之力，強攻本王區區一省，自然是勝算大增。」再失笑道：「道衍！我們也好應爲允炆宣傳一下，散播點謠言。」

僧道衍欣然點頭。眾人至此無不看出僧道衍在燕王心中的重要和地位。

直破天雖是猛將，但對政治卻不大在行，苦思不解道：「爲何允炆不立即公告天下，誣衊燕王你陰謀造反，好能號令天下對付燕王呢？」

戚長征剛才扮作明白，這時才知原來非只他一人不明白，乾咳道：「說眞的！我也還是不太明白。」

燕王顯然非常喜歡戚長征，失笑道：「嘿！你這老戚眞有趣。」打手勢命張玉解說。

張玉對這批患難與共的戰友們微笑道：「那樣做只會便宜了燕王，因爲允炆仍未能確立勢力，若讓各方將領知道燕王公然對抗朝廷，成爲了一股抗衡的勢力，那時允炆若想奪他們軍權，他們便可拒不受命，甚至投靠燕王，誰不知我們實力雄厚，若知道還有怒蛟幫站在我們這一邊，應如何選擇，何用我們教他哩！」

眾人恍然。至此明白了燕王實早有問鼎帝位之心，所以能這麼輕易全盤地掌握形勢。

風行烈卻給勾起了另一個問題，道：「既是如此，燕王何不一返順天，立即聲討允炆這小賊呢？」

燕王嘆了一口氣道：「本王想得要命呢，可是其他藩王尚未受到切膚之痛，怎肯爲我賣命，說不定還會乘機在背後捅我一刀，以討好允炆。至於天命教的事，我們自己說說倒可以，宣揚出去根本很難有人會相信。」

戚長征呻吟似的道：「如此說來，若燕王能返回順天，亦一切如舊，不會有任何變化。」

燕王微笑道：「正是如此，唯一不同就是雙方都會日夜不休的練兵鑄械，等待有利時機的來臨。」

僧道衍接入道：「知己知彼，百戰不殆，我們雖遠離京師，可是在皇城內早潛伏著我們數之不盡的眼線，只要我們布下精密的聯絡網，允炆的一舉一動，休想瞞過我們。而我們的情況，對方卻是一無所知，只是這點，允炆便要吃大虧。」

葉素冬和嚴無懼一起下跪，同聲道：「臣願負起與京城聯絡之責。」

燕王點頭道：「兩位平身，本王實在想不到有比你們更適合的人選，說不定你們還可策反其中一些將領，削弱允炆的力量。」

帥念祖和直破天都跪了下來，望能協助嚴葉兩人。燕王大喜，過來扶起各人，長笑道：「有你們這麼多忠臣好友，我燕王何愁大事不成。」再微笑向風行烈道：「雖說本王要專注中原，可是助你重取無雙國如此一件小事，仍是綽有餘裕，行烈何時來順天，本王就何時派兵馬予你全權指揮，把無雙國手到拿來。」

風行烈本最不慣下跪叩頭，這時見燕王在這種情況下仍沒有疏忽他的事，不自禁的要叩頭謝恩，當然早給燕王攔住。

會議至此結束。各人都心內踏實，對前景充滿希望，回房休息去了。戚長征想起那房間內的薄昭如和寒碧翠，第一個溜了出去，風行烈亦緊跟在後，好向愛妻報喜。艦群順風順水，朝鎮江開去。只要龍歸大海，明室內戰便成定局，誰也沒法改變過來。

谷姿仙凝望著窗外的夜色，床上傳來谷倩蓮和小玲瓏酣睡中輕柔的呼吸聲。她心湖一片寧靜。經過了京師詭譎多變、驚濤駭浪的鬥爭後，她與風行烈的感情更深進了一重。浪翻雲與憐秀秀的攜手離京，再不能騷亂她的芳心。她對浪翻雲藕斷絲連的愛，終被轉化作兄妹之情。還默默爲他們祝禱。房門這時打了開來。風行烈靠貼到她背上，谷姿仙輕吟一聲，偎入愛郎懷裏。

谷姿仙問道：「燕王有甚麼話說？」

風行烈簡略地說了出來，谷姿仙訝然道：「難怪虛老這麼看得起燕王，這人眞不簡單，處處都先防著人，也先爲人著想。」風行烈聽得心中懍然，谷姿仙是從另一個角度去看燕王，自有一番道理。

風行烈把她摟緊，笑道：「那可能是當皇帝的先決條件。我並非替他說好話，他說肯隨時派兵助我們取回無雙國，我看他是認眞的。君無戲言嘛！」

谷姿仙大喜道：「娘會開心死了，說眞的，憑我們現在的實力，雖有成功之望，但總會害得人民飽嚐戰爭連綿之苦，說不定還有外族從中插手。但若有明軍相助，誰不要夾著尾巴跑呢。」

風行烈道：「助怒蛟幫收回怒蛟島後，我們便立即起程返回仙兒的家鄉去。」

谷姿仙興奮得扭轉嬌軀，獻上所有熱情。想到長期流徙的族人終有重回故國的一天，不禁更對風行烈感激不已。她並不計較借助明人的力量復國，只要百姓能受到最少的動盪，得到最大的好處，甚麼她都不管了。在熱烈的情火裏，風行烈自然而然展開由韓柏處學來的挑情秘技，弄得帳內的小玲瓏和谷倩蓮全被谷姿仙的嬌吟吵醒過來。跟著自是滿室春情。大仇人年憐丹已魂斷槍下，又成功由京師的絕境裏溜了出來，現在更是復國在望，在歡樂的情緒中，三女拋開了一切矜持，全心全意享受男女間的魚水之歡。老天爺忽地灑下一陣茫茫細雨，江風捲入室內，不過再沒有人知道帳外發生的任何事了。

韓柏緊擁著秦夢瑤，沿著官道策馬飛馳，連夜趕路往鎭江。秦夢瑤回復了那淡雅飄逸的仙姿美態，但仍顯得對韓柏非常依戀，不斷主動獻上香唇，比之接天樓之夜更放縱自己。韓柏深切體會到她的心意，更知道從此一別之後，此情雖長在，此境卻難再。

韓柏揩擦著她的臉蛋道：「爲夫似乎還未夠呢！嘿！」

秦夢瑤「噗哧」嬌笑道：「若你使壞時撞上了陣容龐大的允炆軍隊，那怎辦才好呢？」

韓柏哈哈笑道：「大不了我們便以名實相副的雙修大法應戰吧！」

秦夢瑤嬌笑道：「那就由夫君看著辦吧！人家早說過任憑夫君處置。」

韓柏大樂，正思忖怎樣找個地方時，秦夢瑤低喝道：「小心！」

他駭然前望，只見路中心有個人蹲在地上，似正找尋失掉了的東西，忙猛提馬韁。健馬跳起前蹄，後足一撐，越過那人頭頂，在丈許外著地，又奔出了五、六十丈，才緩緩停下。秦夢瑤默然無語，神態奇怪，似乎知道那是何人。韓柏好奇心起，策馬回頭。

那人像絲毫不知剛才發生了甚麼事，仍不斷在地上摸索，喃喃道：「誰偷了我的刀？誰偷了我的刀？」

他的聲音有點耳熟。韓柏定睛一看，立時目瞪口呆。此人蓬頭垢面，衣衫襤褸，依稀仍可看出是馬峻聲。難怪夢瑤大生感慨。這年輕俊彥原是武林的寵兒，卻因一念之差，落得成了個瘋子。馬峻聲雖可算是他的大仇人，但若非他的陷害，自己亦不會因禍得福，如今自己擁仙在懷，不由對他只有同情和憐惜，再沒有半點恨意了。事實上自己根本已忘記了他。

秦夢瑤輕輕嘆道：「或者瘋了對他會是好事，我們走吧！」

韓柏掉轉馬頭，繼續趕路。奔出了十多里後，秦夢瑤低聲道：「韓郎！有人在前方攔截，不如讓我們夫妻和他們玩個遊戲好嗎？」

韓柏的魔種亦現出警兆，道：「不論如何，我都要和你多纏綿親熱一次，才肯放你回靜齋。」

秦夢瑤輕輕地吻了他一下道：「夫君有命，小妻子恭謹從命！」輕輕飄起，由他懷抱脫身出去，沒入路旁的密林裏，姿態之美，教韓柏看呆了眼。

再馳出半里許，前方路上一字橫排，站了多人，嚴陣以待。韓柏怕傷及馬兒，跳下馬來，把牠趕到一旁休息吃草。一拍鷹刀，大步迎去，笑道：「原來是各位老朋友，韓某眞是榮幸，竟能使各位長途跋涉，到此恭候在下。」

攔路者赫然是「邪佛」鍾仲遊，不老神仙、「奪魄」解符、迷情、嫵媚兩女和活色生香的白芳華。

白芳華看他的眼神很奇怪，複雜至令他完全沒法揣測她的心意。鍾仲遊和不老神仙神態如常，似是傷勢已痊癒了，看得韓柏心中暗驚，想不到他們功力如此深厚，不到六個時辰，即可復元。

白芳華嘆息一聲道：「韓郎是否奇怪我們竟能如此清楚把握你的行蹤呢？」

韓柏見對方擺出如此陣仗，自是應有不殺死他不肯罷休之心，若非有秦夢瑤在背後撐腰，今晚確是凶多吉少。苦笑道：「想不到白小姐的所謂眞情對我，只是出神入化的媚術，還在我身上做了手腳，故能清楚把握我的行蹤，召齊人手截殺老子，白芳華你眞狠心。」

白芳華悽然道：「兩軍交戰，哪容得有私情存在其間，韓郎既然走了，就不應回來，教人爲難。」

不老神仙冷哼道：「白教主無謂多費唇舌，此子一天不除，終會變成另一個龐斑。」

鍾仲遊嘻嘻笑道：「讓本佛爺把他擒下交給教主，不是就可吸乾他的魔種嗎？」

解符待要說話，忽地劇烈咳嗽了一陣，臉色變得更蒼白了。韓柏暗讚忘情師太了得。盯著白芳華道：「原來白小姐變了白教主，恭喜你了！請問你在小弟身上做了甚麼手腳？」

迷情掩著小嘴花枝亂顫般笑道：「現在天下已是我們天命教的了，燕王勢窮力薄，縱逃回順天亦難有多少天可活，怒蛟幫又痛失基地，天下再沒有人能抗拒我教。看來你也是個人才，不如投靠教主，讓我們姊妹可悉心服侍你，讓你享盡人間艷福，至乎功名富貴，亦是要風得風，要雨得雨，豈不勝過東躲西藏，苟延殘喘？」

鍾仲遊顯然對他那一刀懷恨在心，冷喝道：「迷情小寶貝給佛爺閉嘴，他連今晚都過不了，何來東躲西藏的資格？」

嫵媚和迷情同一鼻孔出氣，亦不怕鍾仲遊，「噯喲」一聲，笑道：「佛爺難道看不出教主一顆芳心像我們般繫在韓郎身上嗎？你殺他教主可肯饒過你嗎？」

這些妖女真真假假，確令人對她們愛恨難分。鍾仲遊顯然和她們嬉玩慣了，被頂撞也不以為忤，只低罵了一聲小淫貨。

不老神仙畢竟出身白道，看不慣迷情、嫵媚浪蕩的行徑，喝道：「夜長夢多，讓老夫看看他的魔種如何厲害。」

白芳華冷喝道：「且慢！」移到韓柏身旁，悽然看著他道：「韓柏你還不清楚眼前的形勢嗎？允炆已繼承了朱元璋手上所有力量，百倍於燕王，你若陪他執迷不悟，只是以螳臂當車。況且就是眼前這一關你已過不了，若你肯任芳華對你施以禁制魔功的手法，芳華可立毒誓，保證一生一世好好伺候你，讓你享盡人間洪福。」

韓柏哂道：「我還給你騙得不夠嗎？」

白芳華點了點頭，輕柔地道：「我明白韓郎的感受，亦不會怪你，是芳華不好。」輕嘆一口氣，點頭道：「說真的，芳華寧願你轟轟烈烈力戰而亡，也好過看你到日後英雄氣短的樣子。韓郎死後，芳華會為你設立靈位，視你為夫。」

韓柏冷冷道：「哪個男人你不是視他為夫呢？」

白芳華臉色微變，旋又嘆了一口氣，怨憤難平地瞪了他一眼後，退回己陣去，聲音轉寒道：「動手吧！不必留情！」

迷情和嫵媚同時現出錯愕之色。解符大笑一聲，與不老神仙同時前進，來到他面前，邪佛則身子一晃，繞到了他背後，快似鬼魅。邪佛武功本與了盡同級，稍前所以吃虧全在於失算，並非武功及不上韓柏。

韓柏忽地搖頭失笑，道：「你們以爲可以輕易宰掉韓某，實在大錯特錯，白教主當本浪子不知你在我身上動了手腳嗎？」伸手往髮內一抹，取出一粒小珠，以指頭彈上半天，再捧腹笑道：「這小珠可發出香味，使你們養的畜牲能嗅出我的行蹤，而老子也將計就計，藉此把你們引出來。其實我的拍檔大俠浪翻雲一直跟著本浪子，不信讓本浪子著他露一手給你們看看。」

白芳華等瞧他說來充滿信心，不像假話。又見他明知己方有足夠殺死他的能力，仍是好整以暇，一點不擔心，亦似沒有逃走的打算，均驚疑不定。若來的是浪翻雲，那誰都沒有把握可以應付。他們能在這裏截上韓柏，看似輕易，事實上也不知費了多大的心力和人力。這「珠魂追敵」乃魔門的一種秘術，靠的並非是畜牲的鼻子，而是施術者經過特別訓練的靈覺，類似精神感應的術法。首先挑出在精神感應上特別有天賦的弟子，傳以鍛鍊之法，經長時間的修行，對這經過秘法煉製的珠魂生出神秘的聯繫感應，可在十里之內測探到珠魂所在之處，詭奇至極。他們知道韓柏重返金陵後，又猜到他必會由陸路設法趕上燕王的船隊，於是在可能的路線，布下了三個有這種異能的弟子，而他們則守在一座可與這三人藉月色反照直接通訊的山崗處，接到消息後，判斷出韓柏的路線，才能把他截著。本以爲韓柏救得妮娘後會立即離京，怎知這小子在金陵盤桓了個多時辰，才肯離開，等得他們幾乎以爲已失之交臂。

韓柏胡謅完畢，本以爲秦夢瑤會立即露上一手，豈知四周靜悄悄的沒有半點動靜。

白芳華鬆了一口氣，笑罵道：「韓郎眞是愛鬧，死到臨頭，還要故弄玄虛。」

鍾仲遊也如釋重負，便要動手。韓柏苦著臉向天合什低首道：「浪大俠！不要作耍小子了！」

眾人正要嘲笑，風聲響起，一段枯枝由左方林內閃電射出，直取不老神仙。白芳華等無不色變，只是此人能藏在近處而不讓他們發覺，恐怕若非是浪翻雲也應是龐斑了。不老神仙冷哼一聲，塵拂一揮，拂在枯枝上。枯枝應拂掉到地上。

不老神仙忽地悶哼一聲，晃了一下，驚喝道：「浪翻雲？」眾人大吃一驚，知道不老神仙吃了暗虧。

韓柏聳肩道：「還要和本浪子動手嗎？浪大俠一個人怕都夠你們伺候了，老子免役算了。」

鍾仲遊厲喝道：「浪翻雲你是見不得光的嗎？本佛爺一個人就可應付你了。」

韓柏見他色厲內荏的樣子，心中好笑，嘲弄道：「除了天上的明月，何來有光呢！佛爺你是否患了失心瘋症？」

不老神仙動手不是，不動手也不是。白芳華一聲尖嘯，解符等三人忙捨下韓柏，退回她旁，布成陣式，以應付這盛名蓋天下的絕代劍手。

韓柏捧腹大笑，喘著氣道：「浪翻雲哪會這麼東躲躲、西藏藏呢？不過人給嚇破了膽，腦筋便會不靈光起來。」又壓低聲音道：「其實裏面只藏著范賊頭，全是不老仙翁今天功力損耗得太厲害了，接著本來只有三斤力道的東西，卻以爲是十斤重的正貨，嘿！眞是笑死人呢。」

以白芳華的媚功修養，也給韓柏弄得糊塗起來，這小子言之成理，唯一不合理的，就是他怎會把自己的底子洩露出來，難道他活得不耐煩了。

韓柏又嚷道：「邪佛爺不是敢挑戰浪翻雲嗎？快到林裏看看，包管你可見到比較好對付的范賊頭。」

鍾仲遊本有意入林查看，聽他如此鼓勵，反不敢魯莽行事。

白芳華想起剛才湊近韓柏時，曾嗅到他身上有女兒家的幽香，還以爲他在那個許時辰是到了青樓或其他地方胡混，這時心中一顫，已知林內是何人。嘆了一口氣道：「現在芳華也不能不信鬼王的眼光，韓柏你果是福大命大的人，恕芳華不送了。」不老神仙等愕然望向白芳華。

韓柏臉色轉寒，「鏘！」的拔出鷹刀，大步朝他們走去，雙目神光閃閃，冷喝道：「走得那麼容易麼？乖夢瑤快些出來給爲夫押陣，老子要把他們全部宰掉，嘻！不過會留下兩位護法仙子，因爲她們對爲夫總算有點良心。」

驚人的刀氣，逼敵而去。他的腳步足音，生出一種奇異的節奏，使人清晰無誤地感覺到他強大的信心和無與匹敵的氣勢。夢瑤之名入耳，無人不心生寒意，和聽到浪翻雲只有少許差別。

秦夢瑤悄悄出現在眾人身後，與韓柏形成合圍之勢，微笑道：「夫君放心出手，小妻子爲你吶喊助威。」

韓柏一呆停步，失聲道：「夢瑤在說笑吧！難道要我一個人打這麼多奸黨？」縱使血戰在即，白芳華等均覺啼笑皆非，這小子總是令人發噱。

鍾仲遊見他停了下來，氣勢大減，冷哼一聲，閃電移前，兩指箕張，直取他雙目，右手則使出空手入白刃，抓住他的鷹刀。解符同時出手，軟劍化作十多道劍影，攻向韓柏側翼。只要能迅速解決韓柏，就不那麼怕秦夢瑤了。

韓柏哈哈大笑道：「兩個傻瓜中計了！」刀奔似電，連劈兩刀，中斷了的氣勢，又像抽刀斷水般似分仍續，挾著驚人的刀勁，分別劈向兩人。

同一時間秦夢瑤飛翼劍來到手上，朝白芳華、不老神仙和迷情、嫵媚逼去。劍氣遙罩，教他們不能分身去對付韓柏。

白芳華眼中射出森厲神色，拔出髮簪，冷冷道：「好！就讓本教主順便報答夢瑤小姐殺師之仇。」

秦夢瑤容色靜若止水，淡淡道：「找我也可以，但夢瑤卻不敢居首功，我只是負責把令師逼出金陵，其他的就是浪翻雲的事了。」

白方華呆了一呆。秦夢瑤忽後退一步，收劍皺眉道：「只是白教主剛才的心神分散，夢瑤就可令教主飲恨劍下。」

白芳華嘆了一口氣道：「夢瑤小姐不知是否相信，芳華眞的愛上了韓郎，故而心志難凝，鬥志不堅。」

此時韓柏已和解符與鍾仲遊戰作一團，難解難分，一時誰也佔不到上風。不老神仙躍躍欲試，只恨秦夢瑤雖收劍卓立，但總覺她的精神仍遙制著自己，使他不敢妄動。

秦夢瑤平靜地凝視著白芳華，搖頭道：「教主此言差矣，你根本不會愛上任何人，因爲你愛的只是權力和地位，你可騙倒韓柏，卻騙不了夢瑤。」

白芳華神色轉趨冰冷，忽又露出茫然之色，垂首道：「或許是這樣吧！」接著厲喝道：「動手！」

疾掠而前，長簪在虛空處循著玄奧莫測的線路，不住比畫，發出氣勁破空的呼嘯，封死了秦夢瑤所有進路。不老神仙和嫵媚、迷情分由左右側欺上，配合白芳華全力合擊秦夢瑤。拖纏終於結束。血戰展開。

韓柏在與鍾仲遊和解符兩大凶人動手前，心情本是非常輕鬆，豈知給這兩人纏上後，差點要叫救命。先前宮內一戰，他趁鍾仲遊一著之差，把他擊傷敗退，故不無輕敵之意，又以爲他仍是內傷未癒，所以不大把他放在心上。但甫一交手，這年逾百歲的魔門高手，立即顯示出深不可測的攻擊力量，而且一點受傷的跡象也沒有。只看他能這麼快復元，便可知他的魔功深厚至何等驚人的境界。至於被忘情師太在背上打了一掌的解符，亦不知運用了甚麼魔門秘法，強把傷勢壓下去，與鍾仲遊配合得天衣無縫，逐漸把戰圈收緊，務要置他韓柏於死地。

此時鍾仲遊化掌爲爪，爪化爲拳，拳化作指，連變三次，點在刀鋒之上，一股如山洪暴發的狂勁，沿刀湧至。韓柏虎軀劇震，往後疾退。他本欲把對方內勁吸納，再以之對付解符。哪知這邪佛勁氣裏帶著一絲奇寒無比的殺傷之氣，若硬吸納之，如若抓上一團藏有利針的棉團，必傷無疑。駭然下運起挨打奇功，以正反內氣將之化解。但原本佔著的主動之勢，也因而土崩瓦解。剛被他劈退的解符見機不可失，腳步迅移，行雲流水般繞往他身後，冷喝一聲，手上軟劍化作重重寒芒劍影，暴雨般往韓柏灑去，就像韓柏把空門盡露的背脊自動朝他送來。鍾仲遊施盡渾身解數，硬與韓柏拚了一記，破了他天馬行空般的刀法，心中大喜，小退兩步，又如影隨形般欺身而上，趁著對手忙於化解他魔功的一絲空隙，配合著解符的攻勢，前後夾擊韓柏。

「叮！」的一聲響徹官道。秦夢瑤的飛翼劍與白芳華的長簪短兵交接。林路上一時殺氣瀰漫。

浪翻雲與憐秀秀並排立在風帆的望台處，享受著迎面吹來的長江晚風。操舟者是范豹和他的手下，隨行的除顏煙如外，還有另一「貴客」，就是以毒計分別害死上官飛和紀惜惜的天命教軍師瞿秋白。江風吹來，拂動了這色藝雙絕的名妓鬢邊的秀髮，自由寫意，增添了她幾分平時難得一見嬌冶活潑的韻味。浪翻雲兩手負後，神色平靜地看著反映著天上月照的滾滾奔流。

憐秀秀微移嬌軀，香肩輕輕挨貼著這天下無雙的絕代劍手，蹙眉道：「京師究竟發生了甚麼事呢？爲何竟傳出隆隆炮響？」

浪翻雲淡淡道：「朱元璋死了！」

憐秀秀芳軀劇震，愕然望向這使她情迷心醉的軒昂男子，眼中射出恐懼的神色。沒有了朱元璋，天下豈非要重陷群雄割據的亂局？

浪翻雲長長吁出一口氣，嘆道：「鬼王的相法眞厲害，看穿朱元璋過不了這三天大壽之期。造化弄人，帝王將相，賢愚不肖，誰也不能身免。」

憐秀秀皺眉道：「翻雲怎知皇上駕崩了？」

浪翻雲淡然道：「朱元璋老謀深算，精擅爭戰之道，若他還健在，亂黨哪是他對手，怕連頑抗的力量都沒有呢。而他更不用出動火炮，徒鬧得滿城風雨。故此炮聲一響，等於敲起了他的喪鐘，天下勢將有幾年亂局。」

憐秀秀移入他懷裏，拉著他的手環箍著她纖腰，顫聲道：「翻雲不擔心夢瑤小姐和她的朋友嗎？」

浪翻雲嗅著她動人的髮香，淺嘆道：「我現在愈來愈相信一飲一啄，均有前定，擔心也只是白擔心。何況他們若有差池，我必會生出感應，秀秀還是專心享受眼前此刻的長江美景吧！」

憐秀秀受他感染，拋開心事，螓首後仰，靠到他寬敞的肩膊上，俏目亮閃地看著他道：「秀秀這樣算不算和情郎私奔呢？」

浪翻雲啞然失笑，頗生感觸。先後兩次挾美離京，處境都是那麼相似，這不是命運是甚麼？惜惜慘遭毒手，他再不會讓同樣的事發生在憐秀秀身上。憐秀秀玲瓏剔透，見他沉吟深思，也閉上美目，靜心享受與這唯一能與龐斑抗衡的劍手那醉人的溫存。

忽聞浪翻雲嘆道：「黑榜十大高手，現在只剩下浪某和范良極，誰想得到半年之間，竟會生出這麼天翻地覆的變化呢？」

憐秀秀睜開美眸，看著長流不休的江水，再說不出話來。

紫禁城。朱元璋的御書房內，這回據龍桌而坐的是換上了龍袍的允炆。恭夫人側坐一旁，黃子澄和齊泰兩人則肅立桌前，向允炆報告最新的發展。允炆雖有點勞累，神情卻亢奮至極。他終於登上了天下至尊的寶座，只要待朱元璋的「假大殮」喪禮完成後，便可正式成為大明的君主。

黃子澄此時道：「燕王只得區區山東水師護航，行蹤又在我們掌握中，除非他能脅生雙翼，否則休想飛回老巢去。」

恭夫人柔聲道：「黃卿家萬勿輕敵，燕王能被老頭子看得起，定不是好對付的，旗下的僧道衍更是智計不凡，與怒蛟幫的翟雨時，並稱為廷內廷外兩大軍師，不可小覷。」

齊泰從容一笑道：「縱使他們有賽過周瑜孔明的才智，亦將回天乏力，現在天下已落在少主掌握之內，朱棣以區區一省之力，憑甚麼來和皇上對抗。至於怒蛟幫則既失基地，又是元氣大傷，更不足慮。」

允炆欣然道：「如此朕應否立即發動大軍，一舉把燕逆的勢力剷除呢？」

黃子澄乾咳一聲，道：「此事欲速不達，現在至關緊要的事，就是先鞏固朝中勢力，把所有同情燕逆又手握實權的朝臣大將除去，待天下歸心時，才將其他藩王連根拔起，方是上策。」

恭夫人皺眉道：「這豈非予跟燕逆勾結的藩王有喘息之機嗎？」

齊泰接入道：「太后明鑑，黃修撰之言不無道理，燕王或不足慮，最令人頭痛的就是虛若無那老賊，若他養好傷勢，復出與我們作對，絕不容易應付，故必須趁此天賜良機，把一向與他關係親密的權臣大將罷免剷除，代之以我方信任的人，否則始終是禍亂之源。」

允炆點頭道：「兩位卿家均言之成理。」轉向恭夫人道：「母后啊！只要最終能擒殺燕逆，餘子還何足懼呢？」

恭夫人感到這寶貝兒子像在一夜間長大了，點頭表示同意後，轉向齊黃兩人道：「無論燕逆能否逃回順天，怒蛟幫終是心腹大患，只看他們大破黃河幫，可知在水上他們仍是沒有敵手。若給他們奪回怒蛟島，聲勢重振，又少了魔師宮這對手的牽制，那時亂臣賊子，誰不依附？所以當務之急，實乃力保怒蛟島的不失，再慢慢除掉他們深植在洞庭和沿江的勢力。只要皇令能在長江通行，其他藩王縱想造反，也是無爪無牙，惡不出樣子來。」

齊泰奮然道：「這事就交由臣下去辦，只要臣下有一口氣在，就不會讓怒蛟幫得逞。」

恭夫人微笑道：「怒蛟幫現在雖高手如雲，幸好勢易時移，只要我們依照原定計劃請出一些潛隱的高手，再配合我們強大的實力，怒蛟幫也餘日無多了。」向愛兒笑道：「皇兒還不下令，委任齊卿家作討賊的大元帥？」

允炆聞言欣然下旨。齊黃兩人撲伏龍桌之前，慨然受命。就在這一刻，整個爭霸天下的重心，忽然轉移到這個小小的怒蛟島去。

白芳華的髮簪眼看要刺中秦夢瑤，忽然間對手以一個曼妙無邊的嬌姿美態，飄退數尺，飛翼劍跳彈而起，以令人慢得不耐煩的速度橫劈過來，偏又恰到好處地掃在簪身上。白芳華蓄滿簪內的眞氣像泥牛入海，消失得了無痕跡，一點勁都用不上來，駭然疾退。左邊的不老神仙，右邊的嫵媚、迷情二女，見狀分由兩側搶上，一把拂塵、兩支洞簫，狂風暴雨般向這絕代女劍俠攻去。秦夢瑤嘴角逸出一絲淡淡的笑意，行雲流水般往白芳華飄去，同時劍光大盛，驚人的先天劍氣嗤嗤作響，不老神仙還好一點，嫵媚二女簫刃未觸，早給她逼退開去。白芳華才退了五步，飛翼劍又攻至眼前，連不老神仙也難以阻延秦夢瑤半刻。

另一邊傳來「噹！」的一聲。韓柏哈哈大笑，倏地橫移，反手一刀劈出，正中後方解符的軟劍，硬把對手震退兩步。同時嘲笑道：「這麼晚了，還不回家睡覺，不怕撞上給你害死的冤魂猛鬼嗎？」

解符兩眼射出狠毒神色，冷哼道：「死到臨頭，還要嘴刁！」

鬼魅般閃往韓柏另一側，左袖輕揚，一蓬專破氣功，細如牛毛似的細針，驟雨般朝他下盤灑去，陰損無倫。「邪佛」鍾仲遊此時趕了上來，不知如何兩手同翻，多了一長一短兩支鐵筆出來。長的有三尺，短的長度剛好是長筆的一半，使人一瞧就知是專走凶奇險辣的路子。即使對著了盡禪主，這魔門上一代碩果僅存的大凶人，仍沒有出動這對傢伙，可見他是如何深藏不露，亦知他對韓柏惱恨之深，決意不惜一切置其於死地。

韓柏忽感筆勁逼來，嚇了一跳。鍾仲遊倏忽間撲至身前，雙筆短的逕取咽喉，長的橫掃腰腹，剛柔兼備，筆未至，眞勁透筆尖而出，凌厲至極。韓柏一聲長嘯，腦中湧起戰神圖錄內的奇招異法，心與神守，左掌往下虛拍，震散了解符的歹毒暗器，鷹刀一挑，嗆的一聲，盪開敵人橫掃腰腹的一筆，頭往後仰，教對方短筆刺不著咽喉，同時飛起一腳，往鍾仲遊小腹猛踢過去，拿捏的時間部位，妙若天成，教人嘆爲觀止。鍾仲遊哈哈一笑，攻向他咽喉的一筆中途變招，往回拉下，筆桿準確無誤地猛撞在韓柏腳尖處。「蓬！」的一聲爆響，兩人同時劇震退後。鍾仲遊心中駭然，暗呼魔種厲害，竟能硬擋他蓄滿了近百年功力的一擊，更增殺死對方之心。韓柏亦是心中叫苦，他全仗挨打神功的奇妙化解方式，才擋得住對方數次全力狂擊。而問題是對方因有解符助攻，故每次都能取得喘息之機，而自己則沒有這種優勢。解符的軟劍又至，劍氣森寒，罩射他左邊太陽穴。

在韓柏陷於苦戰之局時，秦夢瑤向白芳華攻出了五劍，同時把不老神仙和嫵媚兩女硬擋在戰圈之外。她進入了劍心通明，一滴不漏的劍道至境，不但對身旁四名敵手洞察無遺，韓柏那邊的交戰情況，亦無法逃過她的慧心。白芳華魔功秘技的高強，大大出乎她意料之外，已青出於藍，比單玉如還要高出半籌，而且韌力驚人。假若不用分神應付不老神仙和嫵媚迷情二女，她有把握在十招之內將白芳華收拾，但多了這三個人，她卻休想毫無損傷地取白芳華之命。這還是不老神仙因先前一戰功力損耗過劇，使不出平時的大半功夫，否則她能否必勝，仍在未知之數。她更曉得韓柏情勢凶險，動輒有落敗身亡之虞。鍾仲遊和解符都是年老成精，狡猾如狐的魔頭，無論戰術戰略均老辣無比，根本不予韓柏任何機會和僥倖。

清楚了敵我形勢後，秦夢瑤已有定計。飛翼劍彈上半空，化作滿天劍影，暴雨般同時往眾敵灑去。

白芳華成了秦夢瑤針對的主攻對象，給她殺得左支右絀時，驀地壓力一輕，正欲還攻，只見飛翼劍盡在簪尖前比劃，似攻非攻，教人看不破玄虛，空有絕技，卻一招也使不出來，唯有往後退開，爭取回氣的時間。「噹！噹！」兩聲，嫵媚迷情兩女簫管不知給對方以何種手法點個正著，沛然莫測的劍勁透簫襲來，兩女嬌哼連聲，硬被逼開。忽然間，變成了不老神仙一人面對著秦夢瑤的飛翼劍。這晚節不保的白道鉅子由參戰至今，爲保元氣，一直沒有用上全力，只以遊擊戰法，牽制著秦夢瑤，此時心知不妙，倏往橫閃，意圖移往白芳華之旁，免陷於孤軍作戰之局。

秦夢瑤以絕世劍法，營造出此種有利形勢，豈肯白白放過，悠然一笑，嬌軀閃移，竟掠到白芳華與不老神仙之間，右手飛翼劍有若乳燕翔空，依循著玄妙無倫的軌跡，彎向急撲而來的白芳華，另一手以一隻看似嬌柔無比的玉指，往不老神仙戳去。此刻嫵媚迷情兩人退至丈許開外，仍在運功化解秦夢瑤的先天劍勁，欲援無從。不老神仙見對方雖只一指戳來，但手法招式卻精妙至無可復加的地步，不但遙制著自己所有逃路，更駭人的是對方這輕描淡寫的一指，竟能牢牢吸引著他的心神，使他宛若置身狂風駭浪，萬頃凶濤之中，而偏在這狂暴的態勢中，心靈湧起了至靜至極的奇妙感應，這兩種極端對立的感覺，駭得他心悸神飛，知道自己因功力大幅減退，心神被對方所制。不老神仙狂喝一聲，勉力掣起拂塵，施出壓箱底本領，拂尾猛掃敵指，只望白芳華能及時牽制對方，他便有逃生之機。白芳華何等精明，一見秦夢瑤的攻勢，知她把目標移往不老神仙身上，心中冷笑，暗忖無論你秦夢瑤如何厲害，也休想在分出一半功力對付自己的同時，能擊殺不老神仙這種氣脈悠長，功底深厚扎實無倫的宗師級高手。嬌笑聲中，銀簪抖出朵朵簪花，往秦夢瑤印去，不但虛實難分，且氣勁嗤嗤，無孔不入地往對手襲去，務求將秦夢瑤牢牢制抓著。嫵媚迷情兩女終是功力深厚，數息間回復過來，兩管簫化作重重光影，銅牆鐵壁般配合著往秦夢瑤直壓而去。這次兩女學精了，魔功盡展，互為成輔，以免再給秦夢瑤有逐一擊破之機。

那邊廂的鍾仲遊和解符，一直留意著這邊的戰況，知道時機已至，只要能損傷韓柏，定可分這仙子的心神。由開戰至今，戰情雖凶險萬分，其實兩人均有所保留，只以車輪戰法損耗韓柏的功力，使他難有喘息之機。現在既打定主意痛下殺手，立時全面發動攻勢。首先鍾仲遊把魔功提至極限，眞氣泉湧，透筆尖而出，再次以長筆取上，短筆取下，疾攻韓柏面門和下陰，速度既不同，剛柔亦有異，功力之精純深厚，確是驚人之至。解符手中軟劍畫出一道寒芒，人隨劍走，硬往韓柏撞去，極盡陰毒狠辣之能事，教人有莫之能禦的感覺。韓柏表面雖被夾攻得氣虛力怯，可是他的魔種乃魔門瑰寶，天性能克制任何魔門功法，更兼道功魔種大成，道魔二氣循環不休，無有衰竭，損耗的只是氣力，眞氣卻是豐沛澎湃，在此壓力驟增的時刻，仍能夷然無懼，一聲長嘯，竟往上躍起，手中鷹刀化出重重刀浪，往下方兩人罩擊而去。但亦是無可奈何。任他如何厲害，終難以同時應付這兩大魔頭的全力一擊。換了是龐斑或浪翻雲，亦唯有以種種戰略，避免此種不利的形勢。鍾解兩人同時大喜，韓柏身在虛空，雖可暫時躲過被前後夾擊之厄，但哪能持久，分別使出拖吸之力，務要把他牢牢扯著，欲遁不能。

鏖戰至今，兩方的戰情均到了決定性的時刻。秦夢瑤的靈覺一直緊緊和愛郎連結在一起，對韓柏的心意洞悉無遺，淡逸微笑中，飛翼劍羚羊掛角般點在白芳華簪尖之上，卻沒有發出兵刃交擊的聲音。白芳華見秦夢瑤竟蠢得來和自己在內勁上見眞章，心中狂喜，全力催勁時，忽感不妙。只覺對方寶劍虛虛蕩蕩，自己簪內蘊蓄的眞勁有若石沉大海，無影無蹤，嚇得魂飛魄散，驚知中計。這也難怪白芳華，哪想得到秦夢瑤的道胎內暗藏魔種，根本不怕她的魔功，故能在出其不意下，不但化去她這雷霆萬鈞的一擊，還順手牽羊地把她的勁氣借去，以之對付另一邊的不老神仙。秦夢瑤這一著非常冒險，假設白芳華看破她的手法，有所防範，那她不但借功不成，還會身受其害。於此可見高手爭鋒，勝敗實只差一線，誰犯錯誤，誰就要慘承苦果。秦夢瑤這時玉指點在不老神仙拂塵上，此曾享譽白道的至尊人物，渾身劇震，橫退開去。秦夢瑤輕輕一嘆，飛翼劍迴飛而來。不老神仙正拚力化解秦夢瑤指尖襲來的眞氣時，倏地前後左右盡是如虹劍氣，狂喝一聲，把拂塵抖得筆直，脫手彈出，電射對手，同時兩手揮出萬千掌影，作最後掙扎。這時嫵媚迷情剛好趕至，全力往秦夢瑤攻去。秦夢瑤劍氣再盛，像給一朵仙雲托著般疾升半空，馭劍而行，以一般人肉眼難辨的速度，身劍合一，化作一道虹芒，往韓柏的戰圈投去。

韓柏和鍾仲遊、解符三人已到了生死立判的時刻，三人額角均滲出了汗珠，對他們這種魔功深厚的人來說，這種異常之象，正顯示三人均透支了眞元。解符此時軟劍由硬化軟，軟鞭般向正往下落來的韓柏抽去，豈知眞氣一滯，竟緩了一緩，駭然下知道內傷正處於發作邊緣，哪還敢逞強發勁，改攻爲守，雙膝屈下，軟劍在頭上化作護身劍網。韓柏早先剎那間於虛空處連擋兩魔頭迅雷急電的十多擊，本是危如累卵，現在驀地壓力一輕，有若鳥脫囚籠，狂喝一聲，鷹刀全力往鍾仲遊破空而來的雙筆劈去。鍾仲遊積近百年魔功，豈是泛泛之輩，更知秦夢瑤正凌空馭劍來援，要殺韓柏，僅剩此唯一良機。他的面容立時變得冷酷嚴峻，氣勢陰森冷厲，雙筆突生變化，波譎雲詭，強猛中含著至陰至毒的眞氣，欺韓柏魔功比不上他的深厚，只要刀筆交觸時，韓柏因眞元損耗得比他更厲害而略有不濟時，那絲陰毒之氣便可侵入對方經脈臟腑，使對手永難痊癒。交手至今，他已大約摸清韓柏化解他魔功的方式，但他爲人深藏至極，直到這關鍵時刻，才猛施殺手，務使對方猝不及防下，中了毒計。韓柏此刻心靈澄明通透，雖及不上秦夢瑤的劍心通明，亦所差無幾，立時發覺敵手有異。一聲長嘯中，腦海自然地湧起戰神圖錄的景象，刹那間心神嵌入了大自然的天心裏，只覺天地精氣，與自己冥合爲一，無分彼我。心領神會下，鷹刀捲罩而下。這也是他福緣深厚處，若非解符內傷發作，這次他勢必難以有命離去。

「嗆嗆！」兩聲激響。韓柏往上拋飛。鍾仲遊全力兩擊，就像撞上了一堵無形氣壁，奇功毒勁，盡給反彈回來，難過至極，被迫滾地化解。解符回過氣來，要趁韓柏眞氣近乎虛脫之際，凌空進擊，秦夢瑤人未至，劍氣先至，駭得他慌忙移開，免致在氣機牽引下，成了秦夢瑤這蓄滿劍勢一擊的唯一目標。白芳華等掠趕而來，卻慢了半步。秦夢瑤寶劍化作千道寒芒，壓制著下方諸魔，凌空會上韓柏，伸手摟著他的粗腰，橫空投入月夜下的密林裏，迅即消沒。白芳華等趕至剛彈起來的鍾仲遊之旁，均面面相覷，想不到以己方如此實力，尚奈何不了對方兩人。不老神仙則凝立原地，本若嬰兒般嫩滑的容顏現出縱橫交錯的皺紋，頹然一嘆，坐倒地上。猛地湧起滿腔悔意，一念之差，致落得今日之果。白芳華等均嗒然無語，心知他氣門被破，神功盡廢，以後再難爭霸江湖。對這樣一個曾叱咤風雲的人物來說，那比殺了他更令他難過。

第三章 終須一別

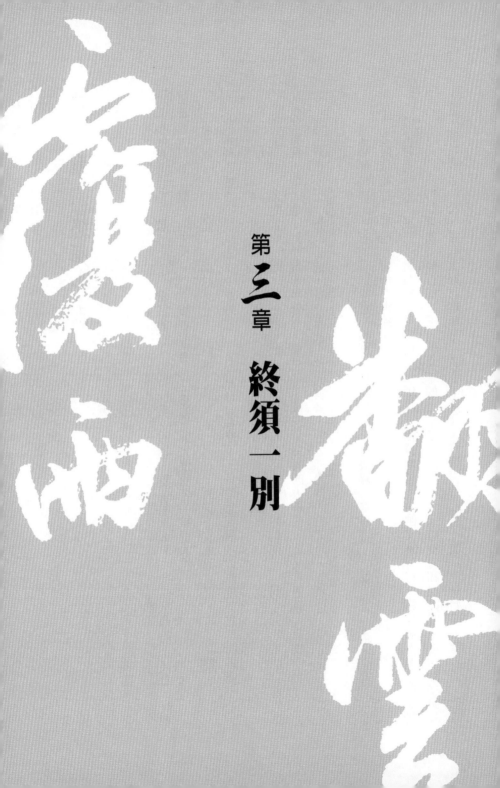

第三章　終須一別

船隊趁著夜色，放流而下。鎮江府在十個時辰的水程內。除了執勤者外，大部分都躺下休息，好養精蓄銳，以應付艱辛的未來。雲素和雲清兩人守在忘情師太遺體旁，神情木然。

雲清嘆了一口氣道：「師妹休息一下好嗎？師父求仁得仁，師妹不宜太過哀傷，苦了身體。」

雲素輕搖螓首，淡淡道：「師姊放心，雲素沒有甚麼事，只是想到很多以前沒有想及的事罷了！」

雲清想起韓柏，低聲問道：「師妹的心事，可以告訴我嗎？」

雲素滿懷感觸地幽幽一嘆，清麗無倫的玉容掠過一絲黯然之色，輕輕道：「到今天我才明白爲何師父改法號爲忘情，想不到她數十年修行，仍忘不了那忘情負義的大壞蛋，師父眞個教人悲慨！」

雲清欷歔不已，難以排遣，長身而起，移到窗旁，看著外邊微明的天色，忽然道：「師妹心中是否多了個韓柏？」

雲素嬌軀輕顫，手捏的佛珠串發出微響，俏臉掠過一絲霞彩，垂首唸了一聲佛號，才淡淡道：「雲素早立志皈依我佛，其他一切都不再放在心上。」

雲清轉過身來，凝視著這令她鍾愛疼惜的小師妹，愛憐地道：「師父嘗有言，修行並不須非在佛門之內，在佛門內的也非便是修行的人。只看當年的令東來和傳鷹，今天的龐斑和浪翻雲，可知師父此言不虛。師妹青春少艾，還有大好花樣年華。若妄下抉擇，只選青磬紅魚，他日發覺始終不能忘情，那時豈非悔之莫及？」雲素美目落到忘情師太遺體之上，露出茫然神色，沒有答話。

雲清來到她身旁，坐了下來，輕輕道：「師妹若爲報師門之恩，矢志遁跡空門，師父在天之靈，也會感到不安，別忘了她臨終前教師妹隨緣的遺言。」

雲素「啊」一聲叫了起來，秀眸掠過惶恐的神色，伸手一把抓著雲清的闊袖，以帶點懇求的聲音道：「師姊啊！請答應雲素一個要求好嗎？」

雲清愕然道：「師妹說吧！」

雲素神情忽地平復下來，靜若止水般道：「師姊說我是逃避也罷，待會下船後，雲素立即把師父遺體運返出雲庵，以後再不管塵世的任何事。」

雲清想不到她斬釘截鐵地說出這番話來，爲之啞口無語，好半晌後嘆道：「師姊陪你回去吧！」

雲素微微一笑道：「師姊可不必如此，師父若然健在，雲素可能會情不自禁地投入韓柏懷裏。但現在師父仙去，反使雲素悟破了世情。此次回庵，將潛心靜修，爲世人多做點功德。雲素亦不會忘記韓柏，他將成爲我生命中的一段回憶。唉！這麼的一個人，教人怎捨得將他忘記，但若有一天雲素把他忘了，那就是雲素修道有成之時了。」

清晨時分。楞嚴回到秦淮河畔的統領府。他已多天不敢回來，此刻跨進門檻，充滿著新鮮奇妙的感覺，恍如隔世。管家婢僕知他回來，跪伏兩旁迎接。楞嚴暗暗自豪，現在自己才眞的成了京城內除允炆外最有權勢的人物，不像以前服侍朱元璋般日夜膽戰心驚，害怕著朝不保夕。

舉步直赴內府，尚未走到內堂，服侍陳貴妃的兩名小婢神色惶然地迎了出來，道：「老爺！貴妃⋯⋯

…夫人要走了。」

楞嚴劇震道：「甚麼？」哪還有暇理會兩婢，箭般搶入堂裏。陳玉眞神色平靜地坐在一角，身旁几上放著個小包袱。

楞嚴奔到她旁，單膝跪下，抓起她那對纖美的玉手，惶急道：「玉眞！究竟是怎麼一回事？」

陳玉眞輕輕抽回右手，撫上他的臉頰，平靜地道：「朱元璋死了，單教主也死了，京師再沒有玉眞留戀的事物。」

楞嚴一呆道：「那我呢？」

陳玉眞悽然一笑道：「你肯不肯拋開一切，隨玉眞離去呢？」

楞嚴凝神細審她的俏臉，好一會才沉聲道：「玉眞！給我們點時間好嗎？我明白教主的死對你造成了很大的打擊，可是這一切都會成爲被淡忘了的過去。現在我們已達到了心中的夢想，整個天地煥然一新，且讓我們攜手迎新送舊，開始只羨鴛鴦不羨仙的生活，才沒有白白浪費掉這無限美好的生命。」

陳玉眞幽幽一嘆，柔聲道：「你並不明白玉眞，玉眞從不相信有永誌不渝的愛情，人都是天生自私自利的，就像爹和娘那樣。統領也誤會了，單教主的死對我並沒有任何影響，昨天我看憐秀秀那台戲時，忽然間竟分不清戲台上下的分別。唉！好好當你的廠衛大統領吧！一天燕王未死，怒蛟幫未除，你定能享盡榮華富貴。可是當天下盡入允炆掌握之時，你便要再定去留。白芳華和恭夫人絕不允許知曉她們天命教底細的外人留在世上。」

楞嚴猛地立起，傲然道：「玉眞絕不須爲此擔心，他有張良計，我自有過牆梯，除單玉如外，其他人我楞嚴還不放在眼裏。」

陳玉真輕輕一嘆，欲語無言地盈盈立起，楚楚動人。楞嚴愕然道：「你仍是要走嗎？」

陳玉真緩緩拿起那小包袱，挾在脅下，搖頭嘆道：「不要小覷白芳華，我看她比單玉如更厲害，否則鍾仲遊、解符兩人怎會甘心奉她為教主？玉真要說的話都說了，心中只感到安寧舒暢，若統領拋不開富貴榮華，便讓玉真安然離去。千萬不要阻止我，免得白白辜負了玉真待你回來話別的苦心，玉真更不想腦內存下了對統領的不良印象和回憶。」

楞嚴軀體劇震，呆若木雞般瞧著她。陳玉真挨入他懷裏，輕吻了他臉頰，退了開去。

楞嚴失聲道：「你眞要走嗎？是否心中有了別的男人？」

陳玉眞「噗哧」苦笑，柔聲道：「你是指韓柏嗎？玉眞仍不致對那樣的野孩子動情。玉眞此去，說不定會遁入空門，又或找個無人的山野了此殘生，現在連自己都說不上來。」接著背轉身去，悽然道：「當日在落花橋向爹下毒手時，玉眞早決定諸事了後，便到九泉之下向娘報訊。生命本身實在是最沉重的負擔，既荒謬又令人痛苦！玉眞很倦很累，只想一個人能靜靜的去想點問題。」言罷緩緩往大門走去。

楞嚴看著她的背影消失門外，劇痛椎心，卻沒有追出門去。怎麼也想不到在這成功的極峰時刻，卻驀然失去了最寶貴的珍物。

秦夢瑤與韓柏攜手穿林過丘，剛掠過一個連綿百里的密林，眼前一亮，夕照下滔滔大江流水，在崖下蜿蜒東去，氣勢磅礴，不可名狀。

秦夢瑤欣然一笑，移入韓柏懷裏，讓他摟個結實，臉兒緊貼，才指著下游晚霞漫天處道：「由這裏再走百里，可抵鎮江，以韓郎的腳程，不出一個時辰應可見到你的月兒霜兒。」

韓柏愕然道：「聽夢瑤的口氣，此刻就要和我分別。」

秦夢瑤柔聲道：「出嫁從夫，假若韓郎眞要人家陪你到鎮江，小妻子怎敢不從。」

韓柏瀟灑笑道：「爲夫豈是如此拖泥帶水的人，我們就在這裏分手。」接著無限感觸道：「能得仙子垂青，到此刻我韓柏仍如在夢中，難以相信這是事實。唉！韓某何德何能，竟能蒙夢瑤你錯愛呢？」

秦夢瑤轉過嬌軀，兩手纏上他頸項，獻上熱情無比，激情浪蕩的一吻，嬌喘細細道：「夢瑤只是凡人一個，不要把人家抬捧了。離別在即，夢瑤對夫君有一句忠告，就是切勿辜負了魔種的恩賜。」

韓柏此時幾乎給秦夢瑤的熱吻融化了，聞言不解道：「怎樣才算不辜負魔種？」

秦夢瑤秀眸射出萬縷柔情，緊緊繫著他的眼神，深情若海地道：「在這人世之間，一切生命都是有限的，唯獨生長卻是永無止境。只要夫君能保持魔種的不住生長，繼續進步，不停變化，日趨完美，才不會辜負了赤老他對你的一番心血和期望。韓郎體會到夢瑤的苦心嗎？」

韓柏俯頭封緊她香唇，經一番銷魂蝕骨，充滿離情別緒的靈慾交融後，才放開了她，飄退數步，哈哈一笑，拱手道：「爲夫受教了。同時我也有個奇怪的預感，就是此地一別，韓某永無再見你這只來凡間一遊的仙子之日。」

秦夢瑤疾飄而前，再纏上了他，美眸掠過奇怪的神色，深深熱吻後，才退了開去，微嗔道：「不准你胡說八道，難道你竟忍得下心，不來靜齋探望夢瑤嗎？」

晚風由大江拂來，吹得秦夢瑤衣髮飄揚，有若正要離別塵凡仙去的女神。韓柏看得眼也呆了，吶吶道：「無論如何，就算鐵鍊繫腳，怒蛟島一戰後，我爬也要爬上你的靜齋去看個究竟，夢瑤放心好了。」

秦夢瑤驀地回復了她靜若止水，淡雅高逸的一貫神情，甜甜一笑，輕聲道：「這才乖嘛！記得代人家向各人問好請罪。」往後飄退，沒在崖邊處。

韓柏追到崖旁，只見秦夢瑤一朵白雲般冉冉落在五丈下江旁一塊大石上，還朝他揮手道別。看著她藉折下來的一段枯枝橫渡大江，韓柏湧起千情萬緒，忍不住仰天長嘯。秦夢瑤硬忍著不回過頭來，消沒在對江密林處。

燕王的水師船隊闖過鎮江的防範關口，緩緩往下游十多里的一個無人渡頭靠去。鎮江水師仍未知悉應天之變，當然不敢阻攔，任他們越關而過。船隊靠岸後，僧道衍和張玉親自率人去購買所需物品和糧食一類的東西。莊青霜既心掛韓柏，又見乃爹要隨燕王出大海赴順天，哭得像個淚人兒般，聞者心酸。沙天放和向蒼松兩人經一晚坐息，精神好了很多，此時來到主艙，與眾人話別。燕王棣正與戚長征、風行烈、陳令方、莊節等聚在一起說話。

戚長征道：「我們返洞庭後，立即籌備反攻怒蛟島的事宜，現在除本幫外，尚有行烈的邪異門、先義父的山城精銳、鬼王府的高手，更有不捨大師等武學宗師助陣，實力倍增，任允炆如何調兵遣將，我們毫不懼怕。」

燕王微笑道：「各位的高義隆情，朱棣實難以為報，唯有日後盡心盡力治好天下，讓百姓萬民安居樂業，始能心安無愧。」伸手抓著風行烈肩頭，懇切地道：「行烈請記著朱棣對你的承諾，諸事一了，就是無雙國復國之期。」風行烈心中感動，連忙謝恩。

燕王瞧著坐立不安的陳令方道：「陳公放心，天下間怕還沒有韓柏和范良極這對最佳拍檔做不到的事，尊夫人必能及時送來，陪你同赴順天，本王還要倚仗陳公，理好順天和今後大明的政務呢。」陳令方下跪謝恩，但仍是憂色難消。

話猶未已，范良極的嘯聲由遠而近。眾人大喜，虛夜月首先由莊青霜旁邊跳了起來，搶到艙外。在眾人期待下，范良極領著妮娘，步入艙內，後面跟著一臉惶急的虛夜月。

陳令方歡欣若狂，迎上妮娘，同時愕然道：「四弟呢？」這正是所有人肚內悶著的問題，登時所有眼光全集中在范老賊頭身上。

范良極得意洋洋道：「放心吧！這小子負責引開追兵，又不像我般懂得抄山路捷徑，自然要遲到一點。」莊青霜聞言又梨花帶雨般哭了起來，害得谷姿仙諸女慌忙勸慰。

虛夜月怨道：「你這賊大哥，怎麼也應等到他才一起來嘛！」

范良極陪笑道：「我不想燕王因要等妮娘致延誤行程。咦！我的親親小雲清到了哪裏去？」

向清秋的嬌妻雲裳把范良極拉到一旁道：「雲清著我告訴你，她和雲素先把師太遺體送回出雲庵，薄姑娘亦有隨行，諸事了當後，雲清便到洞庭來會你。你不用擔心她們的安全，已派出十多個鬼王府高手陪著她們回去。」范良極雖咳聲嘆氣，卻也無可奈何。

此時僧道衍等陸續回來，分手的時間亦到了。燕王豪氣大發道：「感激的話不說了，將來我等再會之時，就是本王揮軍南下，直取應天的時刻。」

眾人轟然應諾，離愁別緒，化做壯志豪情，無論將來如何荊棘滿途，也有信心過關斬將，逐一克服。夕陽最後一絲光線消失在大地邊緣處，黑夜君臨大地，似若預示著明室進入了內戰的黑暗中。

范良極穿過黑夜的密林，來到藏身林內空地的眾人處，舉掌發出勁風，吹滅了熊熊燃著的篝火，四周立時陷入伸手不見五指的暗黑中。好一會後，藉著星月透林而入的微光，眾人才回復了視力。

風行烈皺眉道：「追兵到了嗎？」

虛夜月顫聲道：「韓柏呢？」

莊青霜早哭乾了眼淚，只懂在谷倩蓮的擁摟下抖顫著。

范良極蹲了下來，沉聲道：「我們在附近布下了十多個哨崗，仍沒發現那小子的蹤影，只看到一隊約五十艘戰船組成的水師，趁夜順江滿帆追來。允炆小子的反應眞迅快，追騎只比我們遲了兩個多時辰，燕王若再有延誤，便會給他們追上。」

戚長征笑道：「我們還是擔心自己好了，燕王絕不會遜於老朱，自有應付之法。唉！韓柏那小子怎麼也應該來到了。」眾人均默然無語。他們之所以能夠暢通無阻，直抵此處，皆因比允炆的追兵和消息先行一步，現在這優勢顯然消失了。

比莊青霜堅強的虛夜月失了耐性，以帶著哭音的聲音道：「韓柏會不會出了意外呢？我……我要回京師找他。」

范良極的信心也動搖起來，嘆道：「再等一會好嗎？假若等不到他，大哥陪你回去。」

話聲才落，尖嘯在林外響起來。眾人大喜，跳起身來。虛夜月和莊青霜衝出密林去。兩女剛出密林，來到可俯瞰大江的山丘上，首先入目的是江下的點點燈火，每點燈火代表著一艘夜航的戰船，聲勢浩大地順江東下。數道人影由丘腳疾掠而至，帶頭者正是使她們牽腸掛肚的混賬小子韓柏。兩女不顧一切狂奔而下，投入他寬闊的懷抱裏。眾人紛紛趕至，把緊擁著的三人圍著。

范良極大罵道：「你這小子是否溜了去找野女人鬼混？哪會遲了個多時辰才到？」

韓柏輕拍著懷內仍抽噎著的玉人兒們的香背，笑道：「老子捨身救了你老賊頭一命，一個人擋著了白芳華和天命教的魔頭魔女再加個不老神仙，你不懂得感激，還亂罵一通。」

谷倩蓮哂道：「不要吹牛了，甚麼都誇大幾分，若單是你一個人真給那些魔頭截著，本姑娘才不信你有命回來。」

韓柏嘻嘻笑道：「確是誇大了點，本浪子所以能安然回來，全賴有仙子搭救，這麼說『本姑娘』相信了吧！」

虛夜月一震道：「瑤姊現在到了哪裏去？」

韓柏若無其事道：「仙子搭救了凡人後，自然回到了仙界去。嘿！她還囑我向各位問好請罪，你們可知道哩，我的吸引力這麼大，她怕相處久了，捨不得離去呢。」眾人無不嗤之以鼻。韓柏安全回來，天地立時充滿生機和歡樂。

戚長征掉頭看著遠去的戰船，笑道：「好了！現在我們可把勸慰閣下兩位嬌妻的心力用在腳程上，立即動身往洞庭去，想起收復怒蛟島，戚某的手癢得要命了。」

韓柏看著虛莊二女嬌癡之態，忍不住當眾在兩人臉蛋香了一口，哈哈笑道：「老戚你是手癢，老子卻是腳癢，恨不得立即趕到洞庭，和嬌妻們睡他娘的一覺。你們怒蛟幫可有甚麼千里傳訊的妙法，著老翟他們先給我伐木造張大床。」眾女均聽得俏臉飛紅，紛紛低罵色鬼．

韓柏環目一掃，愕然望向范良極道：「老賊頭的雲清和她的俏師妹到哪裏去了？還有斬不斷情絲的……哎喲！」原來給虛夜月重重踩了一腳。

范良極開懷道：「踩得好！小子死了心吧！雲素乃最有德行定力的小尼姑，怎會那麼容易給你騙上手，她把師太遺體運返出雲庵後，便要好好當她的掌門。」反向虛夜月道：「月兒最好鎖著他的猴頭，教他不能去破壞人家的清修。」谷姿仙等眾女對韓范的怪言異行早見怪不怪，只覺開心好笑。

韓柏瀟灑地一聳肩胛，哂道：「去你的老賊頭，本浪子難道不是德行深厚的賢人嗎？不要因雲清那婆娘……噢！不要因雲清拋棄你而找老子我出氣了，還等甚麼呢？路怎麼走？」

范良極掠了過去，一煙桿敲在韓柏的大頭處，怒道：「隨我滾來！」眾人為之忍俊不禁，追著去了。韓柏摟著二女，迅速跟上，轉眼間沒入黑夜深處。

臨江縣位於洞庭之北，岳州府之西，由數十座大小漁村組成，其中的躍蛟村，與怒蛟幫更是淵源深厚，乃前任幫主上官飛出生之地，此事除怒蛟幫人外，無人得知。自怒蛟幫創立以來，這河流交匯，地瀕洞庭北岸的富饒魚鄉，一直是怒蛟幫的後勤基地，忠心耿耿的幫徒，大多來自該處和附近的十多座村落。湖畔處青山連綿，林木葱鬱，洞庭湖便像鑲嵌在疊翠層巒裏一面沒有止境的明鏡。華容河在村西流過，與附近的十多條河道，匯入洞庭。此河注入洞庭的一段水道，受到聳峙兩旁高崖的約束，日夜發出水流轟隆之音，因而得了個雷公峽之名，舟行險絕，卻是怒蛟幫試驗戰船性能的最佳場所。躍蛟村除水路外，只靠棧道與附近的府縣聯繫，平時人跡罕至，連官府也少有人到，自給自足，與世隔絕，成了最佳隱藏之所。華容河入湖這截湖面，有十多個大小島嶼，雨量充足，特別在春夏之際，終日被晨煙夕霧籠罩，煙寒渚瘦，蔚為奇觀。島嶼之間礁石林立，危崖對峙，險灘相接，除非深悉形勢的漁民，少有到這裏來作業，更增天然之險，使怒蛟幫能據此安心籌謀反攻怒蛟島的大計。

經過一個多月的旅途，韓柏等終於由陸路安全抵達這被怒蛟幫人暱稱爲「小怒蛟」的人間福地。各人相見，自是歡欣如狂，特別是相思多時的褚紅玉、左詩、朝霞、夷姬諸女，更是喜翻了心，一掃個多月來的擔憂淒苦，心境頓似雲破月明。韓柏並沒有看到他所期待的大床，當抱著小雯雯與高采烈來到村南仿似仙家福地的居所時，見到群山環繞中，十多組庭院各具姿致密藏在蔚然深幽的翠竹蒼松裏，不禁心懷大放，與風行烈等抱著遊人的心情登上附近一個小丘，縱目洞庭。山花怒綻，草樹飄香。看著湖上烏篷船和竹筏悠然劃破水面，更使人打心底寧靜祥和起來。

韓柏這人最是隨遇而安，放下嚷著下地玩耍的小雯雯，伸手摟了左詩和柔柔久別的蠻腰，向風行烈和他三位嬌妻美妾嘆道：「在這裏住上十輩子都不會厭呢。」

谷姿仙微笑道：「你到我們無雙國來看看再說吧！」

虛夜月挽著朝霞笑道：「我們定會到你們那裏住上一段日子，仙姊你是推也推不掉的。」

風行烈淡然道：「月兒記得帶著爲你韓郎生的寶貝來給我們開開眼界，若是女兒，有月兒五成的樣子，便很有看頭了。」

眾人笑了起來，虛夜月不依道：「行烈笑人家。」

谷倩蓮插入道：「千萬不要模樣兒像韓柏，那就糟透。」

各人笑得更厲害了。此時小鬼王荊城冷和不捨夫婦找了上來，更是熱鬧。

風行烈問起浪翻雲，左詩答道：「昨天我才送了兩罈新釀的清溪流泉過去，他和憐秀秀主僕住在離這裏三十多里一個幽靜的小島上，風光明媚，小橋流水，古樹濃蔭，島上煙雲簇擁，高處流雲如帶，花果滿山，終年鮮花不敗，大哥眞會選地方哩！」

韓柏聽得憐秀秀在那裏，一顆心登時活動起來，道：「何時我們去探望他們呢？」

范良極的聲音遠遠傳來道：「小子想叨老浪的光，聽聽憐秀秀的仙曲罷了！哼！想打擾人清靜，先過得我這關再說。」

眾人回頭望去，見到范良極、戚長征、寒碧翠、紅袖、宋媚、宋楠等談笑著走上丘頂來。

韓柏惱羞成怒道：「浪大俠不知多麼歡迎我，哪輪得到你老賊頭來干預。」

范良極笑嘻嘻來到他旁道：「老浪也知你小子掛念得他很苦，所以今晚破例前來這裏和我們飲兩杯，你只不過想見浪翻雲吧！在哪裏見到都應沒什麼關係。」

眞正想見浪翻雲的谷姿仙等立時歡呼起來。韓柏知道中了老賊頭奸計，恨得牙癢癢的，卻又無可奈何。

谷倩蓮仍不肯放過他，向左詩提議道：「下次詩姊送酒時，好心讓韓小哥當搬工，保證他分文不收。」莊青霜和虛夜月笑作一團。

荊城冷把韓柏拉到一旁道：「有空最好去看看七娘，她懷了身孕，若你來了都不向她及早打個招呼，她會不高興的。」

韓柏喜道：「她住在哪裏，為何見不到她呢？」

荊城冷道：「她和乾夫人貪清靜，和我府的人住到離這裏十多里新建在一個幽谷內的房子裏，每隔數天我便把食物和日用品運送到那裏去，下次你和我走上一趟吧！老戚也想去探望他乾娘呢。」

韓柏想起易燕媚，不舒服起來，低聲道：「她聽到乾老過世的消息，嘿……」

這句話雖沒頭沒尾，荊城冷卻體會到他的意思，道：「眞奇怪！她表現得非常平靜，乾老遺體運來安葬時，她沒有哭過，還安慰其他人，令人敬服。」

韓柏一呆道：「敬服？」

荊城冷失笑道：「當然敬服，若因哀傷過度害了胎兒，怎對得起乾老？」

這時虛夜月和莊青霜手挽著手走了過來，前者嗔道：「你們兩個鬼鬼祟祟在這裏幹甚麼？」

荊城冷最寵這師妹，笑道：「自然是談師尊的事，前天師尊有信來，說傷勢已痊癒了大半，一俟完全康復，便來探他的寶貝女兒和荊某的乖師妹，他說屆時若見不到月兒大腹便便的可愛模樣，就把韓柏宰了，這樣沒有用的女婿要來作啥？」

莊虛兩女自然知他在添油加醋，但兩張俏臉仍是不爭氣的燒紅了。幸好這時眾人嘻嘻哈哈趕下丘去，兩女才乘機溜掉。韓荊兩人自然笑彎了腰。

當晚在村北的大空地處，搭起了棚帳，筵開百席，熱鬧非常。上官鷹、凌戰天、荊城冷等平時難得一見的夫人們，均有出席，幫眾亦大多攜眷而來，使這宴會頗有家族喜慶的味道。凌戰天的兒子令兒、小雯雯和荊城冷的三個孩子更夥同大群小孩，在席位間嬉鬧追逐，嘩聲震天，更增歡樂氣氛。虛夜月、莊青霜、谷姿仙、左詩、寒碧翠、顏煙如等佔去了五席，趕跑了韓柏等人，儘談她們女兒家的事，不時傳來陣陣嬌笑聲，這麼多美女聚在一起，確是世所罕見，惹得幫徒眷屬們，眼光不住往這幾席巡視。不捨夫婦因女兒佳婿安然無恙歸來，心懷大放，破例參加了這群體的活動。上官鷹的另一位夫人乾虹青卻沒有到場，事實上自回來後，她便過著半出家的生活，除了上官鷹外，罕與其他人接觸。

趁佳餚還未上檯前，上官鷹、梁秋末、翟雨時、戚長征、凌戰天、范良極、韓柏、風行烈、不捨、荊城冷、宋楠等擠在特大的主席處，閒話兩句後，說起大事來。

上官鷹道：「各位只顧著趕來此處，又要避人耳目，自然不知外面的形勢，這方面最好由秋末說說，他是專責對外的事務。」

范良極取出煙管香草，正要吞雲吐霧享受一番時，梁秋末舉杯道：「讓我先代幫主敬各位一杯！」忙隨眾人舉杯痛飲。

梁秋末揩掉嘴角的酒漬，正容道：「十天前，允炆正式登上帝位，昭告天下……」

范良極插入道：「燕王滾回了他的老巢沒有？」

翟雨時答道：「半個月前已安抵順天，現在正緊鑼密鼓，準備起兵。」

風行烈奇道：「順天離這裏如此遙遠，無論水陸路都要走幾個月，爲何你們的消息來得這麼快呢？」

凌戰天笑道：「這叫今昔有別，龐斑剛重出江湖時，聲勢浩大，人人爲他震懾，對我們怒蛟幫避如蛇蠍。可是現在得大哥大展神威，先後宰了談應手、水月大宗等輩，使我幫聲勢大振，新近我們又大破黃河幫，武林兩大聖地更明顯站在我們這一方，原本疏離我們的各地幫會都紛紛重來歸附，加上我們有千里靈傳達消息，現在對天下形勢，眞的瞭若指掌。」

上官鷹接入道：「有一事說來更是荒誕，說起來還是叨了韓兄的光采，現在人人都知道鬼王把愛女嫁了給他，而韓兄又可算是半個怒蛟幫的人，至少是親如兄弟，也使所有人知道我們與燕王聯成一氣。哈！」

翟雨時忍俊不住，笑著接下去道：「天下誰不知鬼王相法天下無雙，連朱元璋都是他發掘出來，現在他擺明全力支持燕王，你說那些趨炎附勢之徒買那一方勝呢？韓兄福將之名，更是不脛而走，現在誰都看好我們，做起事來容易多了。」眾人看著有點尷尬的韓柏，不禁莞爾。

梁秋末道：「不要說江湖中人，連官府的人都在和我們暗通消息，稱兄道弟，此時允炆有沒有翹起屁股，都瞞不過我們呢。」

聽到他誇大的言詞，韓柏大感有趣，低聲道：「聽老戚說你是花叢中的老將，逛青樓的宗師級高手，何時帶我和行烈去見見世面。」

風行烈舉手向丈人不捨坦白道：「這只是他自說自話，不關小婿的事，小婿絕無拈花惹草之意。」不捨搖頭失笑時，眾人都笑得差點噴酒，范良極當然只是噴煙。

坐在韓柏左旁的戚長征踩了他一腳道：「小心！探子來了！」

眾人忍著笑望去，只見虛夜月的貼身美婢翠碧和金髮美人兒夷姬手牽著手走了過來，前者道：「小姐教我們告訴姑爺，明天她們一早要起程到岳州府買東西，姑爺最好不要喝那麼多酒，免致起不了床。」在韓柏抗議前，早笑著溜了回去。

荊城冷苦笑道：「韓柏我看你最好收心養性，我這師妹得師尊親傳，若沒她同意，保證你想翹屁股都辦不到。」席間又爆起一陣哄笑，這就叫一物治一物。

此時另一檯的山城和邪異門的各大頭領如老傑、趙翼、商良等擁過來敬酒，一番熱鬧後，他們都圍在椅後，加入了談話的圈子。

不捨道：「總會有人投注在允炆那一方的，說到底他終是暫時坐了皇帝的寶座。」

站在風行烈這少主身後，邪異門四大護法之首的「定天棍」鄭光顏輕描淡寫道：「這正是我們最近忙著的事，十天前我們才挑了岳州府的『草鞋幫』，宰掉了他們的幫主向成，現在洞庭一帶就只剩下一個長春會還算有點斤兩，不過也是時日無多了。」

戚長征手都癢了起來，興奮道：「這個交由我辦吧！」轉向韓柏道：「機會來了。」指指梁秋末道：「我、你、他一起去辦正經事，誰也沒話說吧！」

韓柏剛精神大振，荊城冷嘆道：「有熱鬧可湊，你以爲可撇開月兒嗎？」

韓柏愕然道：「師兄你似乎完全站在月兒那一方，一點都不爲小弟著想。」

此話一出，當然又是滿席哄笑。荊城冷失笑搖頭，懶得答他，暗忖我不幫師妹幫誰呢？

一直只有聽著的宋楠問道：「朝廷有甚麼動靜？」

梁秋末正容道：「京師傳來消息，允炆正密謀削藩。」

不捨點頭道：「朱元璋這叫錯有錯著，設藩本是要遂他家天下的野心，豈知卻正是禍亂的來源，但現在又是恰到好處，對允炆造成最大的牽制。」

翟雨時分析道：「朱元璋共有二十六個兒子，除允炆之父朱標被立爲太子，第九子和二十六子早死外，其餘二十三個兒子都被策封爲親王，分駐全國戰略要地，除不得干預民政外，都各擁重兵。這些藩王可大致分爲兩類，就是邊塞和內地的封藩，前者因要負起抗禦外族之責，軍力遠勝內地的藩王，燕王佔了順天這重鎮，故勢力最大。」

梁秋末插入道：「據京師來的密報，允炆想先削除周、湘、齊、代、岷五位親王的爵位，這些人均和燕王關係密切，若被奪去兵權，對燕王不無影響。其中的代王更坐擁大同的邊塞要地，如被廢爲庶人，領地落入允炆手內，燕王便變成多面受敵了。」

眾人都聽得眉頭大皺，韓柏這才知道爭霸天下，並非那麼簡單的事。

風行烈道：「爲何燕王不立即策動他們一同舉事呢？」

上官鷹道：「哪有這麼容易，說到底允炆仍是佔著正統之利，天下兵馬大半在他手上，誰敢輕舉妄動？且燕王亦要等我們奪回了怒蛟島，控制了長江水道，始敢揮軍南下，否則孤軍深入，只是消耗戰和憑長江截斷補給，允炆將可穩操勝券，所以現在燕王只有苦忍待時。」

翟雨時笑道：「形勢仍未大壞，縱使代王被削，可是坐擁邊塞要略的秦王、晉王兩人暫時尚未被波及，到這兩人被開刀時，燕王恐怕不得不立即採取行動了。」

戚長征皺眉道：「那爲何我們還不動手收回怒蛟島，有甚麼好等哩？」

一個聲音由遠處遙遙傳過來道：「我還以爲長征長進多了，原來仍是這麼只懂好勇鬥狠而不懂動腦筋的。」

眾人大喜望去，只見浪翻雲領著一位儀態萬千，有傾國傾城之色的絕世佳人，踏入場地來。整個鬧烘烘的宴會，倏地靜了下去，嬉鬧的小孩們擁了上來，人人都爭著看這神話般的超卓人物。憐秀秀出落得更是清麗不可方物。

戚長征老臉一紅，恭敬地叫了聲「大叔！」近千人全體起立歡迎。浪翻雲和憐秀秀尚未走至上席，虛夜月和谷倩蓮鑽了出來，撒嬌地攔著路，向浪翻雲打了個招呼，竟把憐秀秀硬架了到她們那一席去。浪翻雲只好一個人坐到上官鷹和凌戰天之間去。上官鷹大力拍了三下手掌，眾人紛紛坐下，菜餚開始流水般端上來。浪翻雲毫無架子的和老傑、商良等一一親熱地招呼過，各人亦回到原席去，只有老傑和邪異門身分最高的鄭光顏留了下來，坐入這一席。

酒過三巡後，浪翻雲意態飛逸地微微一笑道：「怒蛟島之戰許勝不許敗，我們還要把傷亡數字減至最少呢。」

凌戰天正容道：「此事不如交由雨時全權指揮調度，我們這些老骨頭任憑他差遣好了。」翟雨時慌忙謙讓。

韓柏大喜道：「浪大俠肯出手嗎？那眞是謝天謝地了。」

各人見他喜翻了心的模樣，無不啞然失笑。現在這小子已成了天下有數的高手，但仍像個要人保護的傢伙，貫徹著好逸惡勞的本色。

不捨鄭重地道：「兩軍交戰，命令清明，權實相副，至關緊要。翟小弟年紀雖輕，但智計卻是無人不服，凌兄提議最恰當，不捨願附驥尾。」

他身分既高，又是白道中舉足輕重的代表人物，此語既出，翟雨時統領大局一事，立成定局。

梁秋末笑嘻嘻道：「翟爺！下一著棋應怎麼下呢？」

凌戰天笑道：「若說下棋，我敢保證這裏沒有人下得過宋楠公子。」

宋楠一直沒有插嘴的餘地，聞言立時滿臉通紅，很不好意思，囁嚅道：「棋盤外的棋，在下則一竅不通，還要向翟帥請教。」

各人的注意力，登時又集中到剛榮登統帥的翟雨時身上。翟雨時智計過人，知道此刻正是調兵遣將的最佳時機，從容一笑道：「請秋末先說說怒蛟島方面的形勢。」

梁秋末收起鬧玩的心情，肅容提高點聲音道：「經過多月的布置，胡節在怒蛟島建立起牆堅壁厚的堡壘，最厲害的是他由各地運來近百門火炮，廣布在沿岸的戰略要點和島內的制高要塞。每天均有戰船把彈藥糧食運赴怒蛟島去，島上的總兵力絕不少於十萬人，自允炆登基後，戰船更由原本的五十艘增至二百多艘。」

上官鷹接入道：「敵人又以尖木柵在沿岸水域布防，阻止戰船強行搶灘進攻，可說堅如鐵桶，把怒蛟島變成強大的軍事要塞，易守難攻至極。」

韓柏等那口涼氣仍未及吁出來時，淩戰天道：「允炆更調派了三個水師來，每師大小戰船達百艘之眾，在緊扼著長江上下游的水道和在怒蛟島附近的大小島嶼布防，只有攔江島因礁險湧急霧大得以例外，在防禦上對方可說是堅穩如山，毫無破綻。」

韓柏聽得目瞪口呆，低呼道：「天啊！那怎樣才能收復怒蛟島呢？」

范良極吐出了一口煙後，皺眉道：「我們的情況又是如何呢？」

梁秋末道：「加上新造的戰船，我們共有九十多艘戰船，其中三十艘裝有火炮，若純以船數論，我們實在遠落敵人之後。」

翟雨時悠然一笑道：「所以重奪怒蛟島一役，只可智取，絕不可硬來。我們還有最大一個問題，就是儘管能奪回怒蛟島，還得想方設法堅守下去，好等待燕王大軍南來，更不用說要控制大江了。」

浪翻雲欣然道：「看雨時的樣子，已知你成竹在胸，何不說來一振人心？」

翟雨時笑道：「兵家之道，千變萬化，卻不出『以己之長，攻敵之短』這八字眞言，但要做到這兩點，必須倚賴精確的情報和策略，假設我們的敵人乃朱元璋，此戰必敗無疑，但換了允炆，形勢卻有天壤之別了。」

風行烈像韓柏般眉頭大皺，不解道：「敵人勢力遠勝我們，縱使沒有朱元璋在背後撐腰策劃，我們又有何取勝妙法？」

翟雨時淡淡道：「分別就在若對手是朱元璋，那對方必然上下一心，誓死作戰。現在因人人都知我們乃鬼王和燕王的先頭部隊，代表著另一股爭天下的力量，兼且又有白道各派和兩大聖地在背後撐腰，玩起來就完全是另一回事了。」

戚長征哈哈一笑道：「我明白了，雨時快分派工作，好讓小弟活動一下筋骨。」

翟雨時笑道：「你這人就是那麼猴急，先讓我把情況說清楚點好嗎？」

在眾人的傾耳聆聽下，這以智計名震天下的怒蛟幫軍師悠悠道：「此戰的目標，不在攻陷怒蛟島，而在於控制長江水域。要做到這點，我們必須佔領幾個沿江據點，同時把對方可用的戰船悉數摧毀，又要擋著對方由黃河調來反攻的水師，要達到這些目的，以我們現在的力量，根本無法辦到。」

韓柏愕然道：「那怎辦哩？」

翟雨時沉聲道：「辦法仍是把我們的長處儘量發揮，另一邊猛搗敵人的短處。」向著梁秋末道：「秋末你除了負責情報探查外，還要散播消息，好讓人人均知允炆與魔教合謀害死朱元璋的事。最要緊的是強調鬼王看出了燕王乃真命天子，所以天下武林，人人歸附燕王。」再冷哼道：「魔教以前匡助蒙人的事，天下皆知，誰也不想天下落到他們的手上去。」梁秋末欣然領命。

翟雨時像變了另一個人似的，意氣飛揚，雙目神光閃閃道：「小鬼王和不捨大師均與軍方淵源深厚，故請兩位負責擇人遊說，好能在關鍵時刻，收到裏應外合之效。」接著冷然道：「兩軍對壘，無所不用其極，能用者用之，不能用者棄之，故眼前最好利用允炆陣腳未穩，疑神疑鬼的當兒，以反間計使他撤換不肯依附我方的將領，只要弄至人心惶亂，兵將猜忌，我們便有可乘之機。至於附屬天命教派系的將領，又或允炆信任的府官大將，我們便以暗殺手段對付，由韓兄、風兄和長征組成刺殺核心，配以秋末的龐大情報網，加上大叔在背後支援，凡是支持允炆的幫會或高手統軍將領，均一律殺之無赦，絕不留情。」

老傑拍案道：「服了！這謠言、遊說、反間、刺殺四管齊下之策，必能動搖了敵方已是不穩的軍心。何況敵將很多還是剛上任的新官，與下屬未能建立密切的關係，我才不信不能弄得他們風聲鶴唳，草木皆兵，敵我難分。」

小鬼王荊城冷興奮地道：「我們遊說的對象會遍及較下層的將領，讓他們知道若策反成功，當可加官晉爵。在有利可圖下，要他們賣命自是容易多了。」

翟雨時悠然自若道：「我們的長處就是對洞庭的天時地利瞭若指掌，敵人的短處卻在要防守的據點多不勝數。就憑這優劣之勢，我們組成怒蛟幫、鬼王府、邪異門和山城的聯合船隊，以游擊戰術，東攻西討，目標以奪船為主，趁現在洞庭大霧，發揮來去無蹤的戰術，教敵人疲於應付。」

凌戰天嘆道：「好！我們就只不碰怒蛟島，讓他們空嘆奈何。」

鄭光顏道：「敵人會怎樣反應呢？若我是他們，最後只好化零為整，緊守以怒蛟島為主的幾個據點，又藉陸上之利，扼守長江。怒蛟島的得失現在成了判定勝敗的象徵，一天未能收回怒蛟島，仍未算眞勝。那些看風頭的人當以此來作出抉擇。」

翟雨時淡然應道：「以上種種手段，均只有一個目的，就是讓敵人知道一日除不掉我們，長江都不在他們控制內，在那樣的情況下，只要一得到我們藏身之所的消息，便會傾巢而來對付我們，那時就是我們收復怒蛟島千載一時的良機了。」如此計策，連浪翻雲也要動容，更不用說其他人了。

老傑道：「怎樣才能使敵人相信那不是個陷阱呢？」翟雨時壓低聲音輕輕說出了一個人的名字，眾皆愕然。

不捨點頭道：「現在小僧完全清楚了情報在這場鬥爭中所佔的關鍵位置，這事我們無雙府可以幫上點忙，經過三十多年的艱苦經營，無雙國來中原避難的人已完全融入了社會裏，有很多人還滲入了朝廷和地方官府，身分隱秘，在這種情況下最能發揮作用。」

翟雨時大喜道：「那就請大師和谷夫人負責與葉素冬他們聯絡策動，這麼一來，整條長江和京師都無時無刻不在我們的監視之下了。」

凌戰天道：「似乎尚缺一個直接與燕王聯繫的人哩？」

翟雨時胸有成竹道：「此事就請宋楠兄負責，宋兄出身官宦之家，最懂與大官打交道，實是最佳人選。明天我派人護送宋兄到順天去。」宋楠想不到以自己一個手無縛雞之力的文弱書生，也被委重任，謙虛兩句後，奮然受命。

浪翻雲呵呵大笑，舉杯道：「有雨時決策千里，何愁大事不成！」

眾人士氣大振，舉杯痛飲。舉座千人均知領袖們定下對策，全體起立祝酒，喝采聲直傳上繁星密布的夜空和洞庭湖去。

韓柏與風戚范等人在席散分手後，於眾嬌妻簇擁下，腳步飄飄回到自己的院落裏。左詩等久未與他親熱，小別勝新婚，都臉赤心喜，乖乖跟在他旁。虛夜月和莊青霜識趣地拉著小雯雯回房去也，好讓他能安慰三位好姊姊。夷姬和翠碧則負責為他們弄好被帳，伺候梳洗。

韓柏找了個機會，問夷姬道：「你和翠碧的房在哪裏？」夷姬欣然答了，卻嚇得翠碧慌忙溜掉。

韓柏佔了夷姬一輪便宜後，才走入左詩的閨房，笑問道：「詩姊有了小雯雯，當然想另有一個兒子！讓柏弟作法變個出來給你吧！」

左詩給他的大手挽緊蠻腰，全身發軟，大窘道：「柔柔和霞妹都在等你，快到她們那裏去。」

韓柏哈哈大笑，一把將她攔腰抱起，往房門走去道：「詩姊陪我一起去吧！」

左詩呻吟一聲，埋在他的寬肩處，臉紅如火，卻無絲毫反抗之力。才踏出房門，撞著來找他的虛夜月，左詩更是羞不可抑，偏又抗拒無效，唯有讓韓柏抱著來與虛夜月說話。

虛夜月對韓柏放浪的行為不以為異，若無其事道：「死韓柏，師兄說了明天先去見七娘，才啓程到武昌去。」

韓柏仍有三分清醒，皺眉道：「現在形勢緊急，我們這麼四處亂闖閒逛，不怕暴露行藏嗎？咦！你不是說要去岳州府嗎？」

虛夜月扠腰嗔道：「膽小鬼！誰有本事跟蹤我們，本小姐就把他們宰了。我們是去買東西，你們卻是去辦正事，行烈、范老頭、死老戚、不捨大師和師兄都會去哩！人多最好玩。」

韓柏愕然道：「這麼大堆人去幹甚麼？」虛夜月給他楞住的神氣惹得「噗哧」嬌笑，伸出小手愛憐地摸了他臉頰，忍著笑道：「既訪友也宰敵。你今晚別來我們這裏，小雯雯要陪我們兩個睡覺，下次才輪到你吧！」橫了他既嬌且媚的一眼後，歡天喜地去了。

韓柏想起了故主韓天德，明白過來，記起他乃航運鉅子，難怪成了各方爭取的對象。接著虎軀一震，明白了天命教為何會把韓清風關了起來，宋玉又為何以卑鄙手段奪了二小姐韓慧芷的貞操，說到底都是要操控韓天德這航運生意遍天下的大商賈。唉！見到韓寧芷這青梅竹馬的舊情人，會是怎麼一番情景呢？

武昌繁華如昔，一切仍舊，令有心人亦絲毫感覺不到明室內戰風雨欲來前的氣氛。韓柏回到這生活了十多年的老地方時，腦海中仍有著對七夫人鮮明的回憶。微隆著腹部的七夫人變得像初戀少女般幸福快樂，見到他時使嬌撒嗲，但卻再不涉男女戀情，看來眞是把他當作了半個赤尊信。韓柏亦感心安理得，沒有辜負了鬼王的期望，否則會令他非常頭痛。這時他兩旁的虛夜月和莊青霜，以及谷姿仙、谷倩蓮、寒碧翠三女，不但換上了男裝，還在俏臉抹上一層泥粉，使皮膚看來粗黑多了，掩蓋了她們的天香國色。不捨扮成行腳商人的模樣，戴上假髮，連同行的風戚荊范等人都看不慣他那奇怪的樣子。一行十一人，全速趕了三天路，來到這洞庭湖東北最大的城市。他們在指定的客棧落腳，還未坐穩，怒蛟幫在武昌的負責人楊展找上他們，報告情況。楊展乃與戚長征同期出身的高手，精於用刀，沉著老練，難怪被派來這軍事商業的重鎮坐鎮。

在寬大的客房圍桌坐好後，楊展道：「這客棧是武昌十幫八會裏的碼頭幫徒開的，我已關照和打點了，但卻沒有向他們透露詳情，人心難測，我們還是小心點為佳。」戚長征笑道：「待我們把長春五虎宰了，那麼，人人都會變得忠誠可靠了。」

長春五虎就是八會裏最有勢力的長春會的五個首領，此五人各有絕藝，都是這一帶響噹噹的人物，與怒蛟幫一向水火不相容，自然不會站在他們那一方。

不捨淡淡道：「這五人一向作惡多端，只是手法高明，官府找不到他們把柄，五虎之首的『連環槍』

澤仁，還是我少林的棄徒，我順便清理一下門戶也是好事。」

荊城冷向風行烈笑道：「原來是用槍的，就交風兄收拾他好了。」

楊展臉色凝重道：「事情恐怕不是如此簡單，我看這可能是個陷阱。」

范良極剛想點燃煙草，聞言停了下來奇道：「此話怎說？」

楊展道：「這事可分幾方面來說，前天晚上長春五虎在青樓遇上這裏另一大幫『蛇幫』的幫主『白蛇』滕步台，竟藉小故把他和七名手下全打至重傷殘廢，滕步台最近與我們互通聲氣，這種行動分明是衝著我們來的，長春會憑甚麼敢如此對我們公然挑戰呢？」

他這一說，眾人立時明白過來，暗讚楊展細心。因爲任誰與怒蛟幫這種全國級的大幫會爲敵，除非有後盾支持，躲起來還嫌躲得不夠秘密，哪還會四出挑惹，唯恐對方不找上門來動手的樣子。

不捨淡然道：「楊兄弟在這裏有多少手下？」

楊展道：「約有二百多人，不過這些都屬外幫分舵的兄弟，除小人外，沒有人知道本幫基地的事。秋末還有種種保密的布置，絕不會洩出任何秘密。」

戚長征笑道：「你這小子愈來愈奸狡了，大師問一句，你卻懂答足十句。」

不捨微笑道：「楊兄弟善解人意才眞。」

楊展續道：「我們還得到消息，韓天德的家中到了大批由京師來的人，說不定長春五虎就是奉他們之命行事的。」

眾人同時心頭一震。戚長征與韓柏對望一眼，都看出對方在擔憂，原本簡單的事，忽變得棘手起來。

荊城冷沉吟道：「這消息怎樣得來哩？」

楊展道：「是由州官蘭致遠那裏傳出來的。」

范良極呵呵一笑，大力拍了韓柏的肩頭，欣然道：「原來是老朋友蘭致遠，只不知他吞了那支萬年參後，是否學你般晚晚縱橫床笫呢？」

眾女無不俏臉飛紅，幸好塗黑了臉皮，不致那麼礙眼。虛夜月低罵道：「死老賊頭大哥！」

韓柏想起蘭致遠的得力手下方園和守備馬雄，想起當日他們陪行赴京的往事，點頭道：「我記起了，蘭致遠乃燕王派系的人，難怪會放消息給你們。」接著一震道：「咦！為何允炆不把他撤換呢？」

楊展道：「撤換的文書早來了，不過經小人策動，而蘭致遠也確是這州府歷來最清廉的好官，附近二十多個府縣和武昌有身分地位的官紳巨賈，全體上書，求允炆收回成命。這小孽種怕剛登帝位，便激起民變，第二道詔書到現在還沒發下來，成了僵持之局，不過蘭致遠也不好受，怕允炆明的不成來暗的，會把他刺殺。現在地方上的武林人物，自動組成一隊保蘭隊，貼身保護著他呢。」

風行烈嘆道：「原來皇命也可有所不受的。允炆的威勢確是和朱元璋差遠了。」

不捨道：「長白派可以不提，其他七派在這裏的人有甚麼動靜？」

楊展道：「現在人人都低調非常，不過顯然都是站在我們這一方，蘭府的消息，便是由武當派俗家弟子謝充透露給我知道的，他是保蘭隊裏的核心人物。」

荊城冷最熟識朝廷的事，嘆道：「除非蘭致遠立即舉事兵變，否則遲早官位不保，我同意楊兄的話，這只是個陷阱，好誘我們現形罷了！」

戚長征關心韓慧芷，皺眉道：「韓府人多眼雜，來了甚麼人，你一點都查不出來嗎？」

楊展道：「唉！我的戚大爺，幫主有令，一切均要小心爲上，這批住進韓府的人，若實力足可作長春會的撐腰，我們憑甚麼去惹他們？不過他們雖密藏不露，仍給我們從韓府僕人所購物品，看出了端倪。例如三天前管家楊二親自買了大批胭脂水粉回去，便可知來人裏會有好幾個是愛裝扮的年輕女子。」

虛夜月狠狠盯了韓柏一眼道：「定是你的舊情人白芳華來了。」

韓柏苦笑道：「要我命的人還有甚麼情可言，白芳華這一著眞是厲害，看來老爺已落入她掌握裏，老爺擁有的數百條船和遍布各地的糧倉，恐怕都被白芳華控制了，眞厲害。」

楊展沉聲道：「我們還從韓府管家楊二在青樓的那老相好聽到消息，姓宋的新姑爺也來了，可是二小姐慧芷不知何故卻沒有隨行。」

戚長征立時色變，眼中寒芒閃動。寒碧翠靠了過去，在檯下緊握著他的手，以表示勸慰。

不捨平靜地道：「我看白芳華正透過宋玉進行奪產的陰謀，韓天德財力雄厚，又是航運鉅子，若投靠燕王，對允炆大大不利，所以索性藉宋玉把韓家產業呑掉，就可一了百了，高枕無憂。天命教眞老謀深算，我看打一開始，她們便有這個目的。」

戚長征冷喝道：「不如就讓我們闖入韓府，把那些妖女全部幹掉。」

谷姿仙皺眉道：「那你的二小姐怎辦呢？她仍在京師哩！」戚長征爲之啞口無言。

不捨道：「來者不善，善者不來。假若白芳華眞有把握來展布陰謀，豈會粗心大意，任人宰割？江湖這麼大，能人異士數不勝數，現在允炆登上帝位，要招攬些潛隱不出的高手可說易如反掌，在現今這種不明朗的情勢下，若我們魯莽動手，說不定會鬧個灰頭土臉，必須謀定後動，才是明智。」

范良極點燃了煙草，深吸一口後嘿然道：「龐斑我們都不怕，哪怕她白芳華，不過大師之言很有道理，便由本人負責摸清楚他們的底細，才再作定計吧。」

韓柏奇道：「你眞不怕龐斑嗎？」

范良極老臉一紅，岔開話題道：「天快黑了，待會何人陪我去韓家？唉！有了柏小子這個跟班後，以後我應改名作『多行盜』。」

韓柏失聲道：「跟班？去你的大頭鬼，這事由我一個人便可弄得妥妥當當，誰比我更熟韓家呢？」

莊青霜嚇了一跳，不依道：「不准你一個人去。」

戚長征憂心如焚向不捨道：「有沒有方法快點聯絡上葉素冬他們，好把慧芷由京城救出來？」

不捨點頭道：「這正是我心中想著的事，想不到武昌形勢如此險惡，緊記無論如何也不要一人落單，予對方有可乘之機，來個分別擊破，仙兒、小蓮和行烈與我一組，聯絡我府的人，好能與葉素冬他們建立聯繫。小鬼王、長征、碧翠另作一組，設法與蘭致遠拉上關係，好助他應付危機。范兄與小柏和月兒霜兒負責探聽韓府虛實。楊兄弟則要監視著長春五虎，同時把情況飛報回去，最好請得浪兄出馬，那我們就可穩操勝劵了。」不捨無論身分地位，均足當領導的人，這番話一出，眾人無不點頭同意。

韓柏站了起來，向戚長征笑道：「老戚放心吧！我有預感二小姐定然沒事的哩！」戚長征無奈地報以苦笑。

虛夜月有點吃醋地道：「那個五姑娘呢？」

韓柏拱手道：「請虛大小姐多多包涵！」眾人無不莞爾。虛夜月本想繃起臉孔，亦忍不住「噗哧」嬌笑，不再窮追猛打。

范良極徐徐吐出一支煙箭，噴在韓柏臉上，無限享受地道：「天快全黑了，老子也可活動一下筋骨了。」

范良極、韓柏和回復了本來面目的莊虛二女，來到可遙觀韓府巨宅處的瓦頂，伏了下來。范良極吩咐了各人幾句後，鬼魅般掠往韓宅去，好半晌才返轉來，神色凝重道：「他娘的眞厲害，韓府內外均滿布暗哨，防守得比禁宮更嚴密，像是知道我們今晚會來窺探的樣子。」

韓柏皺眉道：「你有沒有把握潛進去呢？」

范良極頹然道：「最多只有五成機會，要不要賭一賭？」

虛夜月猶記得陪他作賊失手的往事，心有餘悸道：「這怎麼成，知道他們是甚麼人嗎？」

范良極道：「他們雖換了一般江湖人的夜行服，但仍是官臭陣陣，應是廠衛高手，看來是楞嚴來了。」

韓柏等三人心中懍然，廠衛均是經過嚴格訓練的精銳好手，以前因著朱元璋的關係，對他們自是必恭必敬，馴若羔羊。現在成了敵人，又在楞嚴或叛賊陳成那樣精明厲害的人物統領下，因其忠心聽命的關係，比一群武林高手聚起來更要可怕上多倍。就算換了浪翻雲來，對著數百悍不畏死的廠衛，看來也只有避走一途，更遑論是他們了。且這些人更精通戰術，加上弩箭火器一類的攻敵武器，除非己方有整個軍團在背後撐腰，否則只是白送性命，難怪范良極感到無法可施了。

范良極嘆道：「若有方法接近韓宅，或許還有辦法可想，現在連這希望都沒有，難怪楊展摸不清宅內的情況了。」

韓柏心中一動，想起了和花解語初試雲雨，位於韓府對面的小樓，喜道：「要接近韓府可包在我身上，但假若你仍不能進府，休要怪韓某對你老賊頭不客氣。」言罷繞了個大圈，領著三人往那小樓摸過去。踩清楚了小樓無人後，四人無驚無險進入樓內，那兩進的小空間內情景如舊，奇怪的是一塵不染，顯然經常有人打掃。

范良極巡查一番後，由樓下走上來道：「這地方真是理想極了，像是專爲監察韓府而設的，只不知人都到哪裏去了，小子你又怎知有這麼個好地方呢？」韓柏解釋過後，三人這才明白。

虛夜月伸了個懶腰，到床上躺了下去道：「你兩個快去快回，霜兒負責把風，月兒負責睡覺。」

范良極看到她躺在床上的嬌慵美態，眼都呆了，到韓柏抓上他的瘦肩，才如夢初醒，和韓柏來到帘幕低垂的窗前，往韓宅望去。

莊青霜來到范良極的另一邊，蹙起黛眉道：「有甚麼分別哩，還不是一樣進不去。」

范良極細察著燈火輝煌的韓府，成竹在胸道：「只要守在這裏，今晚進不去，明晚也可溜進去，總是有機會的。」

韓柏失聲道：「甚麼？這就叫有方法進去嗎？」話猶未已，蹄聲響起，一隊由七、八輛馬車組成的車隊，由遠而近，往韓府駛過來。

范良極大喜道：「機會來了！」湊過頭去，在莊青霜臉上香了一口，道：「小妹子乖乖待在這裏等大哥和小淫棍回來，不論多久，千萬不要來找我們。」不容捧臉嬌嗔的莊青霜抗議，扯著韓柏旋風般趕到樓下去。床上的虛夜月自然笑彎了腰。莊青霜也忍不住「噗哧」笑了起來，事實上她也很疼這賊大哥哩！

在與楊展暗通消息的武當俗家弟子謝充穿針引線下，荊城冷、戚長征、寒碧翠三人在蘭府見到蘭致遠，後者禮數周到，客氣幾句後，微笑道：「有位老朋友想見你們，小鬼王和戚兄賢伉儷請。」

三人大訝，隨他往內堂走去。裏面早有兩人等待著，赫然是直破天和康復了的小半道人。直破天大笑道：「三位別來無恙！」小半道人則仍是那笑嘻嘻的樣子。戚長征撲上前去，抓起小半道人的手，對視大笑。

荊城冷欣然道：「眞想不到這麼快又可見到直老師，究竟是甚麼風把你吹來的？」

直破天神采飛揚道：「當然是給歪風妖氣吹到這裏來哩！來！先坐下喝杯熱茶再說。」

眾人圍桌坐好後，直破天道：「允炆開始行動了。」三人早知會如此，並不奇怪。

蘭致遠道：「第一個遭殃的是周王。允炆才登帝位，便命曹國公李景隆以備邊爲名，率兵到開封，把周王及其世子妃嬪，擒回京師，廢爲庶人，發放到雲南去。又調動兵馬，準備討伐湘、齊、代、岷諸王，現在人人自危，開始相信允炆確是天命教的孽種。」

戚長征忿然道：「甚麼曹國公李景隆，他根本就是『邪佛』鍾仲遊。」

寒碧翠道：「燕王還在等甚麼呢？」

直破天嘆了一口氣道：「他正在等你們收復怒蛟島，控制長江，維持交通補給，否則孤軍南來，只是送死。」

小半道人收起笑臉道：「現在每過一天，允炆的江山便可坐穩一分，唉！只恨有很多事卻是欲速不達呀！」

荊城冷深悉政事，沉聲問道：「允炆現在對燕王採取甚麼態度呢？」

直破天憂色滿面道：「他當然不肯讓燕王安樂太平，已下召撤換謝廷石，改以鐵鉉爲山東布政司，張信爲順天布政使，又以謝貴爲北平都司事，除非燕王立即舉兵起事，否則也唯有苦忍下去。」

荊城冷一震道：「張信，是否兵部的張信？」

直破天訝道：「正是此人！」

荊城冷拍案道：「如此就易辦了。」

蘭致遠奇道：「允炆竟如此疏忽？假設張信是你們鬼王府的人，怎會被委以重任呢？」

荊城冷笑道：「他不是我們的人，卻是雙修府的人，這幾天我和不捨他老人家研究對策時，由他洩露給我知道的。」

直破天大喜道：「這眞是天助我也，我們就將計就計，使允炆以爲可透過張信控制順天，輕易拖他一段時間，一俟各位盡殲允炆在長江的力量，我們便可進軍金陵了。」

蘭致遠精神大振道：「假若能控制水道，使西南的物資和軍員不能迅速增援京師，金陵的防禦力量勢將大幅削弱，我們亦會大增勝算。」

直破天道：「現在我們正設法說動薊州、居庸關、通州、遵化、永平和密雲的守將引兵投誠，好再無後顧之憂，那時再配合貴幫的水師，我看允炆還有甚麼法寶？」接著嘆了一口氣道：「但眼前的事，卻不易解決。」

荊城冷道：「究竟是怎麼一回事呢？我們只是一知半解。」

蘭致遠愁眉不展道：「還不是武昌的事。現在我等於公然抗旨，只看允炆甚麼時候派人來取本官項上人頭，幸好允炆忙於削藩，還未有閒暇理會到我這個小角色，而我們更是官民齊心，使允炆亦投鼠忌器。」

直破天搖頭道：「允炆若要對付你，就像捏死隻螞蟻般那麼容易，死到臨頭，誰敢眞的陪你造反？當然，若怒蛟幫收復了怒蛟島，聲勢大振，情況自是不同。照我看允炆到現在仍無動靜，皆因另有陰謀，可能是藉蘭大人作餌來釣怒蛟幫這條大魚。」

戚長征單刀直入問道：「韓府處來的是甚麼人，就算他們不怕我們，難道不顧忌我浪大叔嗎？」

直破天道：「這正是我到這裏來的原因，白芳華領著天命教的人傾巢到了這裏來，還有楞嚴的手下和精挑出來近千名廠衛高手，這還不算，還差左都督盛庸率大軍進駐隔鄰的黃州府，以爲聲援，教怒蛟幫不敢恃強來攻。」

寒碧翠道：「他們這麼唯恐天下不知的樣子，不是教我們更不會輕舉妄動嗎？還有甚麼陰謀可言？」

小半道人嘆道：「問題是我們不能坐看蘭大人給他們幹掉，更不能任由投靠了怒蛟幫的幫會門派被他們逐一鏟除，又或反投向他們，唯有與他們以硬碰硬。」

直破天接口道：「現在怒蛟幫最大的優勢就是藏在暗處，一旦現形，便優勢盡失，說不定連基地都不保，那時憑甚麼縱橫大江？」

眾人不由吁出一口涼氣，荊城冷關心去韓府探聽動靜的韓柏和師妹等人，問道：「韓府的敵方高手，除白芳華和楞嚴外，還有些甚麼人？」

直破天臉色立時變得難看起來，道：「據我們探聽回來的消息，楞嚴與白芳華分別招聘了大批高手，包羅了黑白兩道的厲害人物，其中有很多原是以前聽命魔師宮的人，現在變成了無主孤魂，遂被吸納過去。也有一些是因種種原因，例如開罪了八派又或怒蛟幫而致退隱蟄伏的高手，現在都群起而出，爲允炆效命，希望日後可加官晉爵。」

小半道人續道：「其中最厲害的有五個人，不知你們聽過公良術、甘玉意這兩個魔頭沒有？」

荊城冷動容道：「這不是當年陳友諒的兩大護駕高手嗎？陳友諒兵敗身死，兩人便逃得無影無蹤，怎會來爲明室賣命呢？」

戚長征皺眉道：「這兩個是甚麼傢伙？」

直破天道：「三十年前，他們均是黑榜人馬，甘玉意更是唯一名登黑榜的女性，他們失蹤後才被除名，改由談應手和莫意閒兩人遞補。當年他們已是縱橫無敵的高手，經過三十年的潛修，現在厲害至甚麼程度，眞要動過手才知道了。」

荊城冷發呆道：「白芳華眞厲害，竟有辦法招攬這兩大凶人，不好！韓柏他們怕會有危險了！」

小半道人色變道：「甚麼？韓柏到了韓府去嗎？」

戚長征霍地起立，喝道：「我們立即去！」

寒碧翠扯著他坐下道：「不要衝動，若有事現在去也遲了，不如派人去找不捨大師等回來，增強實力，才再想辦法吧！」接著微笑道：「放心吧！沒有人比那小子更有運道的了。」

荊城冷站了起來道：「由我去找大師他們吧！」言罷匆匆而去，小半道人放心不下，追著去了。

寒碧翠道：「還有三個厲害人物是誰？」

直破天道：「其中一個是大家的老相識了，就是魅影劍派的劍魔石中天，刁夫人悲痛丈夫先被烈震北毒斃，愛兒又死於風行烈丈二紅槍之下，剛好石中天養好傷勢，又不服被浪翻雲所敗，所以在刁夫人請求下重出江湖加入了敵人的陣營裏。」

以戚長征的天不怕地不怕，亦聽得眉頭大皺，想不到允炆得天下只個多月的時間，實力便膨脹得這麼厲害。

寒碧翠心驚膽跳地道：「難怪他們敢公然挑戰我們，還有兩個呢？」

直破天苦笑道：「眞不知他們怎樣弄這兩個人出來，一個就是有苗疆第一高手之稱的『戰神』曲仙州，此人與赤尊信一向是宿敵，但誰也奈何不了誰，據聞他聲言要親手殺掉韓柏，好使赤尊信『無後』，唉！這世上眞是甚麼人都有。」

戚寒兩人均聽過這人名聲，但因對方從沒有踏足中原，故所知不多，但對方既能與赤尊信平起平坐，亦可知大概。

直破天道：「最後一個就是來自廣東的郎永清，此人乃以前方國珍的軍師，外號『滑不留手』，武功達開宗立派的大家境界，善使長矛，方國珍爲先皇所敗時，他是唯一硬闖脫身的人，鬼王打了他一掌，我們還以爲他早死了，想不到現在又活生生出來橫行作惡了。」頓了頓再道：「所以雖然鍾仲遊和解符因要負起削藩之責，沒有跟來，但以他們現在的實力，根本連浪翻雲都不放在心上。當然！水月大宗和單玉如初時亦不把浪翻雲當作一回事，而現在他們都給老浪宰掉了。」

戚長征和寒碧翠對望一眼，都看出對方的擔憂。韓柏等究竟是凶還是吉呢？

第四章

勇救佳人

第四章　勇救佳人

當馬車來到韓府門前，塵土揚起，府門大開之際，韓范兩人藉著馬車的掩護和擠嚷的人群牽引了對方視線，由門隙無聲無息貼竄了出來，倏忽間已附身其中一輛馬車的車底之下，憑內勁吸貼緊懸在車底。馬車駛進韓府時，車廂內竟傳來男女交歡的喘息和暱叫聲，聽得兩人面面相覷。

動作停止，接著是整理衣裳的聲音，一個男子聲音讚嘆道：「媚娘你眞是天生尤物！」

韓柏認出對方是誰，虎軀一震，傳音給范良極道：「是韓家三少爺希武，這次糟了，天命教定是有奪產陰謀，否則怎須媚惑這個蠢蛋？」

媚娘的嬌笑傳了下來，嗲聲道：「三少爺眞厲害，人家怎有力下車哩？噢！唔！媚娘從了你好不好？」接著又是親嘴的聲音。

馬車停在了韓府主宅前的大廣場裏。十多名大漢擁了出來，爲各馬車拉開車門，乘客們紛紛走下車來。兩人留意一看，只見其他車上下來的都是廠衛模樣的人物，想來都是藉護送爲名，把韓希武挾持著去辦事的隨行高手了。其中兩雙腳來到他們藏身的馬車旁，伺候韓希武和媚娘下車，聽聲音認出是害得他們慘兮兮，幾乎一敗塗地、嚴無懼的手下東廠副指揮使陳成。

另一人笑道：「三舅子眞厲害，看！媚娘幾乎下不了車哩！」接著是眾男的鬨笑聲和媚娘的撒嬌聲音。

韓柏和范良極交換了個眼色，暗忖所料確是不差，天命教眞在陰謀奪產，陳成旁的另一人分明就是以卑鄙手段奪了二小姐韓慧芷貞操的宋玉，此刻與韓希武出外至晚上才返回韓府，不用說當然是去了解韓家的生意和其中運作的方式，以免接手時茫無頭緒。韓希武一向頭腦簡單，給媚娘大灌迷湯下，自是暈頭轉向，給人利用了也不知道，還以爲艷福齊天。這麼看，府內各人應仍未遭毒手，否則無論韓希武如何蠢，也不會與他的仇人合作。

一陣鶯聲笑語裏，兩雙女人的腳迎上韓希武，笑著道：「我們不依啊！少爺只肯帶媚娘去玩，今晚要補償我們姊妹的損失才行。」正是綠蝶兒和紅蝶兒二女，韓范兩人相視苦笑，看來韓希武給纏得想見家人一面的時間也沒有。

馬車開出，當轉入通往馬房的碎石路時，韓柏向范良極打個招呼，由車底溜出，閃入路旁的花叢內去。回到韓府，韓柏如魚歸海，領著范良極左穿右插，避過府內的重重暗哨，到了內府處。這裏的崗哨明顯減少了，兩人反警惕起來，知道對方高手必聚集在這十多組院落裏。兩人剛藏身在院落外圍園林中一叢花木之間，一群人由外堂的方向走來，人人步落無聲，顯然都是內功精純的一流高手。

范良極嚇了一跳，傳音道：「小心！這批人相當不好惹。」

兩人瞇眼減去眸光、凝神望去，只見在高懸長廊的風燈映照下，白芳華和迷情嫵媚兩女，婀娜多姿地隨著高矮不一的七、八名高手，漫步而至，其中還有一個頗具姿色的半老徐娘，風姿可與媚娘比擬，但雙目寒芒閃爍，卻又遠非媚娘可望其項背，神態亦不似天命教的妖女。

白芳華仙籟般的聲音傳來道：「奴家眞希望浪翻雲會親身前來，那便可更快解決怒蛟幫的事。」

她身旁的矮胖子故意挨貼著白芳華的香肩，笑道：「這不是白便宜了龐斑嗎？對手都給我們解決了。」韓范兩人聽得目瞪口呆，何人這麼大口氣呢？

另一個長髮披肩，頭戴鋼圈，肩寬膊厚，身形雄偉，作苗人打扮，面目俊偉的男子冷哼道：「教主不希望韓柏來嗎？是否對他仍餘情未了？」

白芳華還未有機會回答，那苗漢身旁的迷情已挽起他的手臂媚笑道：「曲先生厚此薄彼哩！只吃教主的醋，不吃人家的。」

落在最後方一個高瘦陰鷙的中年儒生向身旁背著長劍，氣度不凡的男子笑道：「這叫各有所期，不過石兄的想法必然與教主相同，希望第一個來的就是浪翻雲。」那男子悶哼一聲，沒有答他。

說話間，各人逐漸遠去。韓柏正要繼續行動，給范良極一把扯著，韓柏不解望去，只見這老賊頭面色凝重，訝然道：「你知他們是誰嗎？」

范良極微一點頭，傳音道：「那姓石的不用說就是劍魔石中天，他既有敗於覆雨劍下之辱，徒弟兼外甥刁辟情又給我們宰了，自是矢志報復，只是他已教我們頭痛。」

韓柏聽得大吃一驚，問道：「其他人呢？」

范良極道：「有四個人我認得他們，就是以前曾名列黑榜的『七節軟槍』公良術和『勾魂妖娘』甘玉意，這兩人以前乃陳友諒座下最厲害的客座高手，失蹤了三十多年，想不到竟會重出江湖，名利之心實害人不淺。」頓了頓再道：「另兩個我認得的人一是來自海南島的高手『無影腳』夫搖晉，另一人是來自雲南的著名大盜駱朝貴，這兩人雖可算一流高手，但比起公良術和甘玉意就差遠了。」

韓柏吁出一口涼氣，傳音道：「那個佔白芳華便宜的胖子是誰？」

范良極道：「我也不知道，但聽他口氣之大，絕不應是省油燈。那個苗漢若是『戰神』曲仙州，那就更是不妙，此人號稱苗疆第一高手，與你魔種內的老赤乃深仇宿敵，手上一對流星鎚，使得出神入化，老赤和他多次交手，均以兩敗俱傷收場，你說厲不厲害？」

韓柏色變道：「這怎辦才好哩？」

范良極道：「我們再不可胡闖亂蕩，否則必難逃這批凶人的耳目，看來韓府的人都給約束了自由，你有沒有方法搭上個相得的下人，問清形勢，若能與韓天德或韓希文說上兩句自是最好，否則便立即溜走，再想辦法。」

韓柏從未見過老賊頭也這麼謹慎，立時知道事態嚴重，點頭道：「隨我來！」箭般往外竄去。兩人步步為營，不片晌來到一座小樓之外。

韓柏低聲道：「這是五小姐寧芷的閨房，看來沒人看守。」

范良極兩眼一翻道：「真是沒有經驗的嫩小子，找人守在門外怎及擺兩個妖女在樓內貼身服侍那麼穩妥呢。而且我敢肯定對面那密林內定有哨崗，只是太遠我們看不到罷了！」

韓柏搔頭道：「若是如此，我們憑甚麼瞞過對方耳目？」

范良極道：「你忘了楊展說過的話嗎？那些管家婢僕仍可自由出入，所以我才教你看看有沒有機會，找上個以前被你調戲過，現在仍對你情深一片的美婢說幾句知心話。」

韓柏想起伺候韓寧芷的小菊姊，心中一熱，不住點頭，見到范良極正豎起他那對靈耳靜心細聽，忙功聚雙耳，遠在五丈外小樓內的聲音，頓時一滴不漏傳入耳內。

「砰！」兩人均被摔東西的聲音嚇了一跳。只聽韓寧芷甜美嬌嗔的悅耳聲音嬌嗔道：「我變了囚犯嗎？為何想見見娘都不成？他們怎會到了別處去也不來和我說一聲，噢！」聲音倏止，看來是給點了睡穴那類的穴道。

小菊驚叫道：「小姐！」

一個女子的聲音溫柔地道：「她沒事的，我們只想她好好睡一覺，病人總應多休息點。這裏用不著你了，你回住房去吧！」接著是小菊下樓的聲音。

另一個女子的聲音笑道：「聽說這是韓柏青梅竹馬的小情人，教主說若能好好利用，說不定可教韓柏栽個大跟頭哩！」韓柏心中大恨，氣得幾乎要去找白芳華算賬。

范良極低呼道：「機會來了！」

開門聲響，眉頭深鎖的小菊失魂落魄地走出小樓。韓柏大喜，傳音過去道：「小菊姊！我是小柏，不要聲張！」小菊嬌軀一震，卻依言沒有出言和顧盼找尋韓柏之所在。

韓柏指示道：「你繼續走吧！」想了想再道：「我在武庫等你，那裏安全嗎？」小菊微一點頭。一推范良極，轉往武庫掠去。扭斷側門門鎖，兩人藏到武庫的暗黑裏，那種熟悉的氣味，使韓柏泛起了回家的感覺。那堵被韓柏撞破了的牆壁，早修補妥當。

門開，小菊走進來顫聲道：「小柏？」

韓柏迎了上去，喜叫道：「小菊姊！」

小菊憑聲認人。一聲嗚咽，撲入他懷裏，失聲痛哭起來，嚇得范良極驚呼道：「大姊莫哭，驚動了賊子便糟了。」

小菊想不到還另有人在，不但停了哭泣，還想由韓柏懷裏掙出來。韓柏一把摟個結實，香了她嫩臉一口，柔聲道：「不用怕！這死老鬼是我的結拜兄弟，你叫他范老賊頭便可以。」

小菊顫聲道：「原來是范良極大俠！」

范良極生平還是第一次被尊稱大俠，大樂道：「小妹子叫我范大哥吧。」

小菊低呼大哥後，又嗚咽起來道：「小柏，快救五小姐，她很慘哩！」

韓柏滿懷溫馨，想起以前這美婢對自己的關懷，輕嗔淺怨，一時大生感觸，暗忖無論她有何要求，自己捨命也要完成，何況寧芷終是初戀情人。把她攔腰抱起，轉向范良極道：「有沒有辦法呢？」雖是在伸手不見五指的黑暗裏，小菊仍羞得無地自容，嚶嚀一聲，把俏臉埋入韓柏的寬肩裏。

范良極沉聲道：「夫人老爺他們呢？」

小菊道：「今早夫人、老爺、大少爺、四小姐和大伯爺都給送走了，不知到哪裏去。這事五小姐和三少爺都不知道。」

范韓兩人心叫不妙，看來奪產一事，敵方已到了萬事妥當的階段。他們留下韓寧芷，只是用以對付韓柏。

范良極拍胸道：「我去對付那幾個哨崗，你去對付小樓內那兩個妖女，事成後便硬闖出去，大家比比腳力。」

韓柏心中一動，問懷內的小菊道：「後院那條大暗渠還在嗎？」小菊含羞在他耳邊「嗯」的應了一聲。

范良極罵道：「既有這條秘道，爲何不早說出來？」

韓柏反駁道：「我們根本沒法接近，有這條只通往對街的渠道又有甚麼用？我看還要放一把火，才可聲東擊西地逃出去呢。」

范良極不肯認輸，狠狠道：「你怎知老子沒有辦法，快行動吧！難道想等天亮嗎？」

荊城冷和小半道人離開了不到半個時辰，楊展便滿臉喜色，在謝充帶領下進來道：「收到消息，浪首座昨天已動身來武昌，以他的腳程，今晚應到，雙修夫人也有隨行呢。」

直破天和蘭致遠大喜過望。戚長征卻仍憂心忡忡道：「怎麼也來不及了。」忍不住站起來道：「我要先去看看情況，直老師和蘭大人見到大師他們時，就告訴他說我要先行一步。」寒碧翠明白他性格，陪著他去了。

這邊廂的虛夜月和莊青霜也等得不耐煩起來，並肩透帘遙望著對面毫無動靜的韓家府第，怨聲不絕。

虛夜月後悔莫及地道：「早知便跟他們一起進去，總好過在這裏不知天昏地暗的呆等著，就像兩個大傻瓜。」

莊青霜怨道：「又是你說要睡覺，卻要我把風，害得人家都不敢說話。」

虛夜月嗔道：「你何時變得這麼聽我的話，只會怪我。」又「噗哧」嬌笑道：「好霜兒，算我不對了，明晚月兒先讓你和韓郎胡混吧！」

莊青霜拿她沒法，頓腳道：「還要說笑，人家擔心得沒有心情。以後再不准你縱容韓郎。」

虛夜月挨著她笑道：「你不寵縱他嗎？你比月兒更乖多了！」

話猶未已，對面馬嘶聲起。兩女愕然望去，只見宅內深處起了幾處火頭，馬嘶人聲，震天響起。

虛夜月和莊青霜呆在當場，不知應如何應變時，屋頂處傳來范良極叫道：「兩個小乖乖好寶寶快來！」

兩女大喜，掀帘穿窗而出，躍上屋頂與手捧被捲美女的范良極和背負小菊的韓柏會合，穿房越脊，落荒而逃。

才奔過了幾十面屋頂，戚長征和寒碧翠由左側撲來，喜呼道：「原來又是去偷香竊玉，害得老戚我白擔心了半晚。」韓柏背上的小菊立時臉紅過耳，羞不自勝。

范良極加快速度，叫道：「對手太嗆！快走！」

戚長征與韓柏並肩而馳，道：「到蘭致遠處去，直破天和小半道人也在那裏。」眾人大為振奮，在戚長征引路下往蘭府去了。

抵達蘭府，不但不捨、荊城冷、風行烈、谷姿仙等全回來了，浪翻雲和雙修夫人也赫然在座，還多了個梁秋末出來。浪翻雲正以清溪流泉招呼著蘭致遠、直破天、小半道人、謝充和楊展諸人，贏來不住發自眞心的讚嘆。

各人喜出望外，韓柏先把韓寧芷和小菊送入內宅安頓好，出來時，范良極剛好把探聽來的消息作了個詳盡報告，指著韓柏詰責道：「這小子還在牆上用人家小姐的胭脂寫了『浪子韓柏、大俠客范良極到此一遊』等幾個歪斜醜陋的大字，包管可氣炸了白芳華的妖肺。」

眾人都懷疑地瞧著他時，韓柏為之捧腹道：「明明是『賊頭范老怪』，何來甚麼娘的『大俠客范良極』，這老小子總愛給自己那張皺臉貼金，毫不怕羞恥！」各人無不莞爾。

直破天嘆道：「燕王說得對，天下間怕沒有甚麼事是這對好傢伙辦不到的。」

梁秋末指了指內堂的方向道：「如今又多了兩個美人兒！」韓柏尷尬地一聳肩頭，坐到莊虛兩女間，希圖胡混過去。

虛夜月湊到他耳旁認眞地道：「念在你們以前的關係，這是你最後一位夫人了。」

韓柏心中一數，若把秦夢瑤也算上一個，自己也可向荊城冷看齊，擁有七位夫人了。亦婢亦妾的則有夷姬、翠碧和小菊姊，人生至此夫復何求，莊青霜等怕也會識趣地睜隻眼閉隻眼吧！正自我陶醉時，直破天的聲音傳入耳內道：「若直某所料不差，韓天德等是因不肯屈服，給押去了黃州府，交給盛庸，好運往京師軟禁，這事便交給直某和念祖負責，這等小事，仍難不倒我們兄弟。」

眾皆愕然，不捨代表各人問道：「帥念祖也來了嗎？」

直破天點頭道：「他領著過千小子，到了黃州府監視盛庸的行動，準備策動一場兵變，好瓦解對武昌的威脅，盛庸的手下裏有幾個是我們的人，將官裏也有很多人出身自八派，一直與我們暗通消息，所以我們才如此清楚允炆這次的行動。」言罷望向浪翻雲，想聽他意見。浪翻雲只是優閒地喝酒，沒有答話。

不捨乾咳一聲提醒道：「浪兄！」

戚長征插入道：「我還有一事請直老師幫忙。」

直破天欣然道：「小兄弟關心的自然是慧芷小姐，這事我們一直留意著，只是未明武昌韓家的形勢，才不敢輕舉妄動吧！現在我已把消息飛報給留在京師的老嚴老葉，以他兩人之能，天命教的厲害人物大都已離京，此事可說是易如反掌，小兄弟放心等待好消息吧！」

戚長征大喜拜謝，站起來時神態變得威猛無倫，冷哼道：「宋玉小賊！我的天兵寶刀必要飽飲你的鮮血，以報慧芷所受之辱。」

眾人的眼光又落在浪翻雲身上，唯他馬首是瞻。浪翻雲喝掉杯中妙品，悠然而起，環視眾人一遍後，微笑道：「我們這就去串韓府的門子，看看天命教請來對付浪某的人是何等貨色。直兄放心去辦事吧，浪某可保證他們沒有半個人可來干擾你們的大事。」

直破天大喜道：「有浪兄這幾句話，直某還有甚麼需要擔心哩！」

眾人精神大振，范良極怪叫道：「痛快死我了！」一個觔斗，竟翻到門外去了。浪翻雲閃了閃，也消失在門外。

戚長征大叫道：「晚到的要打屁股，我們先比拚一下腳力。」旋風般追了出去。

人影連閃後，只剩下了小半道人，蘭致遠、直破天、謝充等幾人面面相覷，呆瞧著眾人消失於廳門外。

浪翻雲和范良極兩人不分先後抵達一座華宅的屋背上，遙望著燈火通明的韓府那房舍連綿的院落，相視一笑，充滿著眞摯相得的深厚交情。表面看去，韓宅浪靜風平，並沒有因曾起火而有絲毫不安跡象。不捨夫婦、荊城冷、梁秋末、楊展、韓柏、戚長征、風行烈和諸位女將先後來到他們之旁，陣容龐大非常。有浪翻雲在，各人一點不覺得對方可對他們構成任何威脅。浪翻雲凝目深注著目標，就像獵人看著獵物般，雙目閃閃生輝，但又帶著一種閒適放逸的味道，說不盡的瀟灑風流。各人中大部分人都從未親眼見過覆雨劍施威的美景，不由心情興奮起來。能與天下無雙的第一劍手並肩作戰，確是無可比擬的天大光采和榮耀。

虛夜月擠到浪翻雲和范良極間，挽著兩人手臂，興奮得聲音都嘶啞起來，嬌癡道：「浪叔叔啊！怎樣進攻他們呢？」眾人均為之啞然失笑。

浪翻雲愛憐地看了這天之嬌女一眼，淡淡道：「秋末！布置好了沒有？」

梁秋末精神奕奕應道：「所有人手，均埋伏在計劃中的據點，布下天羅地網。無論敵人由哪個方向來，我們均有能力對付。」眾人這時知道浪翻雲看似隨意，其實謀定後動，早有對策。

這天下間唯一能成為龐斑相埒敵手的不世劍道大家油然道：「秋末和小展負責圍敵攔敵之責，若逃出來的是敵方的厲害人物，不須逞強硬拚，只須阻他一阻，我們自會追出來取敵之命。」待梁秋末和楊展兩人答應後，續道：「我和行烈負責作開路先鋒，范兄、韓柏居左；長征、小鬼王居右；不捨兄賢伉儷殿後，諸位小姪女居中，看情況支援各方戰線，無論任何情況，均不可離陣獨自作戰。」眾人欣然應諾。

浪翻雲仰天一笑，抽回被虛夜月緊挽著的手臂，輕擁了她不盈一握的小蠻腰後，才放開她飄向街心，邁開步子，悠然自得地往韓宅的方向走去。眾人忙跟在他身後。

浪翻雲回頭向不捨夫婦笑道：「賢兄嫂很快可抱孫子了，行烈最要緊小心愛護兩位嬌妻。」

風行烈虎軀一震，呆瞪著谷姿仙和谷倩蓮兩女，她們早羞得垂下頭去。

虛夜月伸手摸向谷倩蓮的小腹，興奮道：「有了嗎？」

谷倩蓮大窘道：「不是我！」

不捨嘆道：「浪兄連這種眼光都要比我們厲害。」眾人無不失笑。

谷凝清不悅道：「王兒竟敢瞞著娘親嗎？」

谷姿仙羞得無地自容，不依地瞪了浪翻雲一眼，以蚊蚋般的聲音抗議道：「娘啊！人家這幾天還在懷疑哩！」

風行烈心中感激，知道浪翻雲提點他，忙低聲向嬌妻作出丈夫的叮嚀。

荊城冷笑道：「老戚和小柏要努力了！」

韓柏應道：「待會打完勝仗後，小弟立即努力！」

范良極嘆道：「唉！這小淫棍！」莊虛兩女又羞又喜時，眾人早笑彎了腰。

輕輕鬆鬆的談笑中，眾人來到韓府大宅的正門外。宅內聲息全無，似是一點不知道他們的來臨。

浪翻雲微微一笑道：「白教主別來無恙，浪翻雲特來拜會！」也不覺他如何提氣揚聲，說話悠悠地飄進高牆內的華宅院落裡去。

白芳華嬌甜的聲音傳出來道：「浪大俠與諸位賢達大駕光臨，頓使蓬蓽生輝，請進來喝杯熱茶好嗎？」話聲才歇，兩扇大門緩緩張了開來。

浪翻雲兩手負後，閒適地沒有絲毫防備似的步入門內，風行烈略遲半步，傍在他旁，其他人則依浪翻雲早先指示，結成陣形，隨後而入。巨宅內台階上下站滿了人，分作三重。最前方的是白芳華、嫵迷情兩大天命教護法，「戰神」曲仙州、「滑不留手」郎永清，「劍魔」石中天，「七節軟槍」公良術、「勾魂妖娘」甘玉意、楞嚴、「無影腳」夫搖晉，雲南大盜駱朝貴這批最厲害的高手。排在他們之後的是近百名被招攬回來的黑白兩道好手。最後方則是一色黑色勁服的廠衛，由兩側延伸開來，直排至寬大的廣場兩側，人數達五、六百人之眾，密密麻麻的，像個鐵鉗般緊緊威逼著步入場心的敵人。大門在後方關上時，布在屋頂和牆頭另數百名廠衛同時現身，手上均持著弓弩等遠攻武器，如臨大敵。在人數上，浪翻雲等實在大大吃虧。

看到對方人人兵器出鞘，嚴陣以待的樣子，浪翻雲啞然失笑道：「白教主這杯熱茶眞難喝，看來浪某不出劍，怕也沾不到茶杯的邊緣了。」

白芳華美目找上了韓柏，神情一黯，輕嘆道：「若非時也命也，誰想與浪翻雲爲敵呢？」

韓柏聽在耳裏，卻是另一番滋味，這話像是對他傾訴那般，旋又提醒自己，再不可受她媚惑。

苗疆第一高手「戰神」曲仙州冷冷道：「浪兄難道以爲到這裏是遊山玩水嗎？」言罷得意地笑了起來。豈知己方各人全無附和的笑聲，對著這不可一世，除龐斑外無人能匹敵的高手，他們雖是人多勢眾，但卻無人不手心暗冒冷汗。

范良極怪笑道：「曲兄不是很想會會浪翻雲和韓柏嗎？要你出戰浪翻雲，曲兄自然無此膽量，不如找韓柏玩玩，試試老赤以妙法栽培出來的徒弟，順便看看是你的『七流星鎚』厲害，還是他拿起枯枝也可當劍使的手法厲害好嗎？」

這番話陰損至極，縱是曲仙州早有定計，亦很難下台，雙目殺氣大盛時，楞嚴已搶著說話道：「今天不是一般江湖廝鬥，而是奉皇命討伐反賊，范良極你休要作無謂言詞了。」

韓柏搜索的目光在楞嚴身後找到了那美女高手邢采媛，訝然傳音過去道：「天啊！你怎還未走，我怎捨得對你下手啊！」邢采媛眼中掠過茫然之色，垂首不語。

白芳華聲音轉冷道：「今天不是你死，就是我亡，便是如此簡單，諸位請勿怨責，要怪便怪老天爺加諸我們身上的命運吧！」

戚長征猛地拔出天兵寶力，厲喝道：「好！宋玉何在？」

站在白芳華身後一個面如冠玉，文質彬彬的英俊文士移前少許，哈哈笑道：「戚兄當是不服在下盜了你小情人的紅丸，有本事便來取在下性命吧！」又嘿嘿冷笑，充滿揶揄的味道。

戚長征反平靜下來，冷冷看著他道：「那就走著瞧吧！」宋玉忽地一陣心寒，聽出戚長征語氣裏那堅定不移的信心。

「七節軟槍」公良術一抖由鐵圈連起，兩頭均若槍尖，遠近皆宜的七節鋼槍，大喝道：「何來廢話，讓我看看老子出道時尚是乳臭未乾的浪翻雲，究竟厲害至甚麼程度？」

與他齊名的徐娘高手甘玉意發出一陣嬌笑，抖腕一振，左右手兩把尖刺，發出「嗡嗡」兩聲勁響，顯示出深厚絕倫的功力，和應道：「正主兒不出，小丑便登上了大樑，龐斑也不知給甚麼矇了眼，竟以你爲對手。出劍吧！」

浪翻雲啞然失笑，柔聲道：「這有何難？」話猶未已，名懾天下的覆雨劍已似魔術變幻般到了手上，化作漫天劍雨。

沒有人可以形容那使人目眩神迷的美景。寬廣的宅前空地，忽然間塡滿了動人心魄的光雨，本是奉命一動手便居高臨下發射火器弩箭的廠衛，受光雨所惑，竟射不出半支箭來。白芳華知道血戰已臨，左手一揚，一道白芒沖天而起，到了十多丈的高空，先爆出一朵灼白的煙花，然後再上沖四五丈，爆出另一團金黃的火球，光點傘子般灑下來。

這次他們到武昌來，實有著無比周詳的計劃。表面看來，除了大群被禮聘前來的高手和近千廠衛外，就只有在鄴府由盛庸率領的三萬精銳騎兵師。事實上，來到武昌的除廠衛外尚有由新近當上禁衛統領，取葉素冬之位而代之的長白派高手謝峰和一萬禁衛軍，他們透過精密的安排，在過去個多月內以種種身分潛入武昌，住進離韓府不遠的數十間大宅內，因有著長春會的掩護，此事連楊展亦查不出來。白芳華發出煙花訊號，一方面是通知這批伏兵現身圍剿敵人，另一方面亦是傳訊予守望在城外高地的哨兵知道，以連鎖傳訊的方式，藉煙花像烽火台般迅快地通知遠在黃州府的盛庸，著他率領大軍前來武昌，解除武昌府督蘭致遠的軍權，整個計策可說無懈可擊。但她千算萬算，仍低估了翟雨時的智慧。韓柏等動身不久，翟雨時便收到楊展有關武昌的情報，推斷出來者不善，知道對方是有備而來，準備逼怒蛟幫現身打一場決定性的硬仗，於是立即請出浪翻雲和雙修夫人，好配合不捨等對付敵方的強手。他又組了一支由怒蛟幫、鬼王府、山城、邪異門精銳合成的聯軍，人數達七千之眾，由梁秋末作統帥，配合老傑、霍欲淚等鬼王府四小鬼，邪異門四大護法，趕往武昌助陣。同一時間，怒蛟戰船則全體出動，偷襲與盛庸互為聲援，駐於緊扼洞庭進入長江水口的岳州府水師艦隊，好牽制敵人。雙方均是各出奇謀，至於誰勝誰負，也到了快揭曉的時刻了。

楞嚴狂喝道：「放箭！」連他自己也知因受浪翻雲劍雨所懾，下遲了命令。只見眼前劍雨爆了開來，凜冽逼人的先天劍氣，暴雨般朝他們這為首的十多人欺打過來。韓柏等目睹驚心動魄的覆雨劍法，精神大振，倏地擴大戰陣，由兩旁殺奔開去，迎上兩翼的廠衛。護後的不捨夫婦相視一笑，攜手飄起，剎那間已落在牆頭處，狂風掃落葉般趕殺高牆上的狙擊手。伏在主宅屋頂上的廠衛因下邊已呈混戰，敵我難分，痛失了遠程攻擊的良機，一時殺聲震耳，天地色變。

白芳華拔出銀簪，嬌呼道：「上！」他們原先的計劃，本是由白芳華、公良術、甘玉意三人死纏著浪翻雲，再仗著人多的優勢，由石中天、曲仙州、郎永清三人合成實力強橫的一組，擇敵而噬，以雷霆萬鈞之勢，逐一擊殺對方的強手；楞嚴、嫵媚、迷情、夫搖晉和駱朝貴則配合他三人，使其他人不能互相支援，而以他們人數之眾，確有能力達到這個目標。哪知千算萬算，也算不到浪翻雲厲害至如斯地步，一出手便掌握了全場主動，憑著天下無雙的覆雨劍，獨力阻截著對方領頭這十多個人，教他們空有周詳戰略，卻無法展開。此刻各人都覆雨劍臨身，唯有奮力抵擋，雖聽得己方好手慘叫連天，亦只有先自竭力應付眼前危艱。列在他們後方的數百江湖好手和廠衛們，一時被這批領袖擋在前方，根本無從插手，戰場之內，無論如何人多勢眾，與敵人正面交鋒的始終只是有限數目，除非在曠闊的平原之地，否則反成累贅，白芳華一方正陷進這種煩惱裏。

公良術、甘玉意這對形影不離數十年的男女魔頭，一向心高氣傲，初時並不把浪翻雲這後起之輩放在眼裏，哪知覆雨劍一出，那驚天地泣鬼神的可怕劍法，無可匹敵的氣勢，立時令他們盡收狂妄之心，前者的七節軟槍，後者的雙刺，織起了重重電芒，帶頭往消失在劍雨內的浪翻雲反攻過去。此時曲仙州手上一對流星鎚、白芳華的銀簪、迷情嫵媚兩妖女的軟劍、楞嚴的一雙奪神刺，郎永清的長矛，夫搖晉裝了尖刃的鐵靴、駱朝貴的巨斧、石中天的魔劍，亦全力往劍雨迎去。各人心中都抱著同一念頭，就是任你浪翻雲如何厲害，總只是一個人，又非神仙，怎可應付這麼多高手的聯手強攻，解決了你之後，其他人再不足慮了。只有楞嚴留起了三分功力，不敢放盡。當日與單玉如和水月大宗聯擊浪翻雲的情景，仍歷歷如在眼前，也只有他才明白覆雨劍在浪翻雲手上那鬼神莫測之機，是何等厲害可怕。本應與浪翻雲並肩作先鋒的風行烈，扛著丈二紅槍，看著鋪天蓋地灑向敵人的劍雨狂飆，一時目瞪口呆，根本不知如何插手，直到浪翻雲的傳音在他耳內響起「照顧姿仙！」四字真言時，才如夢初醒，丈二紅槍彈上天空，化作萬千槍影，隨著腳步急移，掃往正向他們核心攻來的敵人。

「叮叮叮！」一連串清響，覆雨劍難分先後地或點或劈，或刺或掃，毫無遺漏地擊中了向他攻來的十多種不同武器。被覆雨劍擊中者，不論強若白芳華、公良術、甘玉意、曲仙州，或是較弱者如嫵媚、迷情，更又或夫搖晉、駱朝貴，均無不軀體猛震，所有後著都展不開來，硬被逼得往後跌退。只有劍魔石中天這敗軍之將被覆雨劍巧妙一拖，不退反進，移前兩步。劍雨由大收小，化成一團劍芒，把變成孤軍抗戰的石中天捲罩其內。浪翻雲天神般不可一世的威猛形象，再次出現敵人眼前，冷喝道：「愚頑之輩，浪某上次手下留情都不知道。」石中天正盡施救命絕技，堪堪抵擋著暴風狂浪般打過來的陣陣劍雨，哪有閒暇答他。白芳華等心知不妙，狂擁而上，希圖能挽回石中天的老命。

范良極此時早趁著浪翻雲單劍逼死了對方最厲害的一眾人物，仗著天下無雙的輕功，撲往主宅瓦面，奪命桿盡展絕技，殺得上面的敵人不住濺血滾跌下來，掉到地上。此時原在白芳華等人身後的江湖高手和廠衛，有些躍上瓦背對付范良極，其他人則由兩翼擁出，加入地面戰鬥中。最悍勇的仍要算戚長征，吩咐了寒碧翠照顧武功最弱的谷倩蓮和莊青霜後，人隨刀走，竟硬撞進對方戰陣裏，天兵寶刀大開大闔，刀芒閃處，對方必有人濺血倒地，就像虎入羊群，勢不可擋。這種情況本來是絕不可能出現的，全賴浪翻雲一手製造出來。寒碧翠、谷姿仙、谷倩蓮、虛夜月、莊青霜諸女怕他有失，結成一組，追著他殺入數以百計的敵人陣中，風行烈挑飛了四名敵人後，亦凌空趕來，藉著丈二紅槍遠攻之利，無微不至地照拂著諸女。另一邊的韓柏和荊城冷更是殺得興起，一刀一鞭，近搏遠攻，殺退了潮水般狂湧上來的敵人。不捨夫婦已分頭清理了牆上的敵人，趕往主宅的瓦背上會合，協助正陷於孤軍苦戰的范老賊。外面亦傳來陣陣喊殺之聲，顯然梁秋末的大軍正與敵人援軍交鋒接戰。殺聲震天中，附近的居民都關緊門窗，范不知發生了何事，只能求神拜佛，希望老天爺保佑不會受池魚之殃。

此時石中天的命運米已成炊，就在白芳華和曲仙州兩人堪堪趕到時，石中天魔劍脫手，被浪翻雲一劍挑起，帶著一蓬血雨，打橫向兩人飛來。兩人怕浪翻雲乘機施襲，不敢接屍，但又因左右兩旁都有己方之人往前衝去，不得已往後疾退。劍光暴漲，又把其他衝來的敵人捲進漫天劍雨裏。一向橫行雲南的劇盜駱朝貴最是狡猾陰險，就地一滾，由左側來到了浪翻雲身後，跳了起來，赫然發覺浪翻雲雄偉的厚背就在眼前六尺許處，像完全不知他的存在，只在專心應付前方的人，心中狂喜，巨斧一揮，無聲無息地往他後背閃電劈去。這一斧乃他畢生功力所聚，哪知眼看劈中，眼前一花，竟劈在空處，害得他用錯了力道，往前一個踉蹌時，忽地發覺有人緊挨著他肩膊，接著浪翻雲的聲音傳入他耳內道：「駱兄辛苦了。」魂飛魄散中，小腹中了浪翻雲一記膝撞，內力狂衝而入，五臟六腑立時碎裂，口噴鮮血，往後拋跌。同一時間迷情感到軟劍被覆雨劍連點五下，驚人的劍氣沿臂而上，打了個寒顫時，咽喉一涼，往後便倒，玉殞香消。旁邊的嫵媚則被浪翻雲側身飛出一腳，破入劍網裏，踢中丹田下的氣海穴，整個人拋往上空，七孔流血，劍飛人亡，連慘叫都來不及。一股慘烈的血腥味道，籠罩當場。

正圍攻浪翻雲的公良術、甘玉意、郎永清和夫搖晉雖已竭盡全力搶救，可是浪翻雲在動人心魄的劍雨裏忽現忽隱，捉摸無從。更可怕的是對方不用近身拚搏，純以劍氣，便可遙遙克敵，他們於自保不暇下，哪還能發揮聯陣的威力。白芳華和曲仙州作夢都想不到只退後幾步，眨了兩三次眼的工夫，己方便有三人喪命於浪翻雲手上。若換了不是白芳華，見迷情嫵媚慘死當場，必然悲痛欲絕。可是白芳華出身魔教，專講六親不認，冷酷無情，損人利己，所以她明明愛上了韓柏，一遇上利益衝突，便對他痛下殺手。這刻眉頭都不皺一下，與曲仙州再次加入戰團。浪翻雲倏地後退，收起劍雨，橫劍而立，說不出的舒閒飄逸，微笑著掃了各人一眼。以白芳華等各人的修養和經驗，早培養出堅強無比的心志，可是給浪翻雲望過來，每個人毫不例外地都是一陣心悸，只覺這可怕至極的敵手有著不顧一切，也要殺死自己的決心，誓不干休。而且還有著必可達致目標的強大信心，故無不心生寒意，鬥志大幅削弱，尤其對方連殺數人後，仍像未曾出手，若無其事的樣子，更令他們泛起膽戰心驚的感覺。魔門最重心法，白芳華立知己方各人不但已為浪翻雲驚天動地的劍術和強凝的氣勢所懾，更被他控制了心神，心知不妙，嬌呼道：「莫要被他所惑，浪翻雲正爭取調元回氣的空隙。」銀簪畫出數朵花芒，往浪翻雲印去。其他人知道此乃生死存亡的關頭，聞言發動攻勢，但已慢了白芳華一線。

浪翻雲微俯往前，弓彈而去，覆雨劍化作一道長芒，絞擊在白芳華正以玄奧手法攻來的銀簪處。任白芳華銀簪如何變化，如何奇招不窮，可是對方這樸實無華，只講速度氣勢與角度的一擊，卻恰到好處地逼著她硬拚了一招。「噹！」的一聲，震徹全場，遠近皆聞。白芳華慘哼一聲，斷線風箏般往後飛跌，坐倒主宅前的石階之上，「嘩！」的噴出了一口鮮血，花容慘淡。浪翻雲想不到全力一擊，仍未能取她性命，暗叫可惜，微微一笑，鬼魅般閃了兩閃，間不容髮地躲過公良術和甘玉意的軟槍和雙刺，一腳踢在夫搖晉裝在腳上尖刃的鋒尖處。又發出劍氣，逼退了曲仙州。公良術和甘玉意兩人此刻已對浪翻雲深存戒懼，一擊不中，立刻後退自保，這卻害慘了夫搖晉。側身飛腳踢中夫搖晉那雙無影腳的同時，覆雨劍破入郎永清攻來的重重矛影裏，硬劈在矛鋒處。郎永清雖只是長矛被擊中，但感覺卻像給對方拿鐵鎚在心窩重重敲了一記，氣悶難過得幾乎噴血，駭然下往橫閃避，免給對方趁勢追擊。楞嚴本要攻來，立嚇得退了開去，免得落了獨力面對這與他師父相埒的超卓人物。「啪！」的一聲，夫搖晉藉之作惡橫行的腳刃被浪翻雲硬生生以氣勁震斷，一時腳骨盡折，劇痛椎心，欲要急退時，身前身後盡是點點光雨，自己像個傀儡般呆立當場，魂飛魄散下，劍氣已透體而入，立即仰跌暴斃，連對方怎樣殺死自己都不清楚。

現在白芳華這一方的頂級高手，就只剩下白芳華、楞嚴、公良術、甘玉意、曲仙州和郎永清六人，其中白芳華還受了內傷，能動手的只有五個人。浪翻雲再次收劍傲立，嘴角含笑，就像從未動過手的樣子，那種收發由心的氣度，確令人高山仰止，鬥志全消，心生懼意。白芳華一番調息後，站了起來，臉色蒼白難看，咬著下唇，沒有說話。五人扇形般圍著浪翻雲，各自擺開架式，同時運起眞元，催動內氣，準備新一輪的血戰，初時的氣勢拚勁，早蕩然無存。浪翻雲像這五人並不存在般，回頭環顧全場，見到那些本是如狼似虎的敵人，已給韓柏等衝殺得潰不成軍，遺屍處處，死狀千奇百怪，搖頭嘆道：「正如談應手常掛嘴邊的話，這是何苦來由。」五人中凶悍如曲仙州這殺人如麻的「戰神」，於心膽俱寒下，竟因怕是陷阱，不敢趁他回頭察視時出手偷襲。可見浪翻雲那無敵的形象，已深植到他內心去。

浪翻雲緩緩轉回頭來，靜若止水地看著飽飲敵人鮮血的覆雨劍，再輕嘆一聲，忽往左移。五人的精神無不集中在他身上，氣機牽引下，同時發動攻擊。哪知浪翻雲只是個假動作，眞假難分時，他已來到郎永清前，覆雨劍閃動下，連續七劍劈在長矛上，發出爆竹般的密集清音。郎永清氣血翻騰，踉蹌後退時，驀地兩手一輕，駭然下發覺手內只剩下了半截矛桿，連何時給對手劈斷長矛，也不清楚。此時公良術的七節軟槍由硬化軟，朝浪翻雲背上猛抽揮擊，有若閃電般打向他去。郎永清本自嘆必死，忽然壓力全消，浪翻雲身前爆起一團劍雨，跟著彈射出三、四點寒芒，疾射在甘玉意、楞嚴和曲仙州三人的利器去，神乎其技處，沒見過的人，怎也不會相信。郎永清大喜，勉力壓下翻騰的眞氣，往後飄退，正自慶得回一命時，手中剩下的矛桿忽然像被注入了生命和仇恨般，往他倒撞過來。這曾橫行一時的凶人魂飛魄散，知道對方暗施巧勁，把一股無可抗禦的內力貫注進矛桿裏，延到這刻才發動，用盡眞力務要拿實矛桿時，虎口狂震，皮破血流，矛桿貫胸而入。

郎永清發出驚動全場的臨死前慘嚎時，公良術軟槍的槍尖已落入浪翻雲的左手裏，其他三人亦被逼退。公良術畢竟身手不凡，立即飛退，同時全力運勁，透過被執的七節軟槍，勁氣若長江大浪般往對手攻去，若能藉此拖住浪翻雲，其他人便有機可乘了。甘玉意一生與公良術儼同恩愛夫婦，見情郎遇險，不顧一切地提劍來援。當她在丈許外掠過來時，「啪啪」的氣勁交擊中，七節軟槍因公良術的遠離抖個筆直。公良術這下與浪翻雲純以內勁短兵相接，竟似拚個平分秋色，還佔了點上風，誤以爲浪翻雲因眞元損耗，致功力大幅減弱至此，再不如前，哪還猶豫，全力運勁猛扯，希望能奪回伴了他五十多年的獨門兵器。誰知一拉之下，空蕩無物，軟槍離開敵手，心知不妥時，浪翻雲本是向外扯的勁氣令人難以相信地化作前送之力，與他回拉之力匯成一股洪流，透手而入，攻入經脈之內。那便等於公良術要和浪翻雲聯手對付自己，一聲狂喊，全身經脈寸寸斷裂，狂風吹落葉般飄跌開去，「蓬」的一聲壓在另兩條屍身上，參加了往見閻王的行列。

甘玉意尖叫起來，狀若瘋虎般往浪翻雲攻去，心痛情郎慘死下，她拋開了對浪翻雲和生死的恐懼，不顧自身安危地招招務求同歸於盡，與對手拚命。因情造勢，以意勝力。假若高手決戰可像算數般一加一等於二，縱以浪翻雲之能，對著這群高手，亦是有敗無勝。但他之所以能成爲可與龐斑頡頏的高手，正因他能利用種種情勢，從戰略、精神、氣勢、心理數方面處處克制敵人，使對方無法發揮全力，更不斷給削弱氣勢和鬥志。假設敵人一上場時全像甘玉意現在這般打法，他也要設法保命逃走。一時間浪翻雲給甘玉意纏個結實，只好暫且改攻爲守，好避敵人鋒銳。此刻曲仙州和楞嚴本應該趁勢助攻，可是兩人膽氣早喪，又見己方來援的人半個都沒有出現，給對方截在府外。場內的廠衛則在敵人的窮追猛打下，雖仍能苦撐，但人數剩下一半不到，顯然大勢已去。要逃走，這就是唯一的時刻了，若讓浪翻雲宰掉甘玉意，那時想逃都逃不掉了。

楞嚴和曲仙州交換了個眼色，再向白芳華打個招呼，分往兩邊牆頭全速掠逃。白芳華心中一嘆，退入府內，消失不見。其他人見領頭的作鳥獸散，誰還肯不顧小命，一聲發喊，分往四方逃去。戚長征眼尖，見到宋玉由南牆逃走，哪肯放過，流星般緊跟追去。其他人則是殺得興起，亦是窮追不捨，剎那間場內只剩下對戰著的浪翻雲和甘玉意，還有就是滿地的死屍和傷重不起的人。人影乍合倏分。浪翻雲劍回鞘內，凝神運氣調息。他雖大獲全勝，但真元亦損耗甚鉅，沒有十天半月，休想完全回復過來。此戰實是他平生以來，最艱苦的一戰。「砰！」的一聲，甘玉意仰跌地上，前額現出一道血痕，步上情郎後塵。天上明月高照，但韓府的大廣場卻變成了修羅地獄，教人慘不忍睹。

韓府一戰，浪翻雲方大獲全勝，只損失了二百多名兄弟，傷了一千多人。戚長征、風行烈、韓柏、荊城冷、范良極五人受了輕傷，但都是無關大礙。敵人則是傷亡慘重，留下的死傷者達七千之眾。蘭致遠派來了大批官差，負責清理災場。美中不足處就是給楞嚴、白芳華、曲仙州、陳成、宋玉、謝峰等逃走了。媚娘諸妖女始終沒有出現，只留下被點了穴道的韓希武，給送往蘭府去了。最不滿自己的是戚長征，竟給宋玉這卑鄙奸徒趁兵荒馬亂之際逃掉，想不到他如此精通遁逃匿隱之術，看來顯是魔門嫡系的人物。韓柏卻與他剛剛相反，暗慶偷偷放走了邢采媛，沒有被諸女發覺。莊青霜和虛夜月都是首次殺了這麼多人，當時身處生死之際，無暇多想，此刻冷靜下來，均不忍目睹，甚至花容失色。

梁秋末讓滿載屍體的十多輛騾車駛出府門後，才和老傑等走進來，到了正討論善後工作的浪翻雲、不捨夫婦和蘭致遠跟前，道：「長春五虎和會眾聞風先遁，逃往黃州府去了，現在武昌已全在我們掌握裏。」

剛調完氣息和包紮妥當的戚長征、風行烈、荊城冷，韓柏、范良極五人走了過來，聽取最新的消息。眾女則另成一組，討論不休。

不捨問道：「黃州府的情況如何？」

蘭致遠道：「下官已派了人去那裏探聽消息，應該很快有回報。」

谷凝清道：「蘭大人現在等於公然造反，今後有甚麼打算呢？」

蘭致遠苦笑道：「現在這已是我唯一生路，幸好附近各府縣均是小官的嫡系親信，軍方將領又多是出身鬼王麾下的人，不是沒有頑抗之力，再有各位照拂，黃州府盛庸的大軍若被擊退，允炆又因削藩無暇分神，支撐一兩個月應沒有問題。」

浪翻雲笑道：「蘭大人可以放心，現在我們和大人的命運已緊密結合在一起，敵人的主力又受到無可彌補的打擊，使我方聲勢大盛，萬眾歸心，大人可透過七派，大量招聘可靠的高手，加以訓練，燕王南下時，允炆西北受制，看他憑甚麼守著京師。」

范良極老謀深算，問道：「洞庭東北，岳州府、武昌府和黃州府三府相鄰，緊握著由洞庭至應天府整條長江水道的咽喉，乃兵家必爭之地，否則等於切斷了京師與西南最富庶的幾個州府最方便快捷的連繫，允炆怎麼也不會容忍這三個大府落在我們手裏的。」

蘭致遠胸有成竹道：「允炆若要收復武昌，最佳之法莫如由水道攻來，若從陸路，就是調動兵馬和解決補給的問題，沒有一兩個月時間，休想辦到，所以下官才有這份信心。現在齊泰的水師大部分集中在洞庭沿湖各鎮縣，其中最大的三個水師，分別駐防岳州、鹿角和怒蛟島。只其中岳州由都督僉事陳渲統率，對武昌最具威脅，但現在既有怒蛟幫艦隊負責對付，岳州府自保不暇，怕也無力來動武昌了。」

范良極兩眼一瞪，笑道：「想不到我這位老朋友如此精通兵事，我也可放心了。」

蘭致遠想起當日接受萬年參這「大禮」一事，老臉微紅道：「不如先回敝府坐坐，喝杯熱茶，天快亮了。」

韓柏心念韓寧芷和小菊姊，連忙附和，而且眾人確是身疲力累，亟需好好憩息。眾人遂打道回府。

韓柏直赴內堂，到了韓寧芷的房外時，先喚了小菊出來問道：「小姐醒了嗎？」

小菊想起給這個自己一直視之爲弟，現在卻變得軒昂英偉的男子摟過抱過，還親了臉蛋，嬌羞無限地點了點頭，道：「人家已把事情全告訴了她，還說了是你把她救出來的，她聽了很感動，嚷著要找你，唉！你都不知小姐盼你盼得多苦？」

韓柏不解問道：「那爲何上次一見我便大嚷見鬼呢，還嚇得暈了過去，我像鬼嗎？」

看他摸著自己那張臉疑神疑鬼的滑稽模樣，小菊忍俊不住，笑著白了他一眼，俏皮地道：「你不會自己去問她嗎？」

韓柏心中一熱，真想摟著她親熱溫存，但小菊「餘威」仍在，教他不敢冒犯，只伸手去捏了她小手一下，誠懇地道：「現在小柏已闖出了點名堂，小菊姊以後跟著小柏好嗎？小柏會盡力讓小菊姊快樂幸福的。」

小菊的俏臉紅了起來，赧然垂首道：「小姐到哪裏去，人家便到哪裏去，小柏你對小姐好，人家已很快樂了。韓家對我有大恩，當然想小姐以後過得好哩！」

韓柏哪還忍得住，湊過去俯頭親了親她臉蛋，叫道：「天啊！想不到小菊姊竟會成為我韓柏的好姊姊……」

小菊大窘，猛地推他一把，嗔道：「快進去！」

韓柏亦心切想見韓寧芷，借勢推門入房。韓寧芷正擁被坐在床上愁眉不展，聽到啓門聲，還以為小菊回來，別頭望來，見到是韓柏，「啊！」一聲叫了出來，呆瞪著他。

韓柏見她沒有再當自己是鬼怪，放下一半心事，像往日般笑嘻嘻來到她榻旁，坐在床沿，一拍額頭道：「竟忘了把五小姐的布娃娃拿來，讓小姐摟著睡覺兒，小柏該死，眞的該死。」

韓寧芷怔怔看著他，淚珠不受控制的由美目瀉下，沿頰滴在繡被上，抖著伸出手來，摸上他的臉，顫聲道：「啊！小柏！天啊！小柏。」

種種往事，一幅一幅出現在心湖裏，韓柏想起自己童年所有快樂，都是由這五小姐而來，心頭一陣激動，伸手把她摟入懷裏，愛憐無限道：「一切都過去了，我們又可像以前般在一起，無憂無慮，過兩天我們便去採山花和無花果吃，也可再養一巢螞蟻，每天都看著牠們去搬運泥土和糧食。」

韓寧芷緊抱著他的腰，放聲痛哭道：「阿爹和娘親他們都給壞人捉走了，小柏你快去救他們……」

韓柏撫著她粉背，心中酸楚，勸慰道：「放心吧！已有非常厲害的高手去救他們了，說不定你睡醒時他們就回來了。」

韓寧芷半信半疑道：「眞的！」

韓柏硬著頭皮道：「當然是眞的，難道我不怕給你敲頭顱嗎？」

韓寧芷欣然坐直嬌軀，猶帶淚漬的俏臉綻出一絲天眞可愛的笑容，打量著他道：「唉！眞想不到你變得那麼好看，你也來教我魔種的武功好嗎？別忘記我們曾立下江湖狀，誰學到蓋世武功，都要傾囊傳授給對方的。」

韓柏的眼光不由落到她薄衣內脹鼓鼓的酥胸上，暗忖你也長大了不少，難怪剛才摟貼她時那麼舒服。

韓寧芷見他色兮兮瞪著自己挺秀的胸脯，俏臉飛紅，羞喜嗔道：「你如今可是又壞又大膽。」

韓柏搔頭嘻皮笑臉，故作驚奇道：「你不是要我教魔種武功嗎？自然要先看看你……嘿……看你這裏。」伸手隔空指點著她起伏有致的酥胸。

韓寧芷連小耳都紅了，嬌嗔道：「人家那裏和學武功有甚麼關係呢？你若不能說出來，寧芷怎都不放過你。」

韓柏心都酥軟了，飄飄然湊到她小耳旁道：「魔種乃天下第一奇功，只有夫妻才可以在床上同練，不記得我們曾扮過夫妻嗎？只是差還未洞房罷了！」

韓寧芷嚶嚀一聲，伏入他懷裏道：「人家出賣過你，你為何還對人家那麼好哩？」

韓柏訝道：「那次不是玩兒來嗎？五小姐只是玩耍罷了！唉！五小姐其實是我的大恩人才對，我小柏唯有下半輩子晚晚在床上報答五小姐的恩德。」

韓寧芷羞喜交集，搥了他幾拳，仰起俏臉嗔道：「你何時變得這麼油嘴滑舌呢？且又狠心，那次來見人家一面後，一去便沒有回頭，娘又不准我去找你，人家都不知多悽慘啊！」

韓柏搔頭道：「你為何一見人便大嚷見鬼，差點擔心死我了。」

韓寧芷不好意思地道：「那天前的晚上人家作了個很眞實的夢，夢到你現在這樣子是借屍還魂變出來的。唉！自你被人捉走後，很多時候我都分不清楚哪些是夢，哪些不是夢，樣樣東西都變得不眞實清楚似的。」

韓柏心中懍然，知她因內疚而受到嚴重的創傷，再受不起任何打擊，假若韓天德等出了事，那就糟透。他在韓府出身，自然明白她和爹娘兄姊間的深刻感情。這個想法仍未過去，小菊衝入房內，興奮地叫道：「有老爺夫人他們的好消息哩！」

韓天德夫婦、韓清風、韓希文，韓蘭芷和十多名婢僕，到翌日黃昏才回到武昌，他們被帥念祖的人半途截個正著，殺掉了押送的百多名廠衛，立即遣人送他們回武昌。韓家諸人本已認了命，想不到竟出現這種幾屬不可能的轉機，喜出望外，回到蘭府，又見到韓寧芷和羞慚無顏的韓希武，更是歡欣若狂，唯一的心事，就只剩下掛念著慧芷了。

浪翻雲吃過午飯後，告辭而去，返回小怒蛟，眾人此時無不將他視若神明，任韓柏等事前如何想像他的厲害，亦絕猜不到他可一個人對付對方全部高手，創造了奇蹟般的戰果，使傷亡率減至最低的程度。有他回小怒蛟坐鎭，眾人再無後顧之憂。梁秋末、老傑、鄭光顏這隊聯軍，除了受傷者留下療傷外，只休息了個早上，便匆匆趕往黃州去，看看可否幫上帥念祖的忙。不捨夫婦爲了收復怒蛟島和準備復國大業，由陸路直奔雙修府，至於與出任順天布政使的張信連繫一事，則由他們拍胸擔保絕不會有問題。荊城冷和鬼玉府的人決定留下來匡助蘭致遠，亦好以武昌作基地，連繫各地與鬼王府有關係的軍方將領，爲燕王的南來鋪路。韓、風、戚三人和范良極及眾嬌妻，暫時只有留下來，等待黃州府和岳州府的戰報，同時等候韓慧芷的消息。

此時韓天德和韓希文父子，回韓府看過情況後，找來韓柏、范良極商量。除韓清風仍因身體未完全復元，須留在房內休息外，韓府諸人都聚在蘭府內宅一個小廳堂內說話。

韓天德道：「我們韓家老宅經此禍變後，已不宜居住，幸好我們在武昌還有幾處地方，可以落腳。我們決定全力支持怒蛟幫和燕王，好對付天命教的妖孽。哼！武功我雖不行，但若說到船運生意，則絕不作第二人想。只望怒蛟幫能早日控制水道，暫時我們專心發展陸路的營運，使物資能暢通無阻的送往各地。」

韓夫人嘆道：「唉！最令人擔心的就是慧芷了，老身亦要負上責任，當日不逼她嫁給宋家小賊，就不會弄到現今這田地。」想到傷心處，又嗚咽起來。

眾人勸慰一番後，范良極提議道：「武昌始終是兵凶戰危之地，夫人和兩位小姐不如避往怒蛟幫的秘密基地，有浪翻雲在那裏照拂，安全妥當多了。」

韓希文點頭道：「我們也有此意，所以才找兩位來商量。」向韓柏微笑道：「小柏現在是名震天下的英雄人物，若不嫌我們高攀，爹和娘都……」

韓寧芷「啊！」一聲跳了起來，又羞又喜地嬌嗔道：「你們在欺負人家！」面紅耳赤的溜之夭夭。

韓天德呵呵大笑，老懷欣慰道：「小柏明白我們的意思啦！」韓柏連忙起身下跪叩頭，一副謙孝恭順的模樣。

韓夫人道：「現在情勢異常，一切從簡，待將來燕王收復天下，我們才補行大禮，小柏你最要緊照顧她，幸好寧兒性情溫順，很能遷就人，我們也不太擔心。」

韓柏明白她指的是韓寧芷與虛夜月等諸女相處的問題，連忙保證韓寧芷將來的幸福快樂。韓府各人，包括一向與他不和的韓希武在內，均對他充滿信心，暗忖多了這麼一個位列天下頂級高手之林的韓府快婿，待允炆被收伏後，憑著他與燕王和各大幫會門派的關係，誰還敢來動他韓家。

韓天德望著韓蘭芷道：「蘭芷本來明春才嫁入長沙府湘潭的趙家，現在我們決意把婚禮提早，明天便起程，由希武負責把她送往湘潭，也好了卻一樁心事。趙家有頭有臉，足有保護蘭芷的能力，而且此事將秘密進行，沒有外人會知道的。」韓蘭芷赧然垂首，羞不自勝。

范良極道：「要不要增派護行的人手？」

韓希文道：「這個應沒有問題，武當少林均有高手隨行，路線方式又經精心策劃，該不會出亂子。唉！慧妹回來就好了，唉！」

韓柏明白他們的心事，韓慧芷縱能安全歸來，但終是曾作宋家之婦，很難再嫁出去，所以韓希文才咳聲嘆氣。范良極怪笑道：「各位可知二小姐眞正的心上人是誰嗎？」韓家諸人無不愕然。范良極向韓柏使了個眼色，後者忙找戚長征去了。到韓柏押著戚長征回來時，韓家諸人才清楚了戚長征和韓慧芷的關係，都喜出望外。

戚長征來到韓氏夫婦前，不待他們說話，昂然道：「慧芷只是被奸人所害，我戚長征絕不會有絲毫計較，還會特別對她好一點，只要韓老爺和夫人不嫌我老戚一介武夫，老戚願負起她以後幸福生活的責任。就算她有了那小賊的孩子，我都不會放在心上。」

韓家諸人哪想得到他如此襟懷廣闊，感動得話都說不出來。在歡樂和擔心的複雜情緒裏，事情就這麼定下來。

次日清晨，岳州府和黃州府均傳來捷報。翟雨時、凌戰天分由水陸兩路偷襲岳州府陳渲的水師艦隊，把攔江的木柵鐵鍊和障礙物清除後，再以火炮轟擊敵艦，激戰一日夜後，擊沉了十多艘敵艦，奪船二十餘艘，陳渲敗逃武昌，又給架在那裏的十多門大炮沿江猛轟，潰不成軍，倉皇逃往黃州府去。翟雨時凌戰天分出一半艦隻四十多艘，沿江追擊，直殺至黃州府，剛好此時帥念祖和敵方兵將舉兵起義，盛庸已倉皇逃回京師。陳渲哪敢停留，順江遁去，岳州黃州兩大州府遂落入怒蛟幫的控制裏。韓柏等歡欣若狂，到渡頭與凌戰天、翟雨時由黃州府回來的艦隊會合，往岳州府開去。岳州府府官漏夜逃走，由當地武將西寧派高手任天儒接管，怒蛟幫立時聲勢大盛，震動朝野。

在新建的怒蛟幫旗艦怒蛟號上，人人歡欣雀躍，士氣大振，一洗失去怒蛟島的頹氣。艦隊沿江逆流朝岳州府開去。凌戰天，翟雨時和韓柏諸人，聚在主艙內商議計策。虛夜月諸女則溜到了甲板上欣賞風景，寧芷和小菊均有隨行，在諸女受囑特別關懷照顧下，韓寧芷終日笑意盈盈，快樂得像隻小鳥兒般，只有在想到二姊時才愁懷難解。此事則誰也沒法幫忙了。

艙內眾人圍桌議事，范良極道：「我們不要高興得太早，齊泰在洞庭的水師不但訓練有素，船堅炮利，數目亦是我們的數倍。何況現在形勢逆轉，我們由主動變成被動，要守穩黃州府眞不容易。」

韓柏笑道：「好像你才是水戰專家的樣子，凌二叔和雨時當然有對策哩！」

眾人對這對活寶啼笑皆非，凌戰天笑道：「范老兄！」

韓柏截斷道：「二叔大俠，老范最忌這個『老』字，你愛喚他小范，范小子，良極兒都可以，但千萬勿叫他作范老兄。」

范良極氣得笑了起來，狠狠道：「待會才和你算賬，讓我告訴月兒她們你在韓府一戰裏蓄意放走了甚麼人。」韓柏登時落在下風，舉手求饒。

眾人哄鬧一番後，翟雨時才轉入正題道：「若我們死守岳州府，能守上三天已是天大奇蹟了。」

風行烈愕然道：「聽雨時的口氣，難道另有對策？但若不保住岳州府，控制長江這截水道，不到十天半月，這三個辛苦得來的州府怕都會給齊泰奪回去。」

翟雨時從容一笑道：「忘了我曾提過瞿秋白這釣餌嗎？我們離開小怒蛟那晚，他便『成功』逃了出去，現在應該已和齊泰搭上了。」

韓柏搔頭道：「此事我始終不太明白，瞿秋白這麼容易逃走，他們不會起疑心嗎？照理他是早應被千刀萬剮的宰了來吃的才對。」

戚長征笑道：「唉！韓小子你還未領教過雨時的手段，他早就定下計策，讓瞿秋白知道待怒蛟島收復後，才會拿他到前幫主墓前生祭，至於要他相信是憑自己的奸謀脫困，還不容易嘛。嘿！不過我也不知道他是用了甚麼妙計，還是由雨時自己說出來吧！」

翟雨時淡然道：「我故意安排了一個瞿秋白曾救過他母親的頭目負責看管他，其中過程，甚至每句話，都曾經我細心推敲，最讓瞿秋白深信不疑的是這人鼓勵瞿秋白逃走時，連嬌妻愛兒都帶了去，不怕這老賊不信。」

風行烈皺眉道：「那麼這位兄弟和他的家人豈非危險得很？」

凌戰天道：「我們當然不會犧牲這位兄弟和他的家庭，故立即派了追兵去追殺他們，並當著瞿賊眼前假裝把這位兄弟殺死了，才巧妙安排他逃脫，這麼說，各位明白了嗎？」

翟雨時道：「基地的龐大設施不是說搬走便可搬走，我們的主力又到了這裏，所以根本不容許齊泰有考慮的時間，若他要鏟除我們的根據地，唯一方法就是立即盡起水師，進犯小怒蛟，那時再轉頭對付我們時，我們就像無家可歸的孤兒，任他宰割了。」

眾人無不叫絕，此著最厲害處就是沒有人會相信怒蛟幫肯冒放大仇人逃生之險去做任何事。

老傑和鄭光顏兩人同時恍然道：「所以現在我們是到小怒蛟去也。」

凌戰天奮然道：「正是如此，我們還向瞿秋白提供了虛假的情報，不過無論他中計與否，經過我們的悉心佈置，兼之對該區水域瞭若指掌，他們不來則已，否則定是全軍覆沒之局，那時就是我們收復怒蛟島的時刻了。」

戚長征道：「我們當然會布下假局，讓齊泰的探子以爲我們留守岳州府，那就更放心到小怒蛟去送死了。」

范良極怪叫道：「痛快痛快！」一邊掏出煙管，同時向韓柏呼喝道：「韓小子還不滾去托兩罈清溪流泉來？」

韓柏有把柄落在他手上，卑躬屈膝地應命去了，背後傳來一陣哄笑。

第五章

載美而回

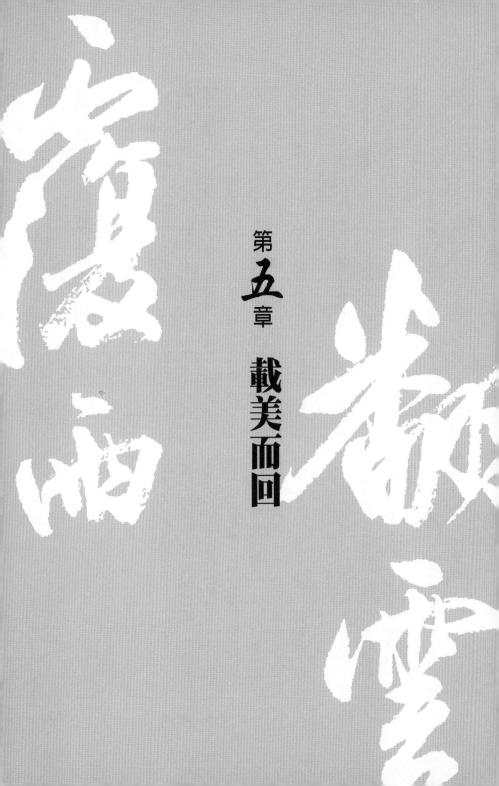

第五章　載美而回

三十八艘大小艦船，由武昌逆流直赴岳州府，在到達嘉魚東北方氣勢磅礡的赤壁山前，已經過了漢陽、金口鎮、東江、新灘等十多個沿江大鎮。由此西南行，長江途經嘉魚、石頭口鎮、洪湖鎮、鵬磯、臨湘、白螺磯、道人磯、城陵磯、巴陵，而至岳州府，才瀉入碧波萬頃的洞庭湖內。長江的主流由西而來，在洞庭湖北方流過，於道人磯和城陵磯這兩個岳州西北的大鎮處，接連著通往洞庭的主水道。故岳州府實緊扼著長江往洞庭的咽喉，這次怒蛟幫勇奪岳州府，實是致勝的關鍵，齊泰亦勢不能坐視不理。洞庭不但是中國第一大湖，更是江南各省諸水匯聚處，物資欲輸往京師，大部分均要途經洞庭，再經岳州府進入長江，又或取道華容河這條費時較多的水道，故洞庭實乃水道交通的心臟樞紐，接通東西南北水運，爲兵家必爭之地。

虛夜月等正在欣賞著赤壁山氣勢逼人的風光，讚嘆不已時，韓柏和風行烈溜出議事的主艙，前來陪伴諸女。雖是逆流而行，卻是順風，故船行甚速，沿途不時遇上打著怒蛟幫或武昌府旗號的戰船，透著一種戰雲密布的氣氛。風行烈到了谷姿仙旁，噓寒問暖，關懷備至。虛夜月、莊青霜、寒碧翠、韓寧芷等無不露出艷羨之色。

韓柏坐到船尾寒碧翠和韓寧芷之間，伸了個懶腰道：「嘻！寒大掌門，臨淵羨魚，不如退而結網，要不要我找老戚來，和你聯手炮製幸福的未來。」諸女無不俏臉飛紅，一陣嬌嗔。

風行烈那邊的谷倩蓮笑罵道：「你這小子半點羞恥心都沒有，翠姊不要饒他。」

韓柏賴皮地道：「寒大掌門能拿我怎樣哩！」寒碧翠氣得不理他，旋又笑了出來。

韓寧芷以她天眞的語調認眞地道：「大伯說過，凡修習先天上乘武功的人，因爲練精化氣的關係，都不易生孩子，仙姊你眞是幸運哩！」眾女頓時靜默下來。

「那怎辦才好！」這句話本是除谷姿仙外眾女的心聲，到發覺說此話的竟是扮做女聲的韓柏，無不又羞又氣，幾乎要聯手揍韓柏一頓。

風行烈搖頭嘆道：「唉！這麼的一個柏小子，老范不在，你便肆無忌憚。」

看著正擔心得嘟長了嘴巴的虛夜月，韓柏笑道：「韓五小姐此言雖是有理，卻不知道修習上乘武功者亦有高下之別。若是眞正高手，精氣收發由心，否則怎會有我的好月兒、好霜兒、寒大掌門等鑽了出來，我也不能令七……嘿！沒有甚麼！總之我乃生孩子的第一流高手，要誰生孩子便誰要生孩子。不信過十天八天時間再問霜兒月兒五小姐她們，看看我有沒有亂吹牛。大掌門和小蓮最要緊是巴結我，請我傳授尊夫心得，否則莫怪我藏私。」

聽著他狗嘴吐不出象牙的話，諸女更是面紅耳赤，但又芳心大喜，更因知他身具魔種，又精通雙修大法，不是吹牛。

虛夜月紅著臉道：「小蓮哪用巴結你，人家的夫君不行嗎？」

莊青霜赧然責道：「月兒啊！你眞是近朱者赤，說得這麼難聽。」

谷倩蓮跺足道：「翠姊快去向老戚投訴，死韓柏在調戲你。」

韓柏哂道：「小蓮若信了月兒的話不來討好我就糟透了，行烈之所以這麼行，就因他和公主均精通雙修大法，深悉精氣送取之道，換了小蓮，便要靠我這生孩子專家為行烈指點迷津。」

眾女雖大窘，但均信他言之成理，一時間竟無人敢與他抬槓。但當然也沒有人向他請教高明。

韓柏更是得意洋洋，向身旁的寒碧翠道：「大掌門！叫聲柏哥哥來聽聽。」

寒碧翠見牙尖嘴利的谷倩蓮亦不敢冒得罪他之險，正感手足無措時，戚長征走了出來大笑道：「掌門賢妻，為了我們的孩子，快叫柏哥哥吧！」

寒碧翠終於找到可出氣的對象，跺足扠腰嗔道：「你快給我滾！」

戚長征來到寒碧翠旁，硬擠入她的椅子去，又抓著韓柏的肩頭，惡兮兮道：「快把你的生孩子妖術，公告天下！那我就不追究你調戲我賢妻的大罪。」

風行烈失聲道：「原來你這小子躲在一旁偷聽！」

韓柏裝作驚惶道：「有事慢慢說，但因其中牽涉到很多細節，包括姿勢運氣呼吸吐納力道深淺時間合作……」他尚未說完，早給風戚兩人的哄然狂笑打斷，眾女更是羞得想打個地洞鑽進去，避了這些不堪入耳的粗話。

戚長征連淚水都嗆了出來，捧腹道：「這小子真有趣，你最好再組織一下後，詳細列出一個表來，讓我貼在床頭，否則恐怕會忘記了。」這次連眾女都笑彎了腰，嬌嗔不依，充滿歡鬧的氣氛。

鬧了一會後，韓柏站了起來，故作肅容道：「行烈長征，我們不如找個地方，開一個生孩子大會，唉！天下間還有甚麼情景，比我們眾嬌妻全都大腹便便更動人哩！」

兩天後，艦隊與留守岳陽的戰船會合，增至七十艘，開入洞庭，趁著黑夜，朝小怒蛟駛去。途中接到消息，齊泰盡起水師，大小三百艘戰船，往岳州府開去。翟雨時好整以暇，一點不爲這消息所動，堅持原定策略。果然到了次日清晨，再收到消息，齊泰改變航線，改朝小怒蛟駛來。眾人至此對翟雨時料敵如神的智慧，無不嘆服。

當晚船隊在小怒蛟西南的島嶼群間與上官鷹的二十二艘戰船會師，藉島嶼險灘藏身，等候齊泰的水師踏進陷阱內。這十多個大小島嶼，乃通往小怒蛟最方便快捷的水道，若由華容河經雷公峽而來，則至少要多用上半個月的時間，齊泰怎負擔得起這時間上的錯失。韓柏等登上最大的燕居島，只見沿岸密林處均藏著火炮，嚴陣以待。來到最高的燕翔崖時，眼界開闊，洞庭湖無邊無際地往西南方延展開去，薄霧裏，天上隱見星光，覆罩著蕩漾著微光的湖面。

上官鷹笑道：「這回全仗月兒的爹了，不但使我們多了四尊射程無炮能及的神武巨炮，還帶來了一批三十多發的水中雷，包管令齊泰吃不完兜著走。」

韓柏和莊青霜聽到水中雷，想起當晚給妒忌的虛夜月炸沉了小艇，不約而同一起朝她望去。

虛夜月先不屑地嘟起小嘴，故意以惹人生氣的語調道：「看甚麼哩？有甚麼大不了的，只是炸掉了一對賊男女的艇兒吧！」旋又掩嘴失笑，歉意地向莊青霜施了一禮。

眾人摸不著頭腦時，范良極嘿然道：「小柏兒你只要有辦法躲到齊泰船上找野女人鬼混，保證月兒會炸掉了齊泰的旗艦。」在虛夜月不依聲中，眾人這才有點明白。

凌戰天道：「若依齊泰艦隊的速度，三更時分應可抵達此處，不過他們定會待天亮看清楚環境後，才會進入這洞庭十八島的區域，我們不如到營帳內稍作休息吧！」言罷領著眾人下山去了。

各人均既緊張又興奮，哪能睡得著，聚在帳外閒聊。上官鷹、翟雨時、戚長征等這些怒蛟幫的領袖，與邪異門的各大護法、塢主和山城的老傑、趙翼等人，均各自回到指定的戰鬥崗位，準備應付將臨的大戰。

谷姿仙道：「不知大哥回來了沒有，他不是住在這裏其中一個島上的嗎？」

風行烈道：「本是如此，但小怒蛟總要有他坐鎮，所以他到那裏去了。」

寒碧翠嘆道：「若不是真的見過大哥出手，絕不會相信覆雨劍這麼厲害。」

正在吞雲吐霧的范良極，蹺著二郎腿坐在一方大石上搖晃著道：「戚小子叫他大叔，大掌門卻稱老浪作大哥，這輩分該怎麼算？」

寒碧翠嗔道：「好吧！以後我叫浪大俠作大叔，稱呼你老人家作范伯如何？」

范良極慘被擊中要害，陪笑道：「翠妹何須這麼認真，還是像叫柏哥哥般叫我做范哥兒好了。」

寒碧翠大嗔道：「誰叫過柏哥哥哩！」登時惹來哄堂大笑。

谷倩蓮苦忍著笑道：「剛叫過了！」寒碧翠始知中計，但已錯恨難返。

韓柏挨著韓寧芷的香肩，涎著臉向這位女掌門笑道：「這句叫得並不冤枉，大掌門有了嗎？」

寒碧翠更無還擊之力，但卻是喜盈眉梢，赧然垂首。眾人都心知肚明是怎麼一回事。

鬧玩了一會，韓寧芷首先在韓柏懷裏睡著了，由韓柏和小菊把她送入帳內。此時有船自小怒蛟駛至，由范豹送來了小玲瓏、紅袖、褚紅玉、夷姬、翠碧諸女，原來她們都抵受不住相思之苦，纏得浪翻雲沒有法子，唯有著范豹把她們運到這島上來。這時他們更不用睡了，正嬉玩時，消息傳來，齊泰水師的先頭部隊五十多艘戰船已出現在視野之內，還船速不減，滿帆駛來。翟雨時作出判斷，估量敵人是要趁黑進入十八島的湖區，以保證水道的安全，連忙下令所有戰船駛往更遠的另一小島隱藏，同時拆掉島上所有營帳，人員則躲入密林裏。他早料到敵人或有此一著，更知道在黑夜時分，敵人不敢冒險登岸，故不虞會被識破島上的佈置。氣氛開始緊張起來！

韓柏等躲進了居高臨下一個人工開鑿的大山洞裏，外面是偽裝的假樹和藤棘一類的攀延植物。洞口處鋪上的花崗石，造成了一個堅固的台基，上面赫然放著鬼王親製的其中一門神武巨炮，炮口對準其中最寬敞的一條水道，若有船在中間航行，一般的火炮根本打不到那麼遠。但假若在兩邊的島嶼各置一門神武大炮，那整條水道都在射程之內了。韓寧芷大覺好玩，湊到韓柏耳旁道：「這些大炮眞可怕，比我還要高哩！」夷姬和翠碧都緊張起來，瑟縮在韓柏身後，看著怒蛟島十多名炮手忙碌地調校炮口的方向和搬運火藥。

敵艦緩緩駛至，進入了十八島的水域，分散開來，搜索怒蛟幫戰船的影子，同時對諸島作出觀察。炮手們停止了工作，人人屏息靜氣，唯恐發出任何聲音，致壞了大計。巡查了近一個時辰後，敵艦顯然發覺不到任何疑點，十艘穿島而過，在十八島的內圍布防，其他則停泊在島與島間的戰略位置裏，等候齊泰的來臨。

韓柏煞有介事道：「敵人中計了！」

谷倩蓮道：「齊泰眞陰險，竟想趁天明前進攻小怒蛟。」

范良極低聲道：「不過我們比他更陰險，裝了個死亡陷阱來陷害他。」

韓寧芷、小菊、夷姬、紅袖、翠碧、宋媚等都緊張得不住呼大氣，在洞穴裏分外刺耳。

風行烈低呼道：「來了！」只見愈趨濃密的大霧中，遠處出現了點點燈火，逐漸逼近。守在十八島湖區的敵艦亦於此時亮起了燈火，好指示己方戰船水道的位置。

韓柏感到身旁的韓寧芷在發著抖，忙伸手過去把她摟緊。虛夜月伏在他背上，摟著他的腰，興奮地道：「刺激死人了！」韓柏另一手伸出把身後的翠碧摟到身旁來，問道：「害怕嗎？」翠碧還是首次與韓柏這麼親熱，又羞又喜地微一點頭。事實上包括韓柏在內，人人均心情緊張，此戰關乎到長江、洞庭和武昌、岳州、黃州三府的控制權，怒蛟幫更是許勝不許敗，否則一切都完蛋了。

霧愈來愈濃。韓柏對水戰一竅不通，向風行烈請教道：「大霧對我們有利還是有害呢？」

風行烈出身水道起家的邪異門，當然知道答案，沉聲道：「當然是有利無害，一來他們不熟悉形勢，二來這裏處處險灘礁石，發生事時，船隻互相碰撞，又不能熄掉燈火，在那種情況下想想都知道有怎麼樣的後果了。」回頭望來，見到韓柏和眾女擠作一團，啞然失笑道：「小柏你眞是艷福齊天。」

虛夜月反唇相稽道：「小玲瓏和小蓮姊不是也讓你享盡艷福嗎？」還向他扮了個可愛的小鬼臉。

風行烈看著左右把他手臂挽個結實的小玲瓏和谷倩蓮，點頭道：「我緊張得差點忘了。」各人想笑，但又不敢笑出聲來，忍得非常辛苦。

此時五艘開路的鬥艦緩緩駛入正給炮口對準的水道去。

谷姿仙沙啞著聲音道：「翟雨時眞厲害，巧妙地製造出種種形勢，逼得齊泰踏進陷阱來，還沾沾自喜，以爲可立下不世功業。」

說話間，敵艦五艘一組地駛了十多組進水域內，聲勢浩大。由於這十八島水域分布在這湖區方圓達二十多里的距離，帶頭的戰船還未越過湖區的中途線。齊泰這次的確是傾巢而來，若以平均每艘船二百人計，總兵力達至六萬人之眾，加上船上的火炮和彈石機一類的攻堅武器，實有著摧毀怒蛟幫的力量。

范良極忽然失聲道：「不好！」

眾人往下望去，只見餘下的百多艘戰船，在最外圍的小島外停了下來，分佈成三組。

風行烈微笑道：「齊泰只是小心吧！換了任何人，都絕不會蠢得全師駛進這等險地，必是分批通過，使敵人最多只能攻擊其中的一組。」

范良極咬牙切齒道：「那就更不妙，我們怎知那一組船有齊泰在，你們看每組均有數艘樓船級巨艦，又沒有特別升起帥旗，唉！這回有得翟雨時頭痛。」這下連谷姿仙都對翟雨時失了信心。

此時第一組六十多條船已安全到了十八島水域之外，其餘兩組竟同時航駛過來。

虛夜月輕呼道：「齊泰再沉不住氣，他定是怕天亮了。」

韓柏精神大振道：「若齊泰在這近百條船的其中一艘就最理想，我真看他不順眼。」

八十多艘戰船，轉瞬全部駛進湖島區內，當領頭的兩艘經過大約在中心處的小島之旁時，最後一組亦開始駛過來。眾人喜出望外，均覺虛夜月聰明過人，言之成理，現在離天亮不到兩個時辰，若齊泰不趕時間，那就來不及在日出前到達小怒蛟了。唯一的缺陷就是摸不清哪一艘是齊泰的帥艦。擒賊先擒王。若能打一開始先擊沉對方的旗艦，對敵人的軍心和指揮便可造成無可彌補的打擊。

「砰！」在眾人瞠目結舌中，敵方一艘巨艦處沖天升起了一支煙花訊號箭，在天上爆出一蓬血紅的芒花，再雨點般灑下來，在濃霧籠罩的黑夜裏，既驚心奪目，又是詭異非常。號角聲起。洞口的十多名怒蛟幫炮手，連忙點燃火引。「轟！」的一聲，炮彈在夜空裏劃出一道使人目眩神迷似流星急墜般的火線，往最外圍的敵艦投去。眾島亦同時火光閃現，炮聲隆隆，炮彈雨點般往困在諸島間的敵艦投去。最要命的是目標均集中在首尾的敵艦處，若被擊沉，自是封死了對方困在中間的敵艦前後進退之路。爆炸聲不絕於耳。首尾各有十多艘敵船中彈起火焚燒，照得敵船更是無所遁形。虛夜月等全掩著耳朵。

谷倩蓮跳了起來，大叫道：「快轟齊泰的賊船，原來布置了臥底，這著眞厲害。」

敵艦亂成一團，亂闖突圍，一些撞上了礁石險灘，一些則互相撞作一堆。火箭和由投石機發出的巨石，雨點般由各島往靠近岸邊的戰船擊去。「轟隆轟隆！」駛過了島湖區的數十艘戰船亦有多艘離奇起火爆炸，看來是中了由水底發射的水中雷了。戰事初起就被擊中的戰船，已開始沉進湖水裏，敵人紛紛跳水逃生。炮聲不絕於耳，火力開始集中到齊泰的旗艦和護航的十多艘船艦處。翟雨時特別由岳州府和黃州府運來俘獲的四十多門大炮，加上四尊神武大炮和本身的十多台火炮，於此發揮出駭人的威力。怒蛟幫、邪異門和山城的聯合艦隊，紛紛駛了出來，圍殲通過了湖島區的敵人。炮聲震天，火燄劃空裏，敵艦紛紛中彈，潰不成軍。

韓柏興奮得大叫大嚷，待見到風行烈默然無語時，奇道：「行烈你幹甚麼哩！我們打勝仗了。」

風行烈來到他旁，搭著他肩頭嘆道：「這些人大多是無辜的，只是給天命教害了吧！」

韓柏愕然半晌，頹然點頭道：「你說得對，但現在不是你死就是我亡，誰也沒有法子。」

眾女均沉默下來，思索著兩人的對話。困局內的敵船起火沉沒過半，其他戰船紛紛搶灘登岸。

風行烈接上了丈二紅槍，大笑道：「我是有點婦人之仁了，正如雨時所說的，戰爭絕對沒有任何人情可講，我們走吧！」

韓柏拔出鷹刀，回頭向各女道：「打仗不同一般江湖比武，應是我們男兒家的事，各位賢妻……嘿！我是同時代表行烈和長征說話，請留守這裏，等候我們凱旋而回的光輝時刻。」

虛夜月乖乖點頭道：「月兒那晚在武昌殺人都殺怕了，諸位夫君早去早回，嘿！我也是代表所有賢妻說話。」

在眾女目送下，兩人消失在洞口外。

十八島湖區一戰，怒蛟幫再創造了奇蹟般的勝利。齊泰率領的水師船隊，只有三十二艘逃回怒蛟島去，全部是機動性較高的中型鬥艦，旗艦和其他十多艘樓船級火力強大的巨艦，均無一倖免慘被擊沉，齊泰和一眾保得性命的將領還是靠躍往鄰船逃生的。被俘獲的戰船有二十三艘，投降的明軍達二萬多人，其他戰船有被炮火擊沉的，有因互撞而損毀下沉的，有被火波及，又有撞到礁石或衝上險灘擱淺的，形式千奇百怪，難以盡述。以翟雨時為統帥的聯合艦隊，追殺百里，同時對留駐在洞庭水域沒有參與此役的其他水師艦船也展開無情的掃蕩，他們憑著精確的情報，在一個月內全面控制了洞庭湖和由岳州通往黃州的整條長江水道，截斷了怒蛟島對外的所有交通。燕王聞得捷報歡欣若狂。

此時邪佛鍾仲遊化身的李景隆和解符已成功討伐了湘、齊、代、岷諸王。其中湘王更是闔宮自焚而死，其他諸王則被廢為庶人。燕王本來處在非常不妙的形勢，至此扭轉過來，乘機或以武力，或以勸降收復了鄰近薊州、居庸關、通州、遵化、永平、密雲各地守將，再無後顧之憂。與身為雙修府大將的張信合作下，殺了奉允炆之命出掌都司事的謝貴。又從僧道衍之計，指黃子澄、齊泰等為奸賊，以「誅齊黃、清君側」為名，自號「靖難軍」，公告天下要入京「保駕」，遙遙牽制著允炆，使他不敢對黃州等叛變了的府縣用兵。以怒蛟幫為首的聯軍更是聲勢大盛，每天派出戰船，對被截斷了援助補給的怒蛟島展開騷擾性的攻擊，以削弱對方的力量，打擊士氣。收復怒蛟島的大日子，日漸逼近，洞庭湖上戰雲密佈。

允炆和逃回京師的楞嚴、白芳華等忙調集大軍，一方面於黃州府外布防，另一方面調動了三十萬大軍，由老將耿炳文率領，準備先攻克燕王，才調轉頭來對付怒蛟幫聯軍。純以實力論，允炆方面此時仍佔著優勢。翟雨時改以岳州爲總部，南下可迅入洞庭，北上可立抵武昌、黃州，兩方兼顧。荊城冷則憑著怒蛟聯軍驚人的戰果，又藉鬼王聲望，成功遊說了鄰近州府的大臣將領，使他們採取了觀望姿態，不再像從前般全力支持允炆。韓天德父子全面投入了這場爭霸天下的鬥爭裏，所屬龐大的商船隊，把物資糧食源源不絕的供應武昌諸府和燕王的順天府，又收購各地火炮兵器弓矢，使靖難軍聲勢更是如日中天，威不可擋。

浪翻雲自韓府一戰後，便退居不出，每天只是與憐秀秀飲酒作樂，過著寧靜安詳的生活。當戚長征和風行烈兩人忙個不了，與翟雨時等南征北討時，韓柏這小子卻是大享清福，與嬌妻美婢住在武昌韓家位於城郊飛鳥渡旁一處風景優美的園林內的韓家別府，終日遊山玩水，樂不思蜀。范良極則耐不住相思之苦，溜了去找雲清。

這天風戚兩人坐著戰船，帶著嬌妻到飛鳥渡來找韓柏。韓柏和諸女大喜，欣然把客人迎回家裏，在廳內坐定時，韓柏銳目一掃，哈哈大笑道：「無事不登我韓柏家，恭喜各位哥哥嫂嫂了，嘿！嫂子們還不乖乖的一起叫聲柏哥哥來聽聽。」

谷姿仙、谷倩蓮、小玲瓏、寒碧翠、紅袖、宋媚、褚紅玉等無不赧然以對，雖沒有人肯依言喚他作柏哥哥，但都可看出感激之情。

戚長征捧腹笑道：「韓小子你也不愧稱得上是師父，唉！眞希望時間溜得快一點，那我們便可看到各位美人兒全挺著大肚子的奇景。」

左詩嬌嗔道：「我們要想法子把韓郎和長征隔了開來，不讓他們整天佔我們口舌便宜。」

正和宋媚與紅袖逗著小雯雯的谷倩蓮舉手道：「我有一個提議，就是把他們輪流關起來，那就可耳根清淨。」這個提議自是引來哄堂大笑。

風行烈道：「有個天大的好消息，慧芷給安然救出京師，正在來此途中，我們這次由洞庭趕回來，亦是爲了到來等她，她也應快到了。」

韓柏等立時欣悅如狂，韓寧芷更激動得跳了起來，不顧一切撲入韓柏懷裏，喜極而泣。正端茶出來的小菊把壺杯全掉到地上，高興得不知怎樣才好。

待各人平靜了點時，戚長征道：「韓小兒，你也享受夠了，究竟隨不隨我們去收復怒蛟島？」

韓柏苦著臉道：「去便去吧！幹嘛這樣惡聲惡氣的。唉！我還以爲兩位兄弟會把嬌妻留下，好讓本浪子每天佔佔口舌便宜揩揩油水，現在好夢成空了！」

眾女中斯文溫婉若谷姿仙，害羞怕事若小玲瓏，均忍不住對這小子嬌嗔笑罵。

鬧了一會後，風行烈有點擔心地道：「順天方面軍情告急，耿炳文率三十萬大軍北上，與燕王的靖難部隊隔岸對峙於滹沱河，燕王的兵力只有二十萬人，耿炳文又是明室碩果僅存的名將，現在誰都不看好燕王。」

坐在韓柏椅旁扶手處的虛夜月哂道：「你是杞人憂天吧！爹說過燕王乃是天注定了要當皇帝的人，何用爲他擔心呢？」

韓柏也道：「僧道衍就是另一個翟雨時，人多有甚麼用，看看現正困在怒蛟島等死的齊泰和胡節便知是怎麼一回事了。」

戚長征道：「擔心的只有他。不過怒蛟島上儲糧充足，武備優良，實力仍非常雄厚，到現在我們還奈何不了他們。」

柔柔道：「為何不請出浪大俠，帶人潛上島上殺他一個人仰馬翻，還怕收復不了怒蛟島？」

寒碧翠失笑道：「我的柔大姊啊！島上足有十萬人啊！而且現在誰都不敢驚動他老人家，怕影響了攔江之戰。」

宋媚接著道：「所以才要來抓你的韓郎去做苦工，唉！真的妒忌你們，整天玩樂嬉戲，我們卻要天天擔心，盼他們安然歸來。」

莊青霜嘟著小嘴道：「好景不再了，以後我們都要學你們般擔驚受怕。」

谷姿仙道：「不要這個樣子好嗎？雨時已有周詳計劃，保證可不費吹灰之力便把怒蛟島收復過來哩！」

此時手下來報，有戰船來了。眾人大喜，戚長征更是一馬當先，掠往渡頭去。

三艘戰船品字形逆江而至，帶頭的一艘緩緩泊向渡頭。甲板上有人不住向他們揮手，眾人定睛一看，除了韓夫人和韓慧芷外，竟還有范良極、雲清、薄昭如和荊城冷。戚長征哪敢怠慢，比挾起韓寧芷的韓柏更早一步飛掠到船上去。薄昭如含笑把早哭得梨花帶雨的韓慧芷送進愛郎懷裏。

戚長征緊摟玉人，悲喜交集嘆道：「所有噩夢和苦難都過去了，由現在開始慧芷就是我老戚的女人，誰也不許來傷害你。」

范良極大笑道：「算你識相，芷妹現在是我的好妹子了。」

韓慧芷悲喜難分，只是不住抽泣。旁邊的韓夫人看得老淚縱橫，由雲清、薄昭如和剛登船的韓寧芷撫慰。

韓柏振臂高呼道：「丈母娘和兩位戚夫人、范夫人、荊大俠請下船去。」

船上的戰士聞言一齊歡呼，聲震兩岸。

那晚「韓」府張燈結綵，喜氣洋洋。眾人都心懷怒放，盡情吃喝玩鬧。三天之後，韓柏、風行烈、戚長征、范良極、荊城冷五人告別了依依不捨的諸女，登上戰船，開始登上收復怒蛟島的征途。沿途所見，一切無異，人民生活安詳豐足，像絲毫不知道明室正陷於內戰之局。剛過了岳州府，尚未進入洞庭，捷報傳來，順天之戰甫一接觸，燕王已大敗耿炳文，斬殺對方三萬餘人。允炆聞報，立即易帥，改委鍾仲遊這曹國公李景隆北上以代，還大事鋪排，餞之江滸，賜以斧鉞，俾專征伐。燕王勝此一仗，連帶怒蛟聯軍都受惠，不但士氣大振，各地軍將亦看好他們，無不暗中支持協助。葉素冬、嚴無懼、直破天和帥念祖等則招兵買馬，以七派的弟子爲班底，大量吸納黑白兩道的人物，組織義軍，穩守黃州、武昌、岳州三府，使怒蛟聯軍沒有後顧之憂。

韓柏等先把左詩新近釀好的二十多罈清溪流泉，送往小怒蛟的浪翻雲處，當晚由花朵兒和歧伯下廚，弄了一席酒菜款待各人。憐秀秀輕彈淺唱，各人無不傾倒迷醉，羨慕不已。

荊城冷讚嘆道：「此曲只應天上有，人間哪得幾回聞，荊某聽得秀秀小姐於先皇大壽演唱的那台戲絕後空前，總因未能耳聆目睹引以爲憾，現在才能補償這缺失。」坐回浪翻雲旁的憐秀秀欣然道謝。

仍在神魂顛倒的韓柏嘆道：「秀秀小姐這姓名改得眞好，頗有自憐之意，不知是否小姐自己起的名字呢？」

憐秀秀與浪翻雲相視一笑後，親切溫婉地道：「秀秀一向最仰慕就是紀惜惜，對她塡詞譜曲的作品更是愛不釋手，所以名字也忍不住東施效顰，因『惜』而得『憐』，再重複本名中的『秀』，就弄出了我這憐秀秀來哩！」

范良極呼出一團煙氣，拍案叫絕道：「惜惜秀秀，確是精采絕倫。令人間俗世，亦生色不少。」

浪翻雲淡然一笑，舉杯道：「說得好！我們喝一杯！」各人舉杯痛飲。

浪翻雲微笑道：「齊泰兵力鼎盛之時，仍非雨時對手，現今勢窮力蹙，更是指日可破，此間事了，行烈自是回域外收復無雙國，長征則須繼續對抗允炆，范兄、荊兄和韓小弟有何打算？」

眾人均知浪翻雲一向不關心這類閒事，言出必有深意，思索半晌，范良極道：「我慣了和韓柏這小子廝混，沒有了他恐怕日子難過得很，又捨不得離開諸位妹子，唯有看看他要到哪裏去，便在旁邊搭間屋子，和雲清雙宿雙棲算了。」

韓柏大喜道：「那眞是好極了，我還怕你平時對我的惡評都是眞的，一有機會便把我甩掉，嘿！那眞是好極了。哼！你以後最好對本浪子多尊敬點。」

范良極兩眼一翻道：「你這小子眞易受騙，其實我對你沒有半點興趣，只是貪貴宅出產清溪流泉，住在附近時提貨容易一點，哈！給點顏色便開起染坊來，笑死人哩！」憐秀秀「噗哧」嬌笑，眾人亦忍俊不住。

荊城冷伸個懶腰道：「范兄和小柏注定這輩子要糾纏不清的了，至於小弟因師命在身，一天燕王未登上皇位，亦難以抽身退享清福，收復怒蛟島後，只好到順天看看有甚麼幫得上忙的地方了！」

韓柏喜道：「我們可作伴同行，我也要到靜齋去看夢瑤，唉！想起了她，今晚怎睡得著？」

眾人差點爲之噴酒，只有風行烈默然不語，顯有心事。浪翻雲看在眼裏，淡淡道：「相見爭如不見，提得起放得下，行烈明白我的意思嗎？」

風行烈一震道：「行烈受教了，收復怒蛟後立赴順天，若一切順利，便往無雙國去，攔江一戰的結果，只能靠人把捷報傳來。」

出奇地憐秀秀聽到攔江一戰，不但沒有憂慼之色，還欣然舉杯道：「我們爲浪翻雲和龐斑喝一杯。」

眾人大訝下舉盞和應。

浪翻雲點頭道：「燕王之榮登寶座，雖仍有一段波折，但照我看不出三、四年便成，那時天下安靖，我猜韓小弟、范兄和荊兄都會到築於深山的新鬼王府定居，我想爲秀秀預留一所房子，也好有人作伴。」

三人大喜，韓柏叫道：「開心死月兒她們了！」

戚長征嘆道：「那新鬼王府亦絕不應少了我這個居民吧。」

憐秀秀喜孜孜地道：「鬼王能挑作建府之處，必乃洞天福地，秀秀想想已心嚮神往。」

風行烈奇道：「秀秀小姐眞乃天下奇女子，若換了別人，這刻……嘿……」再說不下去，暗怪衝口失言。

憐秀秀從容自若，深情地瞥了浪翻雲一眼後，微笑道：「人生彈指即過，對秀秀來說，有了這段得翻雲恩寵的時刻，便已不負此生。秀秀怎還有別的妄想奢求呢？」

大笑聲中，眾人舉杯互賀，談談笑笑，鬧至夜深，才告辭而去。

翌晨各人爬起床來，去探七夫人和易燕媚。七夫人生性孤僻，易燕媚殷勤款待眾人時，她卻拉了韓柏到花園裏說心事，天眞地道：「你看長得多大了！」

韓柏大著膽伸手過去，摸著她隆起的肚子道：「小雲的大肚子鼓得都比別人好看。」

七夫人于撫雲瞪了他一眼，拉著他的手到一旁的石上坐下，看著滿園盛開的花果，悠然道：「到這時小雲才能享受活著的樂趣，看！這裏多麼安詳美麗，昨晚我夢到尊信，他陪著我在這園內漫步，想不到今天你就來了。」

韓柏笑嘻嘻道：「沒有夢到我嗎？」

于撫雲歡喜地道：「怎會漏了你呢？不過夢到你時，你都是壞透了的。」

韓柏心中一熱，想摟著她親個嘴兒，偏又不敢。于撫雲把他的手拉了過來，按在肚子上，柔情似水地道：「鬼王昨天有信來，囑小雲待兒子滿月後，便去與他會合，你還會不會來看人家呢？」

韓柏喜道：「我還怕你不准我去見你呢，嘿！說不定我也會和鬼王同住，你知我這人哩！最怕打打殺殺，有岳父照應著，便不用怕人來惹我了。」

于撫雲失笑道：「除了龐斑等有限幾個人外，誰會不自量力來惹你，遲些連皇帝都要和你稱兄道弟。唉！你這麼的一個人。」伸手過來溫柔地撫著他臉頰道：「來！讓小雲賞你一個嘴兒，此去怒蛟島，凡事小心，否則小雲再也不能有這種美好的心境。」

三天後，眾人到了集結在怒蛟島以東十一里的聯合艦隊處，與上官鷹、翟雨時和凌戰天等會合。眾人小別再逢，自有一番高興熱鬧。

梁秋末把他們載往怒蛟島附近，繞行一周，指點著被重重封鎖的怒蛟島各種布置和軍事設施，笑道：「我們在此建幫達四十年之久，而他們只佔領了區區的幾個月，任他們如何佈置，也翻不出我們的手心，更何況齊泰已成了四面楚歌的孤軍。」

戚長征遠眺著泊在後島島灣隱蔽處幾艘敵艦露出來的帆桅，冷哼道：「我們那幾條水底秘道有沒有被破壞了？」

梁秋末道：「八條秘道，被發現破壞了六條，還有兩條可用。」

范良極訝道：「你怎能知道得這麼清楚呢？」

梁秋末道：「每天都有人逃出怒蛟島來到我們這裏投誠，昨天便有三十多人，齊泰也阻止不了，你說我們會不知道島上的情況麼？」

韓柏皺眉道：「那為何還不反攻怒蛟島呢？可能剛開戰敵人便逃了一半過來。」

「轟轟！」炮聲隆隆中，怒蛟聯軍又展開每日早晚例行的炮擊戰，教敵人睡不安寢。

梁秋末懶洋洋地伏在欄邊，看著島上堡壘還擊的火光，悠然道：「我們在等齊泰的援軍。」頓了頓解釋道：「京師在盛庸統率下集結了十多萬水師和數十艘戰船，不過只是用來守衛京師至鄱陽一帶，一日燕王威脅仍在，絕不敢冒險南來，而我們則因沒有陸上軍團的協助，硬攻過去等於送死，故仍成了僵持的局面。」

戚長征點頭接道：「但洞庭西南的情況卻不同了，允炆已下了命令，還派了精於水戰的陳渲到常德集結各地水師船隊，準備解怒蛟之困。我們正想他們來，好一舉摧毀允炆在這一帶水域剩餘的勢力。」

范良極道：「甚麼擅長水戰，上回還不是被我們殺得抱頭鼠竄，滾回金陵去。」

風行烈笑道：「這還得多謝朱元璋，若非他把開國功臣大將誅戮殆盡，哪需要起用敗將，不過百足之蟲，死而不殭，陳渲受過教訓，這次又是有備而來，實力亦在我們之上，配以齊泰的反擊，這仗不是那麼輕鬆了。」

荊城冷心中一動道：「陳渲這傢伙的父親乃師尊舊部，我和他也相當稔熟，現在他亦應聽到允炆和天命教的傳言，不如我到常德找他，說不定可兵不血刃化解了這危機。」

梁秋末大喜道：「若是如此，雨時就可少生了很多白頭髮，不過常德最近多了大批京師來的高手，一不小心，不但見不著陳渲，恐怕還難以脫身呢。」

范良極不屑道：「他們有高手，我們沒有嗎？就讓我和小柏兒陪小鬼王去玩玩，陳渲識相的話，便呵呵他，否則紅刀子進白刀子出，沒有人情可講。」

戚長征笑道：「嫩賊頭好像把自己當作了浪大叔。唉！爲了向雲清大嫂交代，我便勉爲其難保護你吧！順便也照顧月兒們的韓郎。行烈！你去嗎？」

風行烈笑道：「我不去，你老戚靠誰照顧？」

笑鬧間，梁秋末叫道：「常德我最熟，嘿！我是指那裏的青樓，那就由小弟負責帶路，豐儉由人，悉聽尊便。」

韓柏大喜，又揮手使眼色，要他避忌荊城冷，後者啞然失笑，摟著韓柏肩頭道：「你當我是食古不化的迂儒嗎？逢場作戲，只要你不多弄兩個小妾回去，爲兄哪有閒情理會你這混小子。」

戚長征搖頭道：「老荊眞厲害，輕描淡寫便發出了口頭警告，這事包在我身上，若事情洩漏出來，你們須向我家中那幾頭母老虎講清楚我只是爲管束韓柏才踏足那種地方去。」笑聲和炮聲中，戰船揚帆回航。

五天後，六人來到常德府。他們都改頭換面，扮作鏢局押貨來此的人物，因賺了一大筆銀子，順道花天酒地。常德府沒有半點戰爭的氣氛。除了江上見到停泊和巡邏的戰船外，市面一片平靜。到華燈初上時，最熱鬧的幾條大街更是笙歌盈耳，車馬喧逐，經過青樓酒肆時，傳來絲竹弦管、猜拳鬥酒的聲音。城內遍植垂柳，很有江南特色，眾人一時都忘了到這裏來是負有重要任務的。

六人到了一間菜館，據案大嚼。梁秋末溜了出去，不片晌回轉頭來道：「我聯絡上了本地的地頭蛇幫會，聽說陳渲今晚會在最著名的青樓『飄香舍』設宴款待一批由京師來的重要人物。哈！這小子眞有閒情逸致。」

風行烈向范良極苦笑道：「這次想不到青樓鬼混都不成了。」

韓柏喜形於色道：「我本來早下決心不踏足煙花風月之地，今天就勉爲其難吧！」

戚長征把口中飯菜全噴了出來，喘著氣道：「這沒膽的混賬小子！」

荊城冷皺眉道：「那種場合怎樣和陳渲私談？」

范良極笑道：「扮女人就行了。」

荊城冷失聲道：「甚麼？」

梁秋末忍著笑道：「你當陳渲的官署是不設防，又或你可登門造訪？到時隨機應變吧！六個腦袋加起來，怕都有半個翟雨時那麼厲害吧！」

韓柏道：「那裏你有沒有相熟的姑娘？」

梁秋末興奮地道：「我差點便認了那裏的鴇母孫六娘作乾娘，你說我有沒有相熟的姑娘呢？唉！但這正是最令人煩惱的地方，她們怎麼也能認出我來。唔！我先找六娘研究一下，先走一步，你們再來吧！」說罷匆匆去了。

五人待了片刻，付賬後離開酒館，依著梁秋末的指示，不一會到了氣勢有若王侯巨宅的飄香舍前。

戚長征熟頭熟路，一馬當先走了進去，看門的兩個龜奴尚未清楚來者何人，最富有的老賊頭已把兩錠元寶塞進他們手裏，慷慨縱橫地道：「最好的廂房，最紅的姑娘！」龜奴們立即露出像見到天子那樣的卑恭神態，把這群大豪客迎進廳內，請他們坐下後斟茶遞水，服侍周到。

韓柏低聲向范良極道：「你好像比老戚更在行，是不是常來偷吃？還說練甚麼童子功哩！」

范良極不屑地道：「若有銀兩，便處處都在行，小子跟著我見識吧。」接著神情一動道：「大家小心！」

眾人剛聽得有車馬駛進樓前的廣場裏，聞言立刻收歛本身精氣，假裝一番。幸好此時有兩名姿色庸俗的婢女來招呼他們登上二樓，他們後腳才離開，陳渲已領著七、八個人踏入廳內，其中三個赫然是韓府之戰浪翻雲的劍下遊魂「戰神」曲仙州、楞嚴和戚長征的大仇人宋玉。直至進入廂房，他們的心仍在狂跳著，想不到幸運至此，竟碰上了三條大魚。坐好後，五位花枝招展，姿色不俗的姑娘彩蝶般飛了進來，陪笑侍酒，彈箏唱曲，好不熱鬧。韓柏也不計較這些遠及不上家花的野花，展開風流手段，逗得笑聲震房。范良極爲掩人耳目，運功改變了聲帶，亦妙語如珠，風趣非常。

片晌後陳渲等的笑談聲隱隱由正上方的廂房傳來，眾人大感愕然，心想怎會這麼巧。失蹤了的梁秋末這時鑽進房來，指著樓上眨了眨眼睛，坐入其中一女的椅內，挨著她道：「都是自己人，說甚麼都不怕。」眾人這才恍然，知道一切均是出自這小子的安排。

戚長征心切要拿宋玉，正要說話時，梁秋末使了個眼色道：「諸位大爺要小人安排的事，小人全都辦到，現在只喝酒作樂，千萬別冷落了我們這些美人兒。」

眾人大喜，與諸女喧鬧如前。范良極豎起靈耳，不過上面諸君只談風月，一句也沒有旁及其他事情，那陳渲和曲仙州顯然相當好色，弄得身邊的姑娘不住嬌嗔不依。此時一個半老徐娘走了進來，向眾女打個手勢，其中三人兩個負責以簫笙伴奏，另一則開腔唱曲。

曲樂聲遮掩中，經梁秋末介紹後，孫六娘坐下來道：「果然不出奴家所料，今晚陳渲和那苗鬼都會留宿，諸位準備怎辦呢？」接著向韓柏送了個媚眼道：「奴家聞公子大名久矣！」

韓柏見她風韻猶存，暗忖雖及不上媚娘，但她可以經驗補不足，色迷迷地道：「我雖初見六娘，但已好像是前世早相識了。」眾女一陣笑罵，怪他偏心。

戚長征想起宋玉，再沒有了獵艷心情，冷冷道：「宋玉是我老戚的。」

風行烈冷靜地道：「對方有甚麼高手？」

梁秋末道：「現在樓內樓外只有陳渲的近衛和楞嚴的廠衛共五十多人，不過楞嚴離去時，那些廠衛自然會隨他走的，曲仙州也不須有人去保護他。」

荊城冷道：「這樣不怕連累了六娘嗎？」

孫六娘低聲道：「小秋辦事奴家最放心，他定能安排得事情看似與我們沒有絲毫關係，不過諸位切莫忘了奴家和乖女兒們曾爲你們辦過事哩！」

梁秋末道：「放心吧！我自會照應六娘，好了！人手怎樣分配？小鬼王自然是去對付陳渲。」

戚長征冷冷道：「宋玉由我一手包辦，只要有人纏著楞嚴和他的廠衛便成。」

范良極道：「這樣吧！小秋和小風助小戚，小柏兒和我負責宰掉曲仙州，小荊去找陳渲說話。哈！全部小子一齊出動，這次眞是精采極了。」

曲樂至此稍歇，眾人連忙繼續調笑喧鬧。六娘媚笑著去了。范良極喝出興頭來，不住和眾女猜拳賭酒，贏了便香臉蛋，輸了則獻上銀兩，眾女自是視這風趣的老頭如珠如寶。梁秋末笑道：「原來最愛胡混的竟是他。」六娘恰於此時回來，向各人使了個眼色。眾人心領神會。范良極、韓柏和荊城冷留下來，其他人則「扶醉狂歌」去也。

范韓荊三人在眾女簇擁下，隨著六娘來到後一進的宅院，彩燈映照中，四下安寧整潔，花木飄香。門後處有婢女相迎，遞上熱巾，伺候周詳。經過一道院門，到了一座廳堂處，六娘先支開女婢，然後把三人帶往二樓一間布置華麗的上房，指著與這座建築物隔了一個小花園的兩幢小樓道：「這就是敝舍最紅的兩位姑娘小紅和大紅的香閨，待會他們兩人會到這裏過夜。」又仔細說出了兩幢小樓的布置和婢女的數目。三人默記心中。

荊城冷向身後諸女和六娘道：「待會我們會點上各位穴道，明天便可自行醒來，只會略感疲倦，請勿見怪。」

六娘媚笑道：「我們能高攀上你們這些大貴人，睡個覺算甚麼呢？」一把扯著韓柏道：「橫豎也要等，公子過來陪奴家說說心事吧！也好掩人耳目。」

韓柏大喜，用手肘撞了范良極一記，使了個曖昧的眼色，這才到了鄰房去。

荊城冷哈哈一笑，點頭道：「說得好！正是掩人耳目。」也扯著其中兩女走了。

剩下的三位姑娘一擁而上，纏著老臉發紅的范良極。老賊頭忙掏出身上所有元寶，放在檯上鄭重聲明道：「若各位小乖乖能令我保持對家中賢妻的忠貞，全部家當就都屬你們的了。」三女先是一呆，接著一陣歡呼，分銀去了。范良極鬆了一口氣，要他背叛雲清，縱使她不會知道，也休想他做得出來。靠著窗台，透簾往目標的兩座小樓望過去，暗忖陳渲這小子重任在身，雖說要作陪客，終是貪圖逸樂之輩，只要動之以利，哪怕他不會屈服。看了一會，見到十多名大漢穿過小園，往兩座小樓走去。范良極心中暗笑，憑你們這些低手，老子在你眼前走過也不會知道呢。笑語聲傳來，只見陳渲和曲仙州各擁著一位美人兒，談笑著沿花園側的廊道，朝小樓走去。范良極嘴角露出一絲笑意，傳音過鄰房向韓柏道：「小柏兒快收工，正主兒來了。」

第六章

收復怒蛟

第六章　收復怒蛟

楞嚴坐在馬車內，透簾瞧著這洞庭湖西最大府城的繁華夜景，內心卻冒起了一股難以排遣的寂寞和懊悔。假若肯拋下一切，隨陳玉真退隱山林，是否會快樂點呢？這二十多年來，爲了應付朝廷繁重的工作和夜夜醉生夢死的生活方式，他的武技不進反退，精神修養被薰心的利慾破壞殆盡，大違師尊龐斑的訓誨。武昌韓府之戰，更使他的聲望地位受到無可彌補的打擊，也令他首次想到自己所選擇的一方說不定會輸掉這場爭霸天下的鬥爭。現在應否遵從師尊的囑咐，立即引退？可是那怎麼對得起大群一直忠心耿耿，追隨著自己的手下？想到這裏，不由嘆了一口氣。

「統領何故嘆氣？」楞嚴一震驚醒過來，望向身旁這面如冠玉的天命教後起之秀宋玉，苦笑道：「宋兄弟仍是年輕，若你到了我這把年紀，當會知道沒由來亦可感觸生情。人生不如意事十常八九，箇中情況雖因人而異，但無可否認不如意的事總比快樂的事爲多，且使人更深刻難忘。」

宋玉雙目透出嘲弄之色，故作恍然道：「楞統領怕是想起了陳貴妃吧！」

楞嚴心內無名火起，眼前此子恃著與皇太后恭夫人的曖昧關係，氣燄日張，一直想取他廠衛頭領之位而代之。眼前故意提起陳貴妃，正是要揭他的瘡疤，以達到打擊傷害他的目的。冷笑一聲，正要答話時，兩股氣勁破空的聲音，分別由左右凌空激傳而至。兩人同時色變。

陳渲摟著美麗的大紅登上小樓，跨過門檻，來到布置清雅的小廳裏，兩名跪迎的美婢起來殷勤伺候。

大紅嫣然媚笑道：「陳大人請稍坐一會，奴家換了衣服再來伺候大人。」陳渲一把拉了她回來，擁入懷裏，柔聲道：「只有一個條件！」話完俯頭親上她的櫻唇。大紅熱情如火地反應著。陳渲放開她時，這當紅的美妓既嬌且媚的狠狠橫他一眼，才花枝亂顫地笑著飄進帘幕低垂的閨房裏。兩名美婢掩嘴偷笑。陳渲色心大動，摟著兩婢擠坐入太師椅裏。兩女假意掙扎一番後，才馴服地各坐一腿，把他纏個結實。

窗檯放置著的鮮花送來陣陣清香。陳渲整個人鬆弛下來，享受著這兩個月來從未有之的平靜。大戰之前，尤需眼前這種醉生夢死的刺激和調劑。黃州府一戰的敗績，對他的自信造成致命的打擊。怒蛟幫那種靈活的戰術和莫可抗禦的攻擊力，已使他這個長於盛世的新一代戰將心膽俱寒。對於將來，他再沒有半點信心。他抱著今朝有酒今朝醉的心情，和兩婢胡混著，只希望能藉此拋開一切煩惱和恐懼。

大紅微喘著的聲音由房內傳來道：「陳大人！奴家在等你哩！」

陳渲哈哈一笑，推開面紅耳赤的兩婢，站了起來，往房間走去，掀帘進去時，赫然發覺房內多了個小鬼王荊城冷，正悠然坐在一張椅上，含笑看著他。陳渲全身血液轉冷，手握到劍柄上，卻不敢進擊或退走。對方那遠近皆宜的鬼王鞭雖未見在手，可是氣勢卻緊緊遙制著他，若他有任何異動，例如呼喊手下進來援手，必會惹來對方毫不留情的凌厲攻擊。大紅赤裸的肉體橫陳榻上，竟爲這對峙的形勢增添了無限春色。

荊城冷微笑道：「陳大人請坐，城冷既敢來此，自然有足夠的力量，不怕大人的反擊，何不彼此暫罷干戈，好好一談。」

陳渲提起了的心放了下來，苦笑道：「城冷你好！」坐到他對面的椅子內。

荊城冷淡淡道：「多餘的話我不說了，陳大人當然清楚敝師相人的眼光。現在大人眼前有兩個選擇：一是和天命教的妖孽玉石俱焚，另一是助燕王打天下，便可繼續像眼前般過著榮華顯貴的美好生活，如何取捨，大人一語可決。」說罷微笑著看了一眼床上大紅動人的肉體。

陳渲的心立時霍霍躍動，手心冒汗，一時間說不出話來。

范韓兩人掩護小鬼王登上大紅的小樓後，藏身在一棵大樹上，虎視眈眈監視著另一座小樓。

韓柏傳音道：「我們以迅雷不及掩耳的手法，衝入樓內，把曲仙州送回老家去，乾淨俐落。」

范良極嗤之以鼻道：「你當自己是浪翻雲嗎？誰在那種情況下，都會拚命逃走，只要藉手下侍從擋上一擋，曲老怪便可逃之夭夭，多點耐性吧！」

韓柏想想亦是道理，以曲仙州那種級數的高手，只要有人接近，必會生出感應，除非在男女交歡的緊張時刻，警戒才會稍稍鬆弛，那應就是動手的最佳時刻了。只恨這凶人現正在樓下廳堂和小紅調笑著，仍沒有登榻尋樂的意思，此君倒懂得享受在彈那調調兒前的情趣。

想到這裏，耳中傳來小鬼王的聲音道：「可以進來了！」兩人大喜，覷準機會，閃電般橫過大樹和小樓間丈許的距離，穿窗而入。

楞嚴乃龐斑門徒，識見高明，只憑由兩方來人的氣勢和勁氣，立知刺客乃絕頂高手，他雖有一拚之力，可是宋玉卻絕捱不了多久，在這種環境下，雖有三十多名廠衛高手護駕，但對方定有人在旁牽制，若讓另一刺客得有間隙聯手對付自己時，恐怕性命難保。這些念頭電光石火般劃過心底時，他已一掌拍在正拔出長劍，弓身而起的宋玉背上，自己則撞破廂頂，到了半空處。戚長征此時人刀合一，心神完全專注在車廂內的兩人處。他由屋簷撲下，氣勢如虹，有信心可一刀劈入車廂內，取敵之命。哪知「砰」的一聲，木屑激飛中，宋玉炮彈般衝破車廂而出，往自己直送過來，還帶著一臉驚惶，戚長征大喜過望，暴喝一聲，刀化長虹，照著宋玉當頭疾劈。

由另一邊飛撲而至的風行烈，驟見楞嚴破車頂而出，丈二紅槍一擺，腳下疾點在其中一名廠衛的頭頂處，往上騰升，槍光飛灑，凌空追擊對手。那個被風行烈硬生生踏斃的倒楣廠衛尚未掉到地上時，宋玉的長劍與楞嚴的一對奪神刺，已分別與戚長征的天兵寶刀和風行烈的丈二紅槍對上了，發出一連串金鐵交鳴的清響。「蓬！」那名廠衛墜落地上。此時三十多名隨侍的廠衛，才知道發生了甚麼事，紛紛躍離馬背，趕來應付敵人。由後方掩過來的梁秋末，兩手連揮，夾在指隙間的八把飛刀，像八道閃電般往廠衛們電射過去，狠辣無比。街上的行人突然驚覺街心處發生兵凶戰危的情況，嘩然走避，亂成一片。加上戰馬跳躍驚呼，有如天災忽臨。

宋玉連咒罵楞嚴的空閒都騰不出來，手中長劍與天兵寶刀毫無虛假的硬拚了一記，只覺洪水般湧來的先天眞勁，透劍而入，胸口如受雷擊，鮮血狂噴而出，倒撞而回，由先前被自己衝開了的車壁跌回車廂內，還剛好坐在剛才的位置上。戚長征亦被反震之力帶得凌空翻了個觔斗，才足踏實地，刀光連閃，逼退了兩名撲來的廠衛後，往宋玉追去。風行烈則盡展絕藝，使出燎原槍法的「絞槍式」，身與槍合，毒蛇般與楞嚴纏戰不休，奪神刺和丈二紅槍在剎那間絞擊了十多記。慘叫聲起，梁秋末八把飛刀有三把命中敵人，三名廠衛傷重倒地。

楞嚴見來人中有風行烈和戚長征，知道不妙，使出龐斑教下的救命絕技，雙刺交擊，借力往後方屋簷飛退開去，並大喝道：「危險！快閃！」那些廠衛見是風戚兩人，又見頭子都要逃命，誰還肯留下等死，不用梁秋末出手，分頭作鳥獸散。宋玉剛撞破另一方廂壁，滾落地面時，馬車因車伕溜掉而往前奔出，使戚長征暢通無阻地逼至身前。風行烈知道追殺楞嚴亦只是白費氣力，暗讚一聲，落到宋玉身後，形成夾擊之勢。戚長征忽地停刀凝身，屹然不動，雙目射出利箭般的光芒，虎視著滿嘴血污，剛勉力爬了起來的宋玉。梁秋末躍上屋簷，監視著遠近的情況。宋玉的五臟六腑像翻轉了過來般，以劍支地，爭取回氣的一刻。

戚長征冷冷道：「剛才的一刀是老子本人的見面禮，接著的一刀，則是代慧芷轉贈給你的大禮，以作解除婚約的賠償。」

宋玉兩眼一陣亂轉，放棄了突圍逃走的妄想，喘著氣道：「慧芷的事，宋玉只是個受命行事的人。若兩位高抬貴手，放在下一馬，宋玉必有所報。白教主和解符護教都來了，我可以提供所有機密情報，戚兄可把在下關禁起來，待驗證所言皆實後，然後依約釋放在下。」

戚長征點頭道：「說吧！老子一言九鼎，絕不會食言。」

宋玉想不到他這麼好講話，大喜過望，張口要說話時，忽覺不對。戚長征的腳已閃電踢出，正中他下陰。宋玉離地拋飛，越過了風行烈頭頂，重重掉在行人道處，七孔流血而亡。

戚長征若無其事道：「他袖內暗藏火器，正待施放，橫豎他騙了慧芷，我便騙回他一次，兩下扯平。」風行烈回頭望向宋玉的屍身，只見他兩眼瞪大，死不瞑目。

曲仙州正與小紅飲酒作樂，興高采烈時，外面傳來男子的聲音道：「曲仙州！快給本浪子滾出來，來個單打獨鬥，一決雌雄！」

曲仙州大訝，為何聽不到己方高手的聲音呢？駭然道：「浪翻雲何在？」

小樓外的韓柏笑道：「殺雞焉用牛刀。唉！不過我眞希望有牛刀來幫忙，快給我滾出來受死吧。」

曲仙州聽到浪翻雲沒有來，放下心事。暗忖沒有浪翻雲在，對方若作圍攻，他便逃之夭夭，假設只是韓柏一人，就順手宰了他，也好挽回那晚在武昌給浪翻雲殺得落荒鼠竄的受損顏面。推開嚇得臉青唇白的小紅，取過數十年與他形影不離的流星鎚，昂然步出小樓。燈火映照中，韓柏手提鷹刀，站在小樓外的草坪上，笑嘻嘻看著他，一副有恃無恐的樣子。

曲仙州環目四顧，同時展開察查的秘技，判斷出沒有其他敵人隱伺一旁後，兩眼精芒閃起，冷然道：「原來陳渲是內奸，這算是個對付曲某的陷阱了。」

韓柏哪有閒情跟他磨牙，又從陳渲口中聽得白芳華、解符等人都來了，更不容讓對方有喘息時間，大喝道：「你不是想收拾我嗎？看看你有沒有那個本領。」跨前一步，鷹刀灑出一片刀光，往曲仙州潮水般湧去。

曲仙州冷哼一聲，刷地横移，到了兩座小樓間的園林裏。韓柏刀化長虹，緊追而至。曲仙州感到對方刀勢似與天地渾融無間，全無斧鑿之痕，那種無隙可尋的感覺，比之赤尊信更使他驚懍。狂喝一聲，流星鎚左右揮擊，登時響起連串鏗鏘清音。韓柏給他震得虎口生痛，忙運起挨打神功，把對方重兵器傳來的勁力巧妙化去。刀來鎚往，兩人遠攻近閃，轉眼間交換了十多招。曲仙州愈打愈驚，初時欺對方稚嫩，及不上自己數十年的深厚功力，故一上場就以硬拚的手法，要損耗對手的眞元。豈知十多招下來，這小子的內氣有若長江大河，源源不絕，生生不息，不但沒有衰竭，還不住加強，這種情況，他尚是首次遇上。魔種竟可厲害至此？

驚魂未定時，後面破空之聲傳來。曲仙州大吃一驚，看也不看，施出壓箱底本領，把右手流星鎚使得像繡花針般靈活，破入韓柏的空門裏，硬將對方逼退數步。左手鎚反打後方。「噹！」盜命桿與流星鎚硬拚了一記。范良極哈哈一笑，凌空飛起，左腳卻順勢踢向他腦後。韓柏鷹刀急劃，人隨刀走，往他直撞過去。

曲仙州感到韓柏的意志和力量，全集中到這一刀之上，氣勢之盛，實到了無以復加的地步。雖明知若是躲閃開去，必會陷於苦戰之局，那時想逃都逃不了，但卻再沒有他選擇的餘地，左右兩鎚幻起一片光幕，同時橫移開去。大喝道：「不是說好要單打獨鬥嗎？算甚麼英雄？」

范良極凌空再翻一個觔斗，大笑道：「那小子從來不講信用，更絕非甚麼英雄好漢，曲老怪你不帶眼識人，怪得誰來。」一桿當頭往他打下。

韓柏亦笑道：「你們十多人打浪大俠一個又怎麼算？還說本大俠不是英雄，笑死人了。」

此消彼長下，鷹刀寒光暴漲，連續七刀劈上了對方的流星鎚。對著此雙無賴活寶，曲仙州連後悔發怒的餘暇都沒有，只有拚死抵擋著。他的銳氣早挫於覆雨劍下。若換了往日，說不定會以命搏命，希冀能死裏逃生。此刻卻節節退守，屈服於兩人有若千軍萬馬迎頭殺來的驚人攻勢下，再無還手之力。范良極此時落回地上，在曲仙州四周鬼魅般閃移，盜命桿欺他要應付韓柏氣勢如虹的刀勢，雨點般攻至。韓柏愈戰愈勇，一股前所未有的奇異感覺湧上心頭。他不但忘了戰局以外的一切事物，甚至把自己也忘掉了，生死再不放在心頭，神與意合，意與神守，眼中除了敵手外，再無他物。靈覺無限地開闊，至乎可感受到敵手的意向和情況，倏地收刀立正。

揆以常理，曲仙州好應立即逃走，憑范良極的盜命桿，絕阻礙不了他。可是他卻感到韓柏的鷹刀，透出一股凌厲無比的森寒殺氣，遙遙制著自己，不但不敢輕舉妄動，還要凝聚起全身力量來，準備應付韓柏的攻擊。范良極大笑道：「好柏兒快來！」施出渾身解數，殺得曲仙州又忙於分神應付，此時只恨父母少生他一隻手。高手相拚，一落在下風，便極難平反，曲仙州正陷於這種劣勢裏。韓柏一聲低吟，整個人脫胎換骨般變得威猛無倫，跨開大步，鷹刀高舉過頭，往曲仙州逼去。曲仙州只瞥了他一眼，立即心中發毛，感覺上像是赤尊信人死復生，正繼續進行他們間那未分勝負的一戰。

韓柏的腳步落到草地上，只是發出「沙沙」微響，可是聽進曲仙州耳內，卻像是死神的催命符，比戰鼓雷鳴、萬馬奔騰的聲勢更令他驚心動魄。韓柏此時無人無我，至靜至極，與萬物冥合為一。戰神圖錄再沒有如昔日般紛至沓來，而是與他精神合成一體，再沒有彼我之分。無論舉手投足，均合乎天地之理，再不用費神思考，徒擾心神。連他自己也不知道，自得窺鷹刀內戰神圖錄的秘密後，到了此刻他才能完全消化，據為己有。這過程是不自覺的，若一旦用心思索，反落在後天下乘境界。韓柏因生性隨遇而安，除美女外再無他求，反在無意中臻此刀道至境。

韓柏大喝道：「老賊頭讓路！本浪子大俠來了！」鷹刀疾出，確有足令萬馬喑聲、三軍辟易之勢。范良極再攻一桿，才往後移開。曲仙州已完全在鷹刀的殺氣籠罩裏，欲逃不能，唯有收攝心神，流星鎚揮出，氣勢亦是威猛至極。韓柏此刻的氣勢剛蓄至頂峰，大吼一聲，鷹刀化為精光耀目的芒虹，鳥飛魚躍般往曲仙州電射而去，卻出奇地沒有發出任何破風之音。曲仙州曉得對方這一刀已臻刀道至境，除了硬拚一途，再無化解之法，振起被兩人消耗了過半的功力，全力反擊。「噹」的一聲，火星四濺。韓柏羽毛般往後飄飛。曲仙州穩站原地，腳步不移，兩鎚輕提胸前，虎視著對手。韓柏退近兩丈，才卓然傲立，與對方一點不讓地對瞧著。「砰砰！」兩聲，流星鎚先後掉到地上。曲仙州眼神轉黯，面如金紙。

「鏘！」刀回鞘內。曲仙州應聲而動，仰身倒跌，氣絕斃命。

常德府。在城北一所豪宅裏，白芳華、解符、楞嚴、謝峰等人，正蒐集著從各方傳來有關敵況的消息。武昌韓府一戰，使他們遭受到最嚴重的挫折和打擊，損失了一批無可替代的高手和廠衛。浪翻雲和怒蛟幫的聲望更被推上了新的巔峰。很多本已接受朝廷招聘的有分量江湖人物和幫會門派，紛作觀望退縮。若再讓怒蛟幫奪回怒蛟島，後果將更不堪想像。怒蛟幫勢力日漸膨脹，朝廷的主力又擺在應付燕王的北軍處，所以白芳華雖內傷未癒，仍不得不趕來常德主持大局。此事極端隱祕，豈知到常德才兩天，敵人竟摸上門來，以迅雷不及掩耳的手法刺殺了曲仙州和宋玉，怎不教他們心膽俱寒。解符劇烈地咳嗽起來，臉色變得蒼白如紙。眾人知他不但不能從忘情師太的掌傷中復元過來，還在不住惡化，心情更是重如鉛墜。

待他咳罷，白芳華沉著臉向手下問道：「陳大人為何仍沒有來呢？」

手下回應道：「我們三次派人去催他到來商議，他都推說正忙於布置緝拿反賊，最後一次我們連見他一面都不得其門而入。」

白芳華失聲道：「不好！陳渲要造反了！」

眾人無不色變。這次他們到常德的廠衛高手，人數只有二千，假若陳渲造反，對著這種握有兵權的重將，他們不要說反擊，連自保都成疑問。

楞嚴動容道：「教主之言極有道理，否則我們怎會完全找不到反賊的蹤影。」

謝峰道：「先發制人，我們立即將陳渲拿下，褫奪兵權，遲則恐情況更趨惡劣。」

白芳華望著窗外微明的天色，嘆了一口氣道：「我們遲了，一晚工夫，陳渲應可把整個常德的本地官員將領策反，而且他們有韓柏等在背後撐腰，我們拿甚麼去和他們硬碰？」沉默片晌後，望向解符道：「符老！你可以教芳華怎辦嗎？」

解符蒼白的臉容現出一個梟雄氣短的苦笑，沉吟道：「我們應立即由陸路離開，到龍陽召集人馬，看準形勢再作決定。」

白芳華輕嘆道：「武昌一戰，使我們優勢盡失，還害得齊泰的水師變成了孤軍。這回能否有命離開常德，仍是未知之數哩！你們立即起程，我還要去見一個人。」眾人聞語，盡皆愕然。

常德府最大的碼頭處，江邊船舶無數，岸上鬧烘烘的，大批腳伕正起卸著貨物，加上許多候船的商旅客人，更顯一片都邑的繁忙景象。在檣桅如林的湖岸處，泊了數艘水師巨艦，那裏的江岸由明軍把守，不准任何人接近。遠方可見水師船艦穿梭巡邏，氣氛緊張。泊岸的樓船巨艦，其中之一是陳渲的帥船，韓柏等人就是躲在那裏等候消息。

眾人正在船艙內吃早點時，陳渲匆匆回來，喜道：「沒有問題了，我跟屬下提說起來，原來人人均看好燕王和貴幫，只是平時咽在心裏罷了！」

荊城冷笑著迎他入座，道：「陳大人辛苦了，忙了整晚，先坐下吃點東西吧。」

陳渲這時哪來胃口，急接著道：「白教主他們已猜到我出了問題，天亮時悄悄離開，我看他們是要潛到龍陽，若我們立即由水路趕去，保證可趕在他們前頭，先一步控制龍陽，再布局予他們迎頭痛擊。」

風行烈正要說話，陳渲的副將查石林神色古怪地匆匆進來道：「白芳華來了，此刻正在碼頭處，說要見忠勤伯一面。」各人全呆了起來。

范良極冷笑道：「這妖女又不知要玩甚麼把戲了？」

戚長征霍然道：「讓我立即出去把她宰掉，你們負責抓著小柏。」

眾人眼光全集中到韓柏處時，這小子苦笑道：「諸位大人大哥英雄好漢，請高抬貴手，我看她此來是沒有惡意的，我會小心防備的了。嘿！聽聽她有甚麼話說也是好的。」

范良極怒道：「說不定她有甚麼同歸於盡的想法，要與你玉石俱焚，那時我怎麼向諸位乖妹子交代？」

荊城冷笑道：「范前輩放心，白芳華終是對小柏餘情未了，何況現在即使除去小柏，亦影響不了大局。她實在毋需如此不智，照我看她是來從事交易居多。」

戚長征嘿然道：「餘情未了就更糟，女人愛起一個男人來，絕對沒有理性可言，若她抱著殉情的心，小柏……哎唷！」下面給韓柏重重踩了一腳。

韓柏長身而起，抱拳道：「各位萬勿忘了本浪子福大命大，否則鬼王怎會放心把女兒交給我。荊師兄就是明白此點，才肯讓我去與這妖女周旋。請了！」眾人為之語塞，呆看著他的背影消失艙門外。

離開艙廳，韓柏立即加快腳步，到船頭時，見到岸上的白芳華在十多名衛士的監視下，正微笑地向他揮手，心中一熱，飛身落船，來到白芳華身前。

這嬌艷的美女沒有半點芥蒂的模樣，欣然迎了上來，一把挽著他的手臂，情意綿綿地道：「韓柏！陪人家隨意逛逛好嗎？」

韓柏待要答應時，陳渲手下裏一名頭領模樣的大漢道：「忠勤伯！你們有甚麼話，在這裏說不是更方便嗎？」

韓柏笑道：「我和白教主相識多時，很多話是不方便當眾說的，嘻！我們去了，千萬不要跟來偷聽。」陳渲的手下無可奈何，唯有看著兩人消失在人潮裏。

兩人默默無言，在沿著碼頭繁華熱鬧的大街緩緩走著，女的生得百媚千嬌，男的則軒昂清奇，彼此又是態度親暱，途人無不側目。

白芳華拉著他轉進了一條僻靜的橫街，再閃入一間屋子的後園內，幽幽一嘆道：「爲何人家曾多番想害你，你仍對人家那麼好和信任呢？」

韓柏坦言道：「或許是你生得那麼標致動人，又那麼懂得哄我開心吧，給你暗算時確實很不高興，不過轉眼又忘了，只會想著你諸般好處。」

白芳華失笑道：「你的好夢瑤不是警告過你說我這妖女不可靠嗎？你敢不聽她的話？」

韓柏伸手過去摟著她的蠻腰，在院落間一片寧靜的竹林邊一方大石上坐了下來，吻了她臉蛋道：「小寶貝今天來找我有甚麼心事話兒請快說出來吧。須知我是要保證你不會暗算我，老賊頭他們才肯放我來見你的。好寶貝千萬不要令我失望，否則以後本浪子休想在老賊頭前挺胸做人。」

白芳華笑得花枝亂顫，橫他一眼道：「唉！現在殺了你亦於事無補，何況人家怎捨得害你？連番鏹羽，芳華早心灰意冷，甚麼都提不起勁。」

韓柏訝道：「單玉如既選你爲掌門，定不會看錯人，怎會略遇挫折，立即一蹶不振，你是否又想騙我？」

白芳華軟弱地緊挨著他，苦笑道：「到現在我才知道自己只是師父的一顆棋子，被她利用來扶持女兒和孫子。以前師父健在時，一切矛盾都給硬壓下去，現在師父死了，恭夫人母憑子貴，哪還把我們放在眼裏！若非我們仍有利用價值，早給她像割毒瘤般去掉。秦夢瑤眞厲害，看準了師父的用心，要殺了她才施施然回靜齋修她的鬼道行，對我們說那才是最致命的打擊。唉！天下間除龐斑和浪翻雲外，還有誰可作她的對手呢？」

韓柏從沒想過秦夢瑤厲害的一面，聽白芳華提起，回心一想，確是道理。這「仙子」行事雖似輕描淡寫，但著著均暗含深意，只看她智退紅日法王，說服了方夜羽和朱元璋，解散了八派聯盟，定計除掉單玉如，數日間把整個形勢扭轉過來，雖不若浪翻雲般大敗群魔的風光，但正合「善戰者無赫赫之功」那無跡勝有跡之道。嘿！這麼厲害的人物，竟還是老子我的好嬌妻。唉！可惜她終是走了。

白芳華看到他沾沾自喜的樣子，醋意大發道：「不准你和人家在一起時想著別的女人！」

韓柏嚇了一跳，陪笑道：「不要多心，我只是心中讚你看得透徹而已。」旋又訝然道：「芳華是否想脫離天命教，改爲歸順我們？」

白芳華「噗哧」笑道：「若我歸降，你肯娶我嗎？」

韓柏想起虛夜月諸女，眉頭大皺道：「嘿！這個嘛……」

白芳華神色一黯，嘆道：「芳華若是愛你，怎會令你爲難，事實上人家如今連嫁你都提不起勁頭來，更沒有顏面再見月兒和鬼王，這次人家來是想向愛郎道別，從此退隱山林，再不理明室的內爭。」

韓柏大喜，把她抱個滿懷，笑道：「那我就再無掛慮。」

白芳華獻上熱情無比的香吻，久久才嬌喘地嗔道：「你何須還那麼緊張提防？人家內傷未癒，根本想害你都沒有那本領呢。」

韓柏老臉不紅地道：「白小姐慣了談笑用兵，愈是熱情，愈是危險，否則我早抱了你到床上去，一償宿願。」

白芳華嘆氣道：「芳華只好怪自己過往行爲差劣，待將來燕王得天下後，人家再悄悄來找你偷情好嗎？那時再沒有利害衝突，芳華將可享受韓郎的盡情恩寵。」

韓柏訝道：「原來連你也不看好允炆？」

白芳華不屑地道：「恭夫人寵信齊泰和黃子澄，允炆則少不更事，明明陣腳未穩，卻冒險急進。若芳華可以操持，怎麼也要等到攔江之戰後才會動手。那時天下盡在自己手裏，哪還懼燕王和區區一個怒蛟幫呢？現在卻是正面衝突，恰是以己之短對敵之長，進退失據，當怒蛟幫奪回怒蛟島後，勝負之勢已定，燕王攻入金陵，只是遲早的問題罷了。」

韓柏恍然大悟，說到底白芳華仍是一個重視自身利益的人，見到事不可爲，故來向自己表白退隱的立場，在這種情況下，難道還好意思追襲她嗎？若她不是受了傷，怕仍不會如此低聲下氣。想歸這麼想，但心中仍大起憐惜之意，撫著她香背道：「你內傷未癒，爲何仍要長途跋涉到這裏來呢？」

白芳華苦笑道：「這正是恭夫人令人意冷心灰的地方。芳華這傷勢非常嚴重，沒有一年半載，休想復元。唉！韓郎那天在皇宮爲何要饒芳華一命呢？當時我死了不是更乾淨嗎？」

韓柏柔聲道：「我現在眞的相信你肯退出這場鬥爭了。但你是否就這麼一走了之，不再理會解符楞嚴他們呢？」

白芳華輕輕道：「我曾和解師叔商量過，他中了忘情師太那一掌後，功力不住減退，起了退隱之心，希望能療治傷勢。楞嚴則因陳玉眞離他而去，萬念俱灰，每天都在後悔爲何不及早拋開一切，伴她終老山林。只要韓郎大發慈悲，放他們一馬，芳華再無牽掛，亦盡了道義上的責任。」

韓柏心念電轉，判斷著她說話的可靠性。他們本定下策略，決計不教這批敵人有機會活著返回京師，若答應了白芳華的要求，倘將來發覺又被她騙了，自己的名號怕要改爲「笨蛋」韓柏。這美女眞眞假假，確令人無從捉摸。

白芳華拉著他站了起來，苦笑道：「若人家眞是騙你，就讓芳華再騙這最後一次好嗎？」

韓柏頹然道：「好吧！難道我能忍心看著你被人殺死嗎？」

白芳華重投入他懷裏，兩手纏上他的脖子，欣然道：「芳華很開心，但卻不是因你答應了人家的要求，而是芳華知道你仍像以前般疼惜她哩！」

韓柏啼笑皆非道：「若有人在旁偷聽我們的說話，定以爲我是個負心漢。」

話猶未已，耳邊響起范良極嘲諷的傳音道：「你雖非負心漢，但卻是個大蠢才。」

白芳華看他神色古怪，笑道：「是否范大哥來了？」

范良極倏地由樹上躍了下來，到了兩人身旁冷笑道：「老子福薄，並沒有你這好妹子。」

白芳華依依不捨地離開了韓柏，淡然自若道：「范大哥動手吧！芳華絕不反抗。」

范良極頹然嘆了口氣，伸手按著韓柏肩膊，搖頭道：「你殺我，我殺你，卻是何苦來哉！白教主請動蓮駕吧。」頓了頓又道：「有銀兩使用嗎？」

白芳華欣然點頭，開顏道：「由今天開始，天命教就此銷聲隱跡，當有一天芳華抵受不了思念之苦時，再來找你們吧！」提氣聳身，飄然落在竹林外一堵圍牆上，再回身施禮道：「芳華以前多有得罪，請兩位大人大量，勿要見怪。」一閃不見。韓柏呆看著她消失的方向，百感交集。

范良極讚嘆道：「白芳華眞的了不起，一知事不可爲，立即急流勇退，這才是眞正的大智大慧。」

韓柏愕然道：「你還是第一次沒數說她的不是。」

范良極苦笑道：「她的媚術已超越了單玉如，就算明知她在騙人，我們也要心甘情願被騙。正如現在我眞的信了她會退出這場戰爭，變成了和你同流合污的蠢蛋。」

韓柏哈哈大笑道：「說得好！和你這小老頭混確是痛快事。嘻！沒有多少斤兩，哪能招得美人兒來騙你的財和本浪子的色，而且騙得這般痛快！」

范良極捧腹狂笑起來。韓柏拖著他的瘦手，拉著他走出林外。兩人哼著輕鬆的調子，喝醉了酒般朝碼頭走回去。

陳渲的叛變，震動朝野。允炆手上最龐大的水師船隊，由此落入了燕王手中，剩下的水上實力，再不足以控制長江，怒蛟島上的齊泰，更是孤立無援。而京師則無長江之險可恃了。白芳華這次果然言而有信，與解符分別退隱山林，不知所蹤。楞嚴因連番失利，又遭恭夫人和允炆的近臣排擠，終遵從乃師叮囑，拋棄一切，去找尋陳玉眞。他手下的廠衛自作鳥獸散，有些更投向了以怒蛟幫爲首的聯軍。只有謝峰一人領著七百多人逃返京師。允炆大怒之下革了謝峰禁衛統領之職，從此投閒置散，再不重用。長白派至此一蹶不振，聲望如江河下瀉，成爲江湖嘲諷鄙屑的對象。

現在允炆把希望全寄託在李景隆的北伐大軍上。這天命教僅餘的元老手持聖旨趕赴德州，收編耿炳文的殘兵敗將，並檄調各路軍馬，得五十萬人，進駐河間，實力驟增下，對比著燕王約二十萬的軍力，表面強弱懸殊，儼然聲勢大振，有一舉盡殲燕軍之威勢。同一時間，遼東鎮將吳高奉允炆之命，率師攻打永平的燕軍，牽制燕王，讓李景隆的大軍得以直撲順天，攻打燕王的根據地。軍情告急下，這天在順天燕王府內，燕王召集重臣大將，聽取剛來到的葉素冬奉上的珍貴情報。陳令方這時成了燕王心腹，故有資格出席會議。與座者還有僧道衍、謝廷石、張玉，另一猛將譚淵和燕王最得力的兩個兒子小燕王朱高熾和朱高煦。葉素冬詳細分析了李景隆大軍的實力後，各人均面有憂色。

只有僧道衍面帶笑意。燕王奇道：「敵人勢力大增，李景隆又其奸似鬼，爲何道衍你仍像有恃無恐的樣子。」

僧道衍微笑道：「李景隆手上的實力，看來的確似比耿炳文強了很多，但其實卻是處處充滿弱點破綻。」

燕王大喜問之。僧道衍從容道：「首先是軍內近半均爲耿炳文的殘兵敗將，士氣早喪，而其餘則是倉卒由各地調來的軍旅，全無鬥志。加上李景隆一直是文官，在軍隊裏毫無威望可言，在這謠言滿天飛的時刻，無論他們有多少人，亦難免上下異心，此乃兵家大忌，對方似強實弱。」

張玉點頭道：「僧先生所言甚是，允炆現在對所有與西寧派和鬼王有關係的人，均非常顧忌，主要軍兵將領均由南方抽調過來，又設立重重規限，務使將不專兵，使難以學陳渲般猝然叛變。但這卻大大削弱了軍令的效率，指揮失調，進一步打擊李景隆軍的士氣。」

燕王笑道：「照素冬所言，李景隆此次求勝心切，糧草未足便倉卒北來，如此躁急冒進，正是另一大忌。」

陳令方仍憂心忡忡道：「問題是遼東來的吳高大軍近二十萬正逼近永平，若永平失守，我們等於被斬了一條手臂，哪還能應付李景隆這奸賊？」

燕王對陳令方顯然極爲寵愛，事實上自陳令方這長於內政實務的人到來後，大事興革，把順天府弄得井井有條，政令清明，甚得燕王歡心。遂溫和地道：「讓我們再聽聽道衍的奇謀妙計。」

僧道衍微笑道：「陳公請放心，不量險易，深入趨利，乃兵家大忌。我們的順天府上承元人百年建設的餘蔭，牆高壁厚，防守上全無破綻可尋。李景隆想打硬仗嗎？我們偏不如他所願。只要拖得幾個月，順天早寒，南卒不能抵冒霜雪，兼又遠離本土，任他人數再多，亦只是不堪一擊之兵。」

燕王哈哈大笑道：「只此數點，本王可斷言李軍必敗。就讓本王親自督師，解永平之圍。李景隆聞得本王離京，必以爲有機可乘，直薄而來。」轉向朱高熾道：「順天就交給高熾，李景隆來時，只可堅守，萬勿出戰，同時把防守城外的所有兵馬全撤回來，避免無謂損失。只要你能守到本王由永平還師之日，那時李景隆前有久逸之師，後有我銳氣方殷之旅，讓我看他怎能逃過此劫。」

僧道衍道：「道衍請燕王允准，留下助小王爺守順天。」

燕王點頭同意後，問起怒蛟幫的情況，葉素冬一一答了。

謝廷石得意地道：「我這四弟確是福將，所到處都捷報頻傳，其勢有若破竹。」

燕王想起韓柏，露出笑意。朱高熾雖仍是心中不大舒服，不過現在韓柏正爲他切身的利益出力，虛夜月一事早成定局，仇恨之心早淡多了。

僧道衍讚嘆道：「最厲害的是翟雨時，連施巧計，多方陷敵，若能與他把盞夜話，實是人生快事。」言下充盈著惺惺相惜之意。

朱高煦道：「怒蛟幫現在縱橫長江，為何仍不把怒蛟島收復，以增聲勢？」

燕王微笑道：「這正是翟雨時高明之處，反以怒蛟島讓齊泰泥足深陷，若齊泰懂得放棄怒蛟島，退守岳州，不但武昌和黃州可保不失，反使怒蛟幫陷入進退維谷的尷尬境地呢。」

僧道衍點頭道：「長江乃京師的命脈，現在卻給怒蛟幫截斷了，使江南豐饒的物資不能運往京師，否則這次李景隆就不會有糧草缺乏的問題。最要命的是我們因此而聲勢大振，士氣如虹，允炆則每天都在擔心有人會變節。」

陳令方問葉素冬道：「削藩之事，允炆有沒有新的行動？」

葉素冬答道：「自耿炳文失利後，允炆不但暫緩削藩，還派出特使，與其他藩王修好，不過人人都在觀望形勢，只有寧王權似乎有點意動，真不知他為何竟蠢得會信任允炆。」

燕王微笑道：「此事本王知之甚詳，待本王擊敗吳高之兵後，順道率軍馳赴大寧，他不仁我不義，沒甚麼話好說的了。」如此一說，葉素冬便知寧王權的手下裏有人與燕王暗通款曲，放下心事。

燕王長身而起，豪氣大發道：「我們立即提師前赴永平，回來時，小柏和行烈等都應來探望本王了。」又向陳令方道：「我們這裏的幾條名泉絕不下於仙飲泉的水質，陳卿家替我送百來罈泉水到小怒蛟去給女酒神釀酒，好教收復怒蛟島後，浪翻雲有更精采的清溪流泉醫治酒蟲，順祝他在攔江之戰立威天下，一舒我大明武林長期被龐斑壓得透不過來的悶氣。」

眾人轟然應和，士氣如虹。勝利之路雖仍遙遠，但他們卻正朝那方向邁進。

陳渲的水師投順後，聯軍實力大增，且無後顧之憂，遂全力圍困攻打怒蛟島。翟雨時好整以暇，日夜擾襲怒蛟島的明軍，然後隔三兩日則來一次劇攻，慢慢瓦解敵人的防禦設施和削弱對方的士氣。這晚凌戰天剛率人潛水破壞了敵人靠岸的一個木柵，回到帥船時，在常德盤桓了十多天的韓柏等人剛好抵達。在翟雨時的主持下，聯軍所有將領舉行了反攻怒蛟島前最重要的會議。

圍桌坐好後，戚長征向翟雨時和上官鷹打趣道：「眞有你們的，等我回來才動手。」

上官鷹哂道：「你有那麼大面子嗎？只是因雨時另有打算，才讓齊泰多呼吸兩口氣。」眾人聞言起鬨，鬧成一片。

老傑笑道：「現在怒蛟島上齊泰和胡節的軍隊兵倦將疲，又給封鎖了對外的所有交通傳訊，每日都大量消耗著糧草，除了苦待援軍和糧食增援外，只有束手待斃一途。若如此下去，不出數月我們將可不費一兵半卒，把怒蛟島收復回來。」

戚長征奮然道：「誰還有耐性去等，不是說有兩條進島的秘道未被發現嗎？只要讓我帶人潛到島上，來個內外夾攻，不出幾個時辰就可坐在齊泰的屍身上喝酒了。」

凌戰天嘆道：「幸好這次發號施令的人不是你這小鬼頭，否則吃了敗仗還不知是怎麼一回事。這分明是齊泰布下的釣餌，你還要吞進去嗎？」戚長征最怕凌戰天和浪翻雲，立即乖乖閉嘴。

范良極笑道：「翟帥有凌兒在背後撐腰，戚小兒你態度上最好恭順點。」

風行烈笑道：「還是由翟兄說出胸裏那籌措定當的妙策吧！」

韓柏鼓掌道：「讓我們給他這軍師爺來一點掌聲！」

眾人大笑起鬨，若有不知情的旁人聽到，定以為他們在猜拳鬥酒，誰想得到竟是有關爭霸天下的大事。

翟雨時失笑道：「柏兄最是逗趣。」接著清清喉嚨，乾咳一聲才肅容道：「自荊兄到了常德去，我們把對怒蛟島的封鎖增強至極限，使齊泰完全斷絕了對外界的音訊，這麼做只為了一個目的，就是令齊泰和胡節懵然不知陳渲已到我們的一方……」眾人登時明白過來，無不拍腿叫絕。

荊城冷嘆道：「難怪雨時早先命陳渲的水師不要接近怒蛟島，當時我還以為你對他仍有戒心，到現在始知其中妙用。」

韓柏搔頭道：「這麼簡單的計策，為何我們總想不出來呢？」

范良極嗤之以鼻道：「簡單？人家翟帥早在你未到常德前就開始部署。你那時腦中想著的還是要到常德嫖個夠本呢，哼！」眾人啞然失笑。

鄭光顏插入道：「翟爺準備何時動手？」

翟雨時舉手投降道：「各位叔伯兄弟，請勿再叫甚麼翟帥翟爺了，至於動手的時間，當然應由幫主決定。」

上官鷹笑道：「去你的，甚麼由我決定，不過我卻可代為宣佈。」深深吸了一口氣後，一字一字地沉聲道：「照現在天氣的變化，十天內將會有天朗氣清的日子，我們就在那天動手，先讓齊泰清清楚楚看到陳渲『來援』的水師，齊泰必然把那剩下來的五十多艘戰船傾巢開出，好前後夾擊我們，那就是反攻怒蛟島的良辰吉時。」

范良極一掌拍在檯上，眾人都嚇了一跳時，老賊頭大喝道：「拿酒來！讓我們先痛飲十杯，預祝船到功成。」眾人轟然叫好，聲音直傳往洞庭湖去。

接著的七天，聯軍不但沒加緊攻打怒蛟島，又調走近半艦隊，連帥船都隨大隊去了。齊泰還眞以爲援軍到了，使得怒蛟幫聯軍要分頭作戰，再無疑慮，準備全力反擊，一時炮聲隆隆，還不住派出戰船，試圖突破聯軍的封鎖。聯軍反採守勢，好加強齊泰自以爲此料不差的信心。那晚大霧散去，怒蛟島東忽傳來隆隆炮響，聯軍船隊大半轉舵向炮聲傳來處駛去。齊泰非常謹愼，仍是穩住主力不動，到天亮時，只見陳渲的水師出現在東南方水域，正與怒蛟聯軍纏戰不休，其中數艘船更中炮起火，殺聲震天。齊泰哪想到起火的都是舊船或破船，更料不到陳渲會造反，立即盡起餘下的五十艘大小戰船，命胡節堅守怒蛟島，他卻親自督師，率艦隊趕往夾擊。怒蛟聯軍剩下的二十艘船艦詐作攔阻，一番接戰後，讓齊泰突圍而去。此時韓柏、風行烈、戚長征、范良極、荊城冷等都集中在陳渲的帥船上，扮作了陳渲的親衛，見狀大喜。聯軍帥船上的翟雨時立即下令，全師撤往攔江島。陳渲當然啣尾窮追，引得齊泰亦狂追而去。凌戰天、上官鷹和翟雨時並肩站在帥船的指揮望台處，欣然看著齊泰一步一步走進陷阱去。戰船滿帆而航，追追逐逐，不到一個時辰便越過了攔江島。眾人看著攔江島，心中都泛起奇異的滋味。

上官鷹嘆道：「大叔現在不知在做甚麼呢？」

凌戰天笑道：「怕是在聽秀秀彈琴唱曲吧？我們在這裏打個你死我活，他卻與俏佳人飲酒吟哦，遊山玩水，逍遙自在。」

翟雨時正凝神瞧著敵我的形勢，大笑道：「這次若讓齊泰有一人溜回怒蛟島，我翟雨時便改跟他爹的姓。」

此時齊泰的艦隊，正與陳渲近二百艘船艦組成的龐大水師，逐漸接近，後方是波洶浪湧的攔江島。

天上初夏的艷陽廣照大地，湖水閃映著陽光，金光爍動，使人要瞇著眼才看得舒服清楚。翟雨時知是時候了，連續發出七響炮聲，下達命令。藏在攔江島側，由梁秋末督率的七十艘戰船，搶了出來，吃著齊泰的尾巴狠擊。陳渲的水師則扇形散開，掉頭向齊泰在對比下薄弱得可憐的船隊殺去。翟雨時那近百艘戰船，亦在戰鼓齊鳴中，掉頭加入包圍戰裏。一時間形勢逆轉，火矢石彈漫天疾飛，齊泰陣腳大亂，根本不知應付哪一方的攻勢才好。齊泰看著敵艦和陳渲的船隊像一張大網般撒過來，殺聲震天，己方戰船紛紛著火焚燒，又或給巨石擊得碎裂翻側，臉上再無半點血色。身旁一眾手下將領呆若木雞，不知怎麼應付這變生肘腋，強弱懸殊的一戰。

齊泰狠聲道：「好陳渲！我定要將你碎屍萬段。」

船頭慘叫傳來，原來陳渲的先頭部隊逼近至箭程之內，箭矢雨點般凌空灑來。將領中有人道：「齊帥！趁現在敵人還未合攏過來……」

齊泰暴喝道：「閉嘴！」環目一掃，只見通往怒蛟島的方向盡是全速駛來的敵艦，僅餘下東南角仍有逃路，但若再猶豫，連這絲空隙都會消失了，嘆了一口氣道：「立即撤走！」

眾將人人求生心切，「齊心合力」，忙著逃竄。那邊帥船上的凌戰天開懷大笑道：「看齊泰小兒你逃得多遠！」此時陳渲的先鋒部隊，打橫衝斷了齊泰的水師，同時擲出勾索，抓緊敵船，在箭矢的掩護下，跨上敵艦，短兵相接。齊泰水師士無鬥志，紛紛跳海逃生，又或棄械投降。齊泰的帥船在十多艘鬥艦護衛下，突圍而出，但無不殘損，或是被石頭擊破船身，又或著火燃燒，其中三艘因損毀嚴重，被梁秋末趕上來，殺個片甲不留，戰況慘烈至極。翟雨時把九十多艘船艦分成五組，展開追逐戰，再將敵方逃走的船隻衝殺得七零八落，不成隊形，一一沉沒。追逐了三十多里後，齊泰的帥船終於中炮起火，他見形勢不對，登上快艇，若喪家之犬般往最近的湖岸逃去。至此怒蛟聯軍大獲全勝。

黃昏時分，陳渲率領載滿聯軍好手的船隊，以打敗了怒蛟聯軍的「勝利者」姿態，凱旋而返怒蛟島。胡節哪知有詐，著人移開攔湖的尖木柵，歡迎聯軍。船泊好在碼頭後，陳渲在戚長征等這批假親兵簇擁中，登上了怒蛟島好漢們闊別久矣的土地上。胡節領著一眾將領前來迎接。

雙方人馬在碼頭相遇時，胡節奇道：「爲何齊大人還未回來呢？」

陳渲大喝道：「胡節接旨！」嚇得胡節和一眾軍將全跪伏地上。

陳渲裝模作樣宣讀聖旨道：「奉天承運，皇帝詔曰：胡節身受皇恩，被委重任，竟妄顧恩寵，貪而不治，智信不足，氣盛而剛愎，仁勇俱無，威令不行，只喜阿諛奉承之輩，專任小人，致屢戰屢敗，喪師辱國……」

這篇聖旨又長又臭，力數胡節的諸般不是，讀到大半時，聯軍已紛紛泊岸下船，控制了各處碼頭。胡節等怎知對方是假傳聖旨，這一大堆莫須有的罪名壓下來，立時人人汗流浹背。

胡節正要申說冤枉時，忽聽陳渲大聲道：「此實罪無可恕，朕賜都督僉事陳渲上方寶劍，立即把罪人胡節斬首，以示天下。」

胡節駭然驚叫，跳起來道：「甚麼！」

早來到他身旁的韓柏一指戳在他脅下，笑道：「斬了頭脖子上不過出了碗口般大一個窟窿，胡將軍何用如此張皇？」

另一邊的范良極笑道：「胡將軍的身手仍是那麼靈活，我這老朋友眞應爲此多喝兩杯。」

胡節哪還不明白是怎麼一回事，魂飛魄散下，早給兩人挾著去了，其他人仍沒有一個人敢爬起來。

陳渲收起「聖旨」，冷喝道：「這次皇上只降罪一人，已是皇恩浩蕩，你們還不謝恩。」接著又低聲道：「胡節錯在是胡惟庸的親弟，爾等若能戴罪立功，本人可保你們日後富貴榮華，步步高陞。」眾將連忙謝恩。

此時翟雨時來到他身後，耳語道：「是時間和他們談談了。」陳渲點頭應是，暗忖在這等形勢下，哪怕這些人不俯首投誠。

太陽最後一絲餘光消失在湖面之上，明月在水平邊緣處現出動人的仙姿。代表著怒蛟幫榮辱的美麗湖島，終重新回到怒蛟幫手上。收復怒蛟島的消息，通過千里靈的快速傳遞，在十二天後來到潛居在順天城外一個小村落的宋楠手上。此時邪佛鍾仲遊化身的李景隆果然上了燕王的圈套，以爲順天唾手可得，不待儲足糧草，理順軍情，便匆匆北上，直逼順天。小燕王朱高熾在僧道衍協助下，嚴密部署，堅守不出。李景隆武功雖高，但若論兵法戰術，卻遠不及僧道衍，加上新敗之軍，士氣低落，人數雖多，面對堅城卻是一籌莫展，陷於交纏苦戰之局。進軍永平的燕王則大顯威風，擊退了吳高的遼東軍後，又揮軍攻破大寧，擒拿寧王朱權，將他手上精銳共八萬多人，編爲己有，聲勢更盛，回師順天。宋楠爲了方便消息往來，離開順天城，寄居於此，這時既得到收復怒蛟島的天大喜訊，又由手下處得知燕王正凱旋歸來，連忙率領著十多名隨他同來的怒蛟幫好手，飛騎向燕王報喜。日夜不停趕了兩天路後，終在途中遇上燕王大將張玉指揮的先頭部隊。張玉聞訊大喜，頻呼「天助我王」後，派人帶著人疲馬倦的宋楠直奔三十里外的燕軍主營。沿途軍營處處，旌旗飄揚，人人士氣高昂，鬥志蓬勃，看得宋楠精神大振，心中欽服。

燕王這時正在親衛陪同下巡視慰問士卒，見宋楠趕來，哈哈笑道：「看宋兄一臉喜意，是否收復了怒蛟島啦？」

宋楠滾鞍下馬，伏倒營地旁的野草處，稟告道：「燕王明察，怒蛟島已於十五天前收復回來，齊泰水師盡喪，孤身逃回應天。胡節被當場斬首，收得降兵六萬人，都是託燕王的鴻福。」

燕王大喜，跳下馬來，把宋楠扶起，正要說話時，左方軍營處一陣擾攘，原來有個士兵發了急病，同僚正要把他送往軍醫處治理。燕王顧不得和宋楠說話，走了過去，親自把士兵抱上自己馬背，向周圍的兵將道：「這位壯士的病全因我的緣故而起，我非盡力把他治好和加官晉職不可。」接著立即吩咐親信把他送往帥營診治，看得眾人無不感動。

燕王拉著宋楠陪他巡視連綿數里的營房，隨意指點道：「先皇常言以民為本，但若要得天下，以民為本外還要以軍為本，不但須體恤下情，還要每臨戰陣，均不怕矢石，身先士卒，將士才肯用命。」見到宋楠正注意著布在外圍的營陣，笑道：「聽說李景隆甚為怕死，每到一地，必挖塹築壘為營，軍士通宵不得休息，待得防禦築好後，天早亮了，又得出發行軍，白費了整晚工夫，如此徒耗人力，故臨陣之際，士卒都困乏不堪，怨聲載道。本王則側重情報，只像現在般列營陣為門壘，士兵都得以養精蓄銳，好把力氣用於戰鬥中。」

宋楠嘆道：「到現在小民才明白燕王為何每戰必勝，因為將士都肯為燕王出死力啊！」

燕王雖知宋楠是怒蛟幫派來的聯絡人，但由於軍務繁忙，並不太清楚他的底細，平時與他的接觸又交給了陳令方和僧道衍處理，這時見他傳來苦候多時的捷報，心情開朗，順口問起他的出身，才知他是官宦之後，妹子更嫁給了戚長征，登時對他刮目相看。旋則好奇心大起，忍不住問道：「翟雨時精於調兵遣將之道，既請得宋兄來此，宋兄應是擔當這任務的最佳人選。」

宋楠知他說得婉轉，其實只是在問自己何德何能，竟被委此重任，苦笑道：「小民無拳無勇，唯一較得意的就是有手棋藝小道，翟帥常說下棋若行軍，或許就是看中這點，才派了小民來此辦事。幸好不是眞要我打仗，否則必然辜負了他的厚愛。這幾個月來，除負責兩地的消息往來外，就是接應韓天德老爺到這裏的船運，再把物資由陸路轉往各處軍區，幸有陳公照應，直至現在仍沒有出過岔子。」

燕王瞿然動容道：「原來陳公有宋兄爲他處理糧運，難怪如此井井有序。宋兄有沒有興趣爲本王處理軍糧物資的運送事宜，本王正爲此事頭痛呢。」

宋楠出身官宦之家，自幼便受教爲官之道，聞言大喜，下跪謝恩。燕王欣然道：「宋卿家先替本王送封信到怒蛟島，著行烈立即到順天來，好讓本王履行爲他復國的承諾。還有！看看韓柏和老范那對活寶肯不肯順道來探望我，眾人中恐怕只有他兩人才有空抽身。」

宋楠不迭點頭答應。燕王心中欣悅，韓范等人到時，李景隆應早被他轟回老家去。

第七章 長城結義

第七章 長城結義

燕王的邀請信送抵怒蛟島時，燕王剛回師順天，與守軍內外夾攻。以南軍爲主的李軍支持不住，李景隆乃魔教中人，生性自私，一見形勢不對，立即率先逃遁，連夜奔回德州。大軍見主帥先逃，誰不愛惜性命，一哄而散，落荒逃亡，或棄械歸降。此時怒蛟島回復平靜，降卒被送往岳州、黃州、武昌等地，改編入燕王的聯軍內。現在人人均認爲燕王才是眞命天子，兼之翟雨時施出種種懷柔手段，使這些投誠的兵將更無異心。怒蛟幫眾總動員收拾島上瘡痍處處的殘局，保留有用的堡壘，重建碼頭，增加新的防禦設施，在防守上更是無懈可擊。移居小怒蛟多時的眷屬陸續回巢，使島上回復了昔日熱鬧和平的氣氛。最令怒蛟幫人欣悅的就是在收復怒蛟島時擒回了瞿秋白，上官鷹親手將這大仇人關在牢內，又制著他的經脈，教他求死不得，只能等待處置。

當日下午，虛夜月等眾女乘船來與夫郎們相會，同行的還有不捨夫婦和韓清風，後者精神體力已回復舊觀，談笑風生，更使各人心情開朗，充盈著雲開見月的感覺。當晚在怒蛟幫位於主峰山腰的總壇裏，大排筵席，慶賀收回怒蛟島這天大喜事。島上頭目級以上的人物均有出席，數千人濟濟一堂，桌子直排至外面的廣場去。張燈結綵下，人人滿面歡容，尚未正式開席，鬧酒猜拳戲謔之聲，早震盪著怒蛟島上染著夕陽餘暉的天空。歡樂的氣氛，使人興起畢生難忘的感覺。

虛夜月等諸女連結成群，霸佔了廣場邊緣處可俯瞰前島的幾張特大桌子，吱吱喳喳的說笑不停，氣氛熱烈至極。這時見到又有戰船駛來，左詩喜道：「定是大哥和秀秀小姐來了。」

虛夜月笑道：「詩姊最掛著的就是浪大叔呢！」

谷倩蓮道：「看來不像哩！浪大俠怎會坐這麼大條的船來，照我看若不是陳渲大人，就是葉素冬師叔他們，又或蘭大人，總言之不會是浪大俠，誰敢和本姑娘賭一注。」

雙修夫人谷凝清的聲音傳來道：「小蓮動不動就要賭，你拿甚麼來輸給人呢？」

眾女欣然回首，不捨和風行烈左右傍著儀態萬千的谷凝清，從人堆裏走了過來。

谷倩蓮俏臉微紅，撒嗲道：「人家只是說說罷了！嘻！不過我知自己定會贏的。」

眾女紛紛起立向不捨伉儷施禮。金髮美女夷姬、翠碧、小玲瓏和小菊等忙伺候三人坐下，奉上香茗。

趁著來船尚未靠岸，不捨縱目四顧島外洞庭日落的美景，嘆道：「怒蛟之戰，實是明室內爭的轉捩點，允炆從此役開始，聲勢將由盛而衰，現在只能設法保全京師和江南的州府，再無力北討燕王，強弱之勢，不言可知。」

薄昭如道：「但天下兵馬，大部分仍掌握在允炆手上，形勢怕仍不是那麼樂觀吧？」

韓寧芷天真地道：「有韓郎幫他忙，怕甚麼呢？人人都說韓郎所幫的一方，定可取勝。」

眾人莞然失笑，但亦覺她所言不無一定的玄妙道理。有運道的人，總是走在一起的。

谷凝清笑道：「這或許就是燕王如此急切要韓柏去見他的原因，誰不想有個洪福齊天的人傍在左右呢？」

左詩等剛抵達，尚未知道此事，齊聲追問。風行烈說出來後，宣佈道：「在下剛和岳丈岳母商量過，決定事不宜遲，明早立即起程。」

眾女想不到這麼快就要各散東西，將來還不知有沒有再見之日，都傷感得說不出話來。

莊青霜有點緊張地問道：「韓郎會去嗎？」

風行烈道：「有熱鬧湊他怎會不去？他還要到靜齋找夢瑤呢！」說完想起了靳冰雲，心頭一陣感觸。

虛夜月哪知他心事，拉著谷倩蓮的手歡呼道：「好了！我可以送小蓮一程，霜兒也可見她爹娘了。」

左詩想起自己身懷六甲，體力又遠及不上莊虛二女，黯然道：「我留在這裡，你們去吧！」

谷姿仙笑道：「不用怕，現在我們稱雄水道，大可坐船前去，那詩姊、柔姊和霞姊就不用和夫郎分開。」柔柔等這才化愁爲喜。

紅袖怨盼著道：「長征也去就好了。」

戚長征的聲音傳過來道：「乖寶貝說得好，爲夫我剛和二叔他們商量過，決定隨團出發，去作燕王的近身護衛，現在勝負之勢昭然若揭，只要燕王健在，勝利就屬於我們。」

隨他來的韓柏笑嘻嘻道：「諸位嫂子最緊要謝我，若非我聲淚俱下勸老戚收回原意，他定會立即作了新一代的影子太監啦。」

眾女立時笑作一團，谷倩蓮則低罵狗嘴裏吐不出象牙來。韓慧芷剛新得了谷姿仙這好友，哪甘願明天便要分開，喜得歡呼拍掌，惹得眾女熱烈附和，鬧烘烘一片。

戚長征擠入寒碧翠和韓慧芷兩女之間，對著韓柏笑得喘著氣道：「小心老子把你……嘿！」見到谷凝清在座，終不敢吐那個「鬮」字出來。

范良極和雲清成雙而至，前者翹首看著剛泊到岸旁的戰船，笑道：「應是老浪來了！」

眾人哈哈大笑，宋媚道：「好了！有人和小蓮姊賭上了。」

范良極笑嘻嘻道：「她拿甚麼作賭本？」

眾人笑著望向倩蓮，看她的反應。虛夜月與谷倩蓮最是要好，自然站在她的陣線，不屑地道：「人家無雙國珍寶遍地，賭甚麼有甚麼，只怕你輸不起哩！」

這張特大的桌子此時擠了近二十人，早插針不下，風行烈慌忙讓位，給雲清坐好後，與范良極站在雲清身後，笑道：「月兒是否也加入賭局呢？」

夷姬、碧翠、小菊都擠到韓柏旁湊熱鬧，這小子興奮地插嘴道：「老……嘿！」望了雲清一眼後，改口道：「老范就拿個寶藏出來，賭小蓮的一個香吻吧！」眾人一齊起鬨，亂成一片。

范良極狠狠盯了韓柏一眼道：「這小子整天都在謀我的身家。」

谷倩蓮則俏臉飛紅，偏又愛使性子，挺胸傲然道：「賭便賭吧！我定贏了你那寶藏過來。」

戚長征向風行烈笑道：「人說一諾千金，你的小蓮可貴多了，一吻便值上個寶藏，羨慕死我們了。」

喧笑聲中，各人均對來船起了好奇心，想知道來的是何方神聖，但給一座堡壘擋著了視線，看不到來客登岸的情況。

韓柏道：「風兄莫要見怪，我也想吻小蓮的臉蛋，范大哥和我一場兄弟，自然肯另借一個寶藏出來給我作賭注，讓我也加入賭局。」

谷姿仙笑道：「這太不公平，你豈非無本刮大利，你的賭注應是你其中一位嬌妻的臉蛋兒才對。」她乃外族血統，作風開放，興之所至，說話更是大膽豪放。

虛夜月「噗哧」笑道：「你的夫君這麼知書識禮，贏了都沒有用。包管他免收賭債。」

風行烈哈哈大笑道：「月兒錯了，無論贏輸，我也想親親你的臉蛋。小蓮雖賭來的不是浪大俠，但各有各賭，我卻賭是浪大俠，嘿！所以我怎也會贏的。」

韓寧芷想破頭也想不通地道：「寧芷給你的話弄糊塗了！」

「篤！」一支捲著消息的勁箭由下方射上來，插在登上此處那長石階盡端的大木樁上，箭尾不住晃動。這是怒蛟幫島內的木樁傳書，分段射箭，能像煙火台般把消息迅速傳達。

戚長征動容道：「究竟是何人來了？竟要木樁傳書這麼緊急，應該不會是大叔。」招手把剛拔下長箭的哨衛召來。

谷倩蓮鼓掌道：「哈！這麼容易便賺了兩個寶藏，我可以買很多東西回無雙國。」

不捨和谷凝清對望一眼，均想到若眞得了老賊頭的兩個寶藏，對復國大大有利。

戚長征此時接過長箭，解下了傳書。范良極暗忖看來橫豎是輸定了，故示大方道：「小蓮是我的好妹子，無論贏輸，送你兩個寶藏作嫁妝又如何！」寒碧翠和韓慧芷靠了過去，爭看戚長征手上的消息。

寒碧翠首先嚷道：「不得了！月兒啊！原來是虛老伯來了！」虛夜月劇震下不敢輕信地瞪大美目。

谷倩蓮鼓掌道：「好啊！小蓮眞的贏了。」

戚長征大笑道：「小蓮開心得太早了，是大叔和鬼王聯袂而至，唉！我眞蠢，白白錯過了吻小蓮臉蛋的良機。」

谷倩蓮霞生玉頰時，韓柏跳了起來，嚷道：「月兒！還不和我去接岳丈。」虛夜月這才懂得歡呼雀躍，領頭奔下山去。

浪翻雲和風采如昔的鬼王虛若無意態優閒的拾級而上，後面跟著的是憐秀秀和七夫人于撫雲，還有鐵青衣、碧天雁、歧伯和花朵兒。虛夜月狂奔下撲，小鳥般投進鬼王的懷裏去，又叫又跳，雀躍不已。

鬼王摟著愛女香肩，憐愛之情，溢於言表，皺眉道：「快做人的娘了，還不檢點一下，動了胎氣怎辦？」轉向來到身前的韓柏訓斥道：「你要照管著月兒才行啊！」韓柏嘻皮笑臉地答應了。

浪翻雲微笑道：「自先幫主過世後，怒蛟島還是首次這麼興高采烈呢。」

此時眾人紛紛前來迎迓，坐在堂內主席的上官鷹、凌戰天、韓清風等迎出門來，把浪虛兩人和鐵青衣、碧天雁接進大堂裏，憐秀秀則被諸女拉了到她們的席位去湊熱鬧。虛夜月見到乃父，當然纏在他身旁。

七夫人拉著韓柏衣袖，避到了一旁細語道：「鬼王在這裏住幾天後，會帶我潛居山林，建他新的鬼王府，攔江一戰後，你可否返來陪人家，小雲希望孩子出世時，有你在旁陪伴呢。」韓柏計算日子，知道怎麼也趕得及，點頭答應。七夫人甜甜一笑，欣然去和諸女打招呼。

韓柏趕入大堂時，位於大堂最上方的主席坐滿了人，浪翻雲和虛若無自是居於上座，依次是不捨夫婦、范良極、凌戰天、上官鷹、翟雨時、風行烈、戚長征、老傑、鄭光顏、梁秋末、鐵青衣、碧天雁、荊城冷等人。附近十多圍均是聯軍中的領袖級人物。

韓柏坐入正小鳥依人般纏著鬼王的虛夜月之旁時，上官鷹長身而起，舉杯道：「各位前輩叔伯兄弟，這第一杯酒我們是爲光復怒蛟島喝的。」全場轟然肅立，同向首席舉杯致賀。

凌戰天揚聲道：「第二杯是爲多謝各位雪中送炭的好朋友和雨時的奇謀妙計杯。」輪次添酒後，眾人一齊起鬨，喝掉了第二杯酒。

鬼王笑道：「浪兄！酒必三巡，這第三杯酒賀些甚麼呢？」

浪翻雲微笑舉杯道：「預祝燕王一統天下，萬民長享太平。」

眾人紛紛叫好，一飲而盡。笑鬧一會後，眾人坐回原席內，開懷談笑，享用著不斷端上的佳餚。

這時陳渲和蘭致遠趕來赴宴，兩人見到鬼王，都喜出望外，執禮甚恭。兩人給安排坐在荊城冷和韓柏之間。

蘭致遠報喜道：「我起程前剛收到順天來的消息，燕王大敗李景隆，這魔頭倉皇逃往德州，正待重整兵馬。」

眾人大喜，追問其詳。只有鬼王面無喜色，浪翻雲看在眼裏，微笑道：「虛兄爲何聞報不喜呢？」

眾人均感愕然，望向鬼王，連翟雨時這智計過人的活諸葛亦惑然不解。

鬼王嘆道：「小棣勇略過人，又深懂用兵之道，若論謀術卻終及不上元璋，不過以之得天下，仍是綽有餘裕，不過還應有幾年轉折。」

范良極訝道：「燕王不是剛打了幾場大勝仗嗎？爲何虛兄反覺得燕王差了一點兒呢？」

不要說其他人，連浪翻雲這麼淡泊明達的人都給引起了好奇心，等待他的答案。

鬼王淡然道：「各位不像虛某般對朝廷內外情勢瞭若指掌，所以才不明白箇中微妙之處。允炆走得最錯的一著，應是以李景隆作主帥，此事可問陳渲，看他有何感想。」

陳渲點頭道：「威武王說得對，李景隆一向與軍方全無關係，論資排輩，連隊尾都不應有他沾邊的分兒。他負責削平其他各藩，此只屬小事一件，軍方將領都不覺得有甚麼大不了。但若以他作統帥北討燕王，可就無人肯心悅誠服，反更使人深信他就是天命教的邪佛鍾仲遊的傳言，於他更是不利。說實在的，我之所以毅然投向燕王，這是主因之一。」

蘭致遠道：「據京師來的傳言，恭夫人極可能就是單玉如和鍾仲遊兩人生的女兒，所以允炆才如此重用鍾仲遊，自家人關係當然不同了。」眾人這才恍然。

鬼王道：「我早知此事，假若單玉如健在，那天命教和鍾仲遊及允炆母子間的權力關係應可因她作緩衝，而能保持合作均衡，單玉如一死，這種平衡再不能繼續下去，產生出究竟應是天命教爲主呢？還是當皇帝的允炆作主的嚴重問題。白芳華等被迫引退，實肇因於此。」

翟雨時恍然道：「聽虛老一席話，勝讀十年書。所以允炆首要之務，就是把兵權交付到李景隆手上，因爲無論如何，他都不會背叛自己的女兒和孫子。」

不捨不解道：「可是燕王大敗李景隆又會引來甚麼不妥呢？」他曾是鬼王的心腹大將，說起話來自然直接坦白。這也正是眾人的疑問，眼光都集中到這一手助朱元璋打出天下，當今明朝碩果僅存的元老身上。

虛若無笑道：「魔教之人，最是自私自利，專講損人利己，絕不相信外人。所以當日我知道允炆派耿炳文討伐燕王，立知天命教會扯他後腿，使他兵敗，好褫奪他兵權，使南軍能盡入李景隆手中。」

陳渲讚嘆道：「威武王雖不在場，卻有如目睹。事後耿將軍曾向我大吐苦水，允炆雖號稱給他三十萬兵，實際上只得十三萬人，強弱懸殊下，加上用兵又及不上燕王，哪能不被殺得抱頭鼠竄。但換了李景隆卻是另一回事，短短個多月就給他調集了五十萬人，若換了掌兵的仍是耿炳文，說不定吃敗仗的是燕王呢。」

虛若無道：「這正是關鍵所在，若我是小棣，就設法把李景隆的大軍陷在北方，最好是允炆仍不住增援，拖到隆冬時，南兵難抗風雪，不戰自潰，到地上積雪難行困住南軍時，再以奇兵南下長江，由水路突襲京城。當允炆仍以爲順天岌岌可危，怎知已是大禍臨頭。何況李景隆的久戰無功，更會動搖軍心，不用打已有很多人投誠過去。」眾人爲之傾倒，並深服盛名之下無虛士，鬼王確是開創天下的雄才大略之輩。

蘭致遠恭敬地道：「威武王何不往順天扶持燕王取天下呢？」

虛若無和浪翻雲相視一笑，莞爾道：「這應是你們這些後生小子的事。虛某現在只想笑傲山林，幹一些想了大半輩子而未幹得的事。」

翟雨時謙虛求教道：「虛老剛才說燕王的大業，尚有幾年波折，又是從何得見呢？」

虛若無若無其事道：「問題仍在於李景隆身上，他憑著與允炆母子的關係，必竭力重振旗鼓，與燕王再決雌雄。但要是他再敗一次，必會引來群情激憤，就算允炆母子也護他不住，亦對他失了信心。那時再和燕王對敵的，就不是李景隆這不知兵法的外行人，而是精擅帶軍打仗的將領。」

眾人對鬼王的眞知卓見，無不佩服。韓柏忍不住道：「小婿明天便坐船去見燕王，岳丈大人有甚麼話要小婿轉給燕王呢？」

虛若無呵呵大笑，欣然道：「虛某費了這麼多唇舌，就是等待有人問這句話。告訴燕王，時局不同了，這並非爭霸天下，只是皇室內訌。若能攻破京師，天下便是他的了。但若妄想攻城掠池，逐片土地去佔領，那他到死之日，亦休想能征服全國。莫忘了忌他的人，一向都比服他的人多呢。」頓了頓又沉聲道：「這是我虛若無對他最後的忠告，以後再不管他明室的事。」

浪翻雲長笑而起，道：「虛兄有沒有興趣到浪某的茅廬坐坐。」

虛若無欣然道：「當然有興趣！說句眞話吧！虛某實不慣這麼熱鬧的場合。」眾人忙起立相送，接著整個大堂的人都站了起來。

虛夜月試探道：「女兒可以跟去嗎？」

虛若無愛憐地撫著她秀髮道：「來日方長，最怕你不肯陪著老爹，你就代表我在這裏與各位叔伯兄弟喝……唔……喝杯茶好了。」言罷與浪翻雲聯袂而去。

聽完虛若無高瞻遠矚的一番話後，眾人都覺未來景象在眼前呈現出來，命運已藉著虛若無之言，巧妙地安排好了燕王的前路。

果如鬼王所料，李景隆兵敗後，允炆不但沒有降罪，還著他再集合六十萬兵將北上與燕王的三十萬大軍決戰於白溝河。戰爭最烈時，忽然狂風大作，李景隆大軍被沙礫迎面打來，咫尺難辨。燕王親率精騎突破了李軍的左翼，引致李軍全面崩潰，李軍被殺死、踐踏和溺河而死者十餘萬，屍橫百里。李景隆退往德州，給燕王啣尾窮追。李軍當時尚有十七萬之眾，但因倉卒應戰，陣腳未定，便給燕王率精騎衝擊，敗軍何足言勇，又復大敗。這次李景隆只能憑著絕頂魔功，單騎闖出重圍，倉皇逃回京師。京師朝野人人聲勢洶洶，要允炆治李景隆死罪。允炆迫於無奈，只好免去了李景隆大將軍職務，讓他當個閒職，但當然不會把這外祖殺了。代之而領軍的是左都督盛庸，此人一向與燕王不和，與黃子澄乃生死至交，屬允炆可信賴的將領之一。濟南在盛庸和山東布政使鐵鉉的防守下，暫時阻遏了北軍的南下之勢。燕王亦因久戰兵疲，撤返順天，暫作休整。

就在此時，韓柏等人分坐五艘戰船，領著一隊由三百餘艘貨船組成的船隊，帶著由洞庭一帶各處州府收集得來的物資，經過兩個多月的水程，輾轉抵達順天。燕王與韓柏特別投緣，大喜出迎，親自招呼眾人入燕王府裏。各人尚未安頓好行李，燕王已著人把不捨夫婦、范良極、韓柏、風行烈、戚長征請去說話。還差了王妃親來為諸女打點，非常周到。至於本欲來順天匡助燕王的荊城冷，則遵照鬼王之命，偕同夫人子女陪他同時退隱，顯示出鬼王再無意涉足明室的內訌中。陪客只有僧道衍一人，大家見面，自是非常高興。

在偏殿中間設的桌子，按著身分尊卑坐好後，喝過香茗，燕王道：「辛苦各位了，若非諸位牽制著允炆小賊，又截斷了大江物資的輸送，今天就不是這番局面。」

韓柏記著虛若無的吩咐，忙把那番話詳細道出，包括了鬼王對開戰至今形勢的分析。

燕王細心聆聽，臉色數變，最後長嘆道：「請回稟鬼王，小棣真的知錯了，希望他老人家不要再將前事擺在心上。」

這番話雖沒頭沒尾，但眾人見他說完後目泛淚光，都知他因鬼王寶貴的提示非常感動，因而深深懊悔當日派雁翎娜刺殺韓柏的舊事。

僧道衍擊節嘆道：「畢竟薑是老的辣，他老人家雖只寥寥數語，便道破了致勝的關鍵，照眼前的形勢，這場仗若只三數年就可打完，我們可酬神謝福。」

不捨精通軍事，點頭道：「若照鬼王之意，我們仍須打幾場硬仗，勝負沒有關係，只要把南軍引離京師，那時再由燕王引大軍成功潛往長江，與怒蛟聯軍會師，那就是允炆覆亡的時刻。」

燕王仍是心中耿耿，欷歔不已。眾人當然明白他的懊悔，若有鬼王親來助陣，只憑他的威望身分，軍方最少有一半將領會站在他們一方。加上鬼王的神機妙算，誰是對手？

燕王再嘆了一口氣後，收拾情懷向不捨等道：「本王已聯絡了無雙國附近十多個強悍的遊牧民族，其中的白狼族長呼延沖與我有過命交情，現在得到他們答應，將全力協助你們復國。」頓了頓續道：「本王收編寧王軍隊時，其中有二萬精騎，來自朵顏三衛，不但驍勇善戰，尤長於草原戰術，本王就撥一萬人給你們，定可馬到成功。」

雙修夫人感激地道：「燕王高義隆情，凝清謹代表無雙國久受壓迫的人民表示謝意。不過我們本身亦糾集了五千之眾，裝備方面更是沒有問題。燕王正值用人之時，我看只需借用二千精騎，便可成事。」

燕王笑道：「夫人眞個客氣，就由本王決定遣派五千配備優良的騎兵吧！我會吩咐邊塞將領對各位作出無限量的支援，只要我們設立好聯絡網，讓本王知道情況的發展，便可決定在哪方面幫上忙了。」

雙修夫人等大喜謝恩。

僧道衍笑道：「我們早派人遠赴塞外，調查過無雙國的情況，那裏的國民正人人翹首盼望夫人回去，照我看仗都不用打，奸黨就要聞風逃遁。」

韓柏鬆了一口氣道：「這我就放心了，打仗確是很可怕的事。」眾人無不莞爾。

燕王皺眉道：「我還想你跟在我身旁打天下哩！」

韓柏笑嘻嘻指著戚長征道：「放心吧！有這個沒架打會手癢的人做你護衛，我應可及早榮休。」

燕王到這時才知怒蛟幫派戚長征來的目的，有如此猛將相助，除非來襲者是龐斑和浪翻雲之輩，否則休想損傷自己毫毛。此子最使他印象深刻就是那悍不畏死，勇不可擋的精神，若有他配合自己衝鋒陷陣，必定所向披靡，取敵將首級若探囊取物，大喜道：「由今天開始，戚兄便是本王親衛隊的帶刀統領。但卻免去一切君臣禮數，就當是江湖兄弟。」

戚長征大喜道：「這就好了，我還擔心要變成磕頭蟲，不過一般的禮節我老戚會照做的。」

范良極捧腹笑道：「這小子竟當起官來，眞是笑死我了。」

燕王心情大佳，打趣道：「范兄出手這麼大方，卻偏不肯給長征些好處嗎？」

范良極有點尷尬道：「我還有兩個寶藏，就分別送給你們好了。」

韓柏失聲道：「那我們下半輩子怎還有銀兩供揮霍？」這回連谷凝清都笑破了肚皮。

燕王嘆道：「有小柏和范兄在的地方，總是充滿歡樂，自父皇駕崩後，本王已久未如此開懷。」又向范良極道：「范兄好意，本王心領了……」

韓柏不知尊卑地打斷他道：「燕王你定是不知道老賊頭富有至甚麼程度，只是一個花瓶便可變賣三百多兩黃金，夠普通人一輩子豐衣足食。一個寶藏內這般的寶貝可有數百件，聽說那些字畫更是値錢，誰畫的就不記得了，嘿！好像其中一幅是叫關甚麼仝畫的！老賊頭，我有記錯嗎？」

燕王動容道：「范兄！眞是宋代大家關仝的眞跡嗎？」

范良極傲然道：「當然是眞的哩！說到古物鑑賞，誰能及我在行？」

燕王嘆道：「只此一幅，就價値連城了。范兄，那就請恕本王不客氣了。」與范良極對望一眼後，齊聲笑了起來，充滿知己相得的味道。

僧道衍奇道：「韓兄弟剛才不是責怪范前輩好送寶藏嗎？為何現在卻唯恐燕王不收下這大禮呢？」

谷凝清笑道：「剛才范兄曾唇皮微動，顯是告訴小柏他留下了最大的寶藏，我有猜錯你們嗎？」

韓柏笑嘻嘻沒有做聲，來個默認。老賊頭卻有點尷尬道：「不要誤會，我留的只是最小那個僅夠餬口的小小寶藏罷了！」眾人哄堂大笑起來。

僧道衍笑罷不自覺地嘆了口氣，見眾人都瞪著他，不好意思地道：「對不起！我突然想起允炆應給我們打怕了，再不敢冒險北上，若他閉城堅守，會教我們非常頭痛。」

燕王亦愁眉不展，嘆道：「若要攻陷一個城池，兵力至少須是守城者的兩倍以上，才能有點把握。鬼王說得對，一天不把防守京師的軍隊引走，我們亦攻不入京師去。」

韓柏隨口道：「那還不容易，輸他媽的幾場仗不就成了嗎。」燕王和僧道衍同時劇震，呆瞪著韓柏。

范良極怪笑道：「這叫愚者隨便一慮，竟有一得。」

燕王拍案嘆道：「小柏眞是本王的命中福星，只此一句，勝局在望。我們便敗他媽的幾場仗，當允炆盡起精兵北進時，我們再燒他們的倉庫和糧車糧船，教他們進退不得，那時才避重就輕，直撲京師。唉！鬼王確是料事如神，這麼一番轉折，沒有幾年工夫，休想成功。」接著向韓范兩人正容道：「恕本王直言，小柏和范兄肯否留此助我？」

韓柏道：「打仗我眞的不在行，我還要到靜齋找夢瑤，接著再往攔江捧浪大俠的場，至多他日打入京師後，我和老賊頭來找燕王討杯酒喝。」

燕王哈哈一笑道：「大丈夫一諾千金，到時可莫忘記。」又向僧道衍道：「你找個辦得事的人負責爲各位夫人安排一切，諸事妥當後，本王還要爲他們餞行呢。」

這一番交談，使各人和燕王間的交情跨進了一大步。接著的數天，戚長征和風行烈各爲自己的事忙個不了。只有天生福命的韓柏終日偕著諸女遊山玩水，飽覽順天的名勝古跡，同行者當然少不了范良極和雲清。謝廷石和陳令方則不時抽空陪伴這兩位兄弟，沒了以前的各懷鬼胎，自是其樂融融。最妙的是燕王把朱高熾遣往永平坐鎮，少了很多尷尬場面。被重用的宋楠見到妹子，當然非常開心。莊青霜和爹娘相會，更是喜翻了心兒。

這天早上，韓柏仍摟著韓寧芷人事不知地高臥未起時，房門被拍得震天價響，傳來虛夜月的嬌呼道：「大懶蟲快起床！」

韓柏正奇怪爲何好月兒會這麼守規矩沒有衝進來時，谷倩蓮的聲音凶兮兮地叫道：「韓柏快給本姑娘滾出來，我們今天要遊長城。」

韓柏拉著韓寧芷剛爬起身，夷姬等諸婢一擁而入，爲他梳洗穿衣，出得房門時，虛夜月、小玲瓏正在逗著睡眼惺忪的小雯雯，原來天還未亮。

韓柏來到谷倩蓮前，擺出惡樣子道：「你今天不用陪夫郎去辦事嗎？一大早就在老子房外大叫大嚷。」

谷倩蓮哪會怕他，扠腰嗔道：「本姑娘高興吵醒你便吵醒你，小子你能拿我怎麼樣？」

虛夜月幫腔道：「你敢欺負小蓮姊嗎？」

韓柏涎著臉俯頭細看谷倩蓮兩邊臉蛋，故作猶豫地道：「究竟吻哪邊臉蛋好呢？」

谷倩蓮立即敗下陣來，跺足道：「那天只是鬧著玩的，怎能認眞起來哩！死鬼韓柏！」說畢臉紅紅地拉著諸女和小雯雯，逃往外廳去。

韓柏在後面追著大叫道：「你不當是眞的，怎會收了老賊頭的兩個寶藏，竟想賴賬！」左詩和朝霞由後姍姍而至，挽著他的手臂，拉著他往廳堂走去，前者笑道：「韓郎你和長征、范大哥都最愛欺負小蓮，一早就把人家嚇跑了。」

有點茫然的韓柏道：「今天是怎麼一回事？你們這麼早起床？」

另一邊朝霞悵然道：「行烈他們準備妥當，明天起程返無雙國，現正在居庸關整裝待發，所以派小蓮回來，叫我們早點去相聚，今晚燕王要在居庸關上擺餞別宴呢！」韓柏立時睡意全消，泛起捨不得的惆悵滋味。

春秋戰國時，諸國爲了對付外族和互相防禦，在形勢險要的地方修築長城，秦始皇一統天下後，把秦趙燕三國的北方長城連接起來，以抗禦匈奴。到朱元璋創建大明，因北方蒙人不時寇邊，東北又有女眞族崛起，故命各鎭邊藩王加強防禦，把部分土築的城牆改爲磚石結構，西起嘉峪關，東達山海關，蜿蜒萬餘里，沿城不但設有烽火台，更在險要地點建立關隘。順天北郊八達嶺上的居庸關，正是天下聞名的關隘要塞。風行烈、戚長征、韓柏和范良極這四位肝膽相照的生死至交，並肩立在居庸關的牆垛處，遙望關外山巒起伏猶如碧波翠浪、延綿無盡、草木鬱茂的原野，心中充滿離情別緒。長城在關隘兩邊如翼之伸展，又若一條巨龍，盤旋起伏於群山脊巔，依山而建，高低寬窄不一，使人歎爲觀止。太陽高掛中天，大地輝閃燦爛。

風行烈不知在想著甚麼，欲言又止，終沒有說出來。

范良極道：「行烈！是否仍忘不了靳冰雲？」

戚長征伸手按緊風行烈肩頭，誠懇地道：「人生就是這樣的了，我們誰不是得到一些東西，又失去了一些東西。定要珍惜眼前的一切，才不會使得到手的也失去了。」

風行烈苦笑道：「這道理我也明白，但在這離開中土的前夕，偏不能壓下對她的思念，或許在很多年之後，我會回來，但已不知是否能再見得到她，又或有沒有那見她的勇氣。」嘆了一口氣後，低聲道：「小柏請代我向她問好。」

眾人受他消沉的情緒影響，均默然無語。好一會戚長征振起精神道：「待天下平定後，我會和小柏老范兩人來塞外探望你，聽說要走三個多月才能到達無雙國，嘿！真遠哩！」

韓柏失聲道：「那豈非要等上幾年才可以去找行烈？」

戚長征冷哼道：「莫說我不先警告你，若你私自偷偷去了，回來後我定敲斷你那雙狗腿。」

韓柏投降道：「怕了你這江湖惡霸。」

風行烈稍有歡容，笑道：「你們一起來最好，那才夠熱鬧。何況怎麼也要等待我們的兒女長得又壯又胖，小孩子們玩起來時才夠勁哩。」

韓柏嘻嘻笑道：「嘿！我忘了向你們透露老賊頭的一個大秘密。」

風行烈和戚長征望向范良極時，後者竟老臉通紅，喝道：「閉上你的狗嘴！」

韓柏一閃飄了開去，大笑嚷道：「全天下聽著，雲清有喜了。」

范良極搖頭嘆道：「這小子有難了，我定要把他的骨頭逐件拆開。」一溜煙般往韓柏追去。

韓柏大吃一驚，翻身飛下城牆去，接著是笑罵激鬥的聲音，由近而遠，可知戰況之烈。戚風兩人搖頭嘆息，卻是心中溫暖。人生得一知己，死而無憾，何況有這麼多好朋友呢？只恨大家走的人生道路不同，不知何時才再有聚首之日？

韓柏和范良極打得筋疲力累，互搭肩頭，搖搖擺擺地踏進居庸關城樓前的大廣場，守兵肅然致敬。一位身長玉立的美女，正與把關的將領在說話，見到韓柏他們，迎上來道：「兩位好！有半年沒見過面哩！」原來是燕王的心腹女將，美麗的雁翎娜。

范良極推了韓柏一把，道：「你們聊聊，我還有很多應酬。」怪笑一聲，逕自登樓去了。

韓柏難得虛夜月諸女沒有纏在身旁，又怕給她們看見，使了個眼色，道：「我們到外面走走！」

雁翎娜欣然陪著他走出城門外，還主動拉著他的手，掠進一座樹林後，轉身把他摟個結實，獻上香吻。韓柏想不到飛來艷福，正想得寸進尺，雁翎娜已嬌喘著離開了他，橫他一眼道：「人家明天要走了，你有甚麼話和人家說？」

韓柏愕然道：「走？要到哪裏去？」

雁翎娜道：「當然是無雙國哩！燕王派了人家負責領軍，只有我才熟悉那裏的情況，不過我很快就會回來了，有我的族人幫忙，無雙國還不是手到擒來。」

韓柏恍然道：「有你助行烈，我就更放心。」

雁翎娜吻了他重重的一口，雙手搭在他脖子上，嬌軀往後微仰，盡顯美妙的曲線後，再撲回他懷裏，媚笑道：「你不妒忌嗎？他長得那麼帥，我們朝夕相對，說不定我會移情別戀，愛上了他哩！唔！摟著你眞舒服。」

韓柏聽得目瞪口呆，搔頭道：「我倒沒想過這問題，原來你是一直愛著我嗎？」

雁翎娜放手飄掠開去，罵了聲「呆子」後，一溜煙跑了，恨得韓柏牙癢癢的，只好走回關內。步入城樓的大堂時，只見人潮洶湧，燕王雖未至，但陳令方、謝廷石、莊節夫婦、沙天放、向蒼松和兒媳，宋楠等以及大批七派在順天有頭有臉的高手全來了，濟濟一堂，非常熱鬧。韓柏想不到竟有如此場面，一路向各人打躬作揖，擠到岳父莊節之旁，面目祥和的莊夫人立即眉開眼笑道：「柏兒你到哪裏去了？連你的老朋友范先生都說不知道呢。」

正和向蒼松談笑的沙天放瞪著他道：「小子的功夫又見精進了，我們想不認老也不行。」

韓柏心中有鬼，暗喜沙天放改變了話題，連忙謙讓一番，謹守後輩的身分。

莊節一聲告罪，把韓柏拉到一旁，歡喜地道：「霜兒有了幾個月身孕，你要好好照顧她。」韓柏忙點頭答應。

莊節大生感觸道：「全賴賢婿提點，否則我西寧派定遭劫難，因著你的關係，燕王對我派關懷備至，剛回到順天便把自己一個府第贈與我們設立道場，現在聲勢比以前更盛，將來順天成了新的京師，我更容易把西寧派發揚光大。」

韓柏知這岳丈最熱中名利事業，也代他高興。正要說話時，燕王在僧道衍、張玉、雁翎娜等一眾大將陪同下，進入大堂。坐著的人均肅然起立，向這大明未來的君主致禮。燕王笑道：「今天是家常小宴，不用執君臣之禮。」韓柏乘機溜回去找風行烈和各個嬌妻美婢，當酒過數巡，想起離別在即，韓柏、風行烈、戚長征和范良極都喝得酩酊大醉。

韓柏一覺醒來，正不知身在何處時，才發覺身旁躺著的赫然是金髮美人兒夷姬和虛夜月的愛婢翠碧。兩女均身無寸縷，顯是剛和他歡好過。夷姬當然沒有甚麼問題，翠碧卻因害羞一直在躲著他，兼之只是伺候虛夜月諸女已無暇分身，想不到酒後反有機會首次佔有了她，腦海中開始想起殘留的溫馨印象。

他小心翼翼爬起床來，豈知仍是驚動了夷姬，一把摟緊了他，害得韓柏跌回床裏。一番纏綿後，韓柏道：「這是甚麼地方？」

夷姬以她帶著外國口音的迷人聲音咬著他耳朵道：「這是居庸關內的賓館，昨晚你喝醉了，我和翠碧扶你回來，豈知你……唔……。」

旁邊翠碧的呼吸立時粗重起來，韓柏知她詐睡，心中暗笑，在被內暗施怪手，大佔翠碧便宜。

夷姬續道：「夫人們都懷有了孩子哩！月夫人說孩子出生前，都要我們三人陪侍你。聽霜夫人說你有令她們受孕的秘法，我們是否也能為你生個孩子呢？」

韓柏從不把夷姬、翠碧和小菊當作下人，甚至從不覺得有主僕之分，欣然道：「當然可以，你不想替我生孩子都不成哩！」

夷姬大喜，香吻雨點般灑過來，那邊的翠碧終受不住他的挑引，嚶嚀一聲，轉過身來緊摟著他，登時一榻皆春，極盡魚水之歡。

不知何處隱隱傳來更鼓的聲音，韓柏心中數著，才知只是三更時分。驀地耳中傳來范良極的聲音道：「小子快出來！」

韓柏爬起床來，匆匆穿衣，推門而出，范良極抓著他道：「老戚和小風在城樓上等著我們，趁小風未走，我們結拜作兄弟。」

韓柏愕然道：「我們不是早結拜了嗎？」

范良極哂道：「那次我們兩人都是被逼的，心口不一，怎可當眞？這次才是來眞的。快來！」

兩人展開輕身功夫，鬼魅般穿廊登階，不片晌登上長城，向哨樓的守兵打個招呼，直奔往八達嶺最高的一座城樓去。山風吹來，韓柏精神大振。壯麗的城樓在令人目眩神迷的深黑星空覆蓋下，更增雄偉氣勢。

戚長征和風行烈正忙個不了，不知由哪裏弄來整隻燒豬和羔羊等三牲，又備了香燭等物，見到韓柏被范良極押著來了，前者笑道：「小柏眞差勁，十來杯便醉倒了。」

風行烈仰頭看著夜空，催道：「如此良辰美景，我們快些結拜。」

四人跪了下來，各燃三炷清香，齊聲唸了誓詞，把各人的姓名年齡依次寫在一張黃紙上，至於出生的時辰八字，除戚長征外，其他三人均不知道，只好免了。最大的當然是老賊頭，接著是風行烈和戚長征，韓柏仍是四弟。燒了結義紙後，四人興高采烈，爭著把燒豬烤羊撕開大嚼。

戚長征笑道：「今晚本應喝酒，卻因二哥待會要上路，所以我拿了一壺茶出來，只要意誠心正，茶也可當酒。」

韓柏一把搶了過來，仰嘴大喝了幾口，不顧衣襟被瀉下的茶水弄濕，才遞給范良極，頻呼痛快。

戚長征大生感觸，看著黑沉沉的山野，嘆道：「想不到我們風馬牛不相關的四個人，竟會在此結義，想起來眞像作了一場大夢。」

范良極舉袖抹去嘴角的茶沫，迎著山風深吸了一口氣，取出煙桿笑道：「三位小弟弟要不要嚐一口大哥我的香草？」

戚長征苦笑道：「慘了！我們都變了小弟弟，給這位老大哥佔盡便宜。」

韓柏反不在意，看著遠方的一彎明月，嘆道：「若說作夢，我的夢最是離奇，唉！我忽然很掛念夢瑤，眞怕到靜齋時再見不到她。」

風行烈肯定地道：「放心吧！她既曾多次囑你到靜齋探她，必會等你來後才會……嘿！或是閉關修她的仙法，或是……我也不懂那麼多，總之她定會見你一面。」

韓柏一想也是，劈手搶過范良極剛點燃了的煙桿，送到嘴處深吸了一口，動容道：「原來眞是那麼香。」

范良極見有人讚他的東西，再不計較被搶煙桿之辱，大力一拍韓柏肩頭，眉開眼笑道：「小子可識貨啊！」

戚長征和風行烈童心大起，爭著去嚐香草的滋味。四人圍坐在星夜下長城最高處的城樓之巔，充滿了眞摯的情懷。就算要爲對方死去，他們亦絕不會稍皺眉頭。

范良極舒服得躺了下來，望著橫過天上由無數星星組成的銀河，嘆道：「老子差不多有一百歲了，原本以爲要孤獨過此一生，豈知遇到韓柏這小子，糊裏糊塗的多了一批妹子，再又有三位眞兄弟……」

韓柏學著他的語氣接口道：「現在又有了雲清那婆娘，那婆娘又有了身孕，啊！人生至此，我范老怪還有甚麼奢求呢？」他尙未說完，風戚兩人早笑得前仰後合，范良極本想發作，旋已笑得翻轉了身，辛苦至極。

笑了一會後，四人沉默下來。風行烈想起了靳冰雲，戚長征念著福薄的水柔晶，韓柏則思憶著死去的秀色和不知所蹤的盈散花。自魔師龐斑出關後，短短八個月內，江湖與朝廷都起了天翻地覆的變化，現在一切都似已清楚分明，只剩下難測勝敗的攔江之戰。

風行烈苦笑一下，長身而起，望著若怒龍蜿蜒的萬里長城，道：「三位好兄弟，時間差不多哩，無論將來相隔千里或是萬里，我們四兄弟的情義將永存不變。」

其他三人跳了起來，四雙手一隻疊一隻握在一起。天際現出了第一線曙光，居庸關處隱隱傳來戰馬和駱駝的呼叫聲。

韓柏、戚長征、范良極帶著虛夜月、莊青霜、寒碧翠把風行烈一行多眾，直送到長城外的大草原處。左詩等其他諸女，因怕她們不堪道路難行，均被勸得留在居庸關等待韓柏們回來，不讓她們跋涉遠送。雁翎娜的五千精騎和無雙府的大隊人馬，早到了那大草原處等候他們，龐大的駝馬隊，載著大量的兵器糧食物資，延綿數里，聲勢浩大。送君千里，終須一別！虛夜月、莊青霜、寒碧翠摟著谷倩蓮和小玲瓏哭得咽不成聲，反是谷姿仙不住勸慰，都沒能使她們抒得悲懷。

戚長征望著風行烈苦笑道：「女人就是這樣的了，不知哪裏來這麼多淚水，哭得沒完沒了。」忽然鼻頭一酸，嚇得他連忙閉嘴。

雁翎娜矯捷地跳下馬來，拉著韓柏走到一旁道：「待到日後回來讓我這不會哭的女人來找你好嗎？但不要以爲我想嫁你，只是見你長得英俊，又會討女人歡心，才想陪你作個伴兒。」

韓柏啼笑皆非，低聲道：「若說俊俏，我無論如何都及不上行烈，你到時還會記著我嗎？」

雁翎娜嬌笑道：「風大俠是目不斜視的正人君子，你是哪裏有女人，壞眼便轉到哪裏的色鬼，怎同哩！」迅快吻了他一口後，飛身上馬，策騎而去，向軍兵們發出準備起程的命令。

韓柏回到直瞪著他的各人身前時，苦笑攤手以示清白道：「這是她們呼兒族的離別禮節，諸位請勿想歪了。」

谷凝清顯是心情暢美，向不捨笑道：「看這個小子多有趣！」不捨則搖頭微笑。

風行烈見駝馬隊正源源開往地平的另一方，豪情奮起，一拍背上的丈二紅槍，大喝道：「小蓮和玲瓏不要哭了，很快我們便可再次聚首的。」

谷倩蓮依依不捨地放開變了個淚人兒的虛夜月，奔了過來，忽然摟著范良極的瘦猴脖子，在他兩邊臉頰各親一口，淚眼盈眶道：「一口是欠你的賭債，另一口是感激你這好大哥的。」范良極破天荒兩眼一紅，竟說不出俏皮話來。

站在范良極旁的韓柏，笑嘻嘻湊過頭去，在心甘情願的谷倩蓮臉蛋香了一口，笑道：「還欠一口，待日後我到無雙國才再補領。」

谷倩蓮閉上美目，淚珠不住流下，嗚咽著道：「老戚！你不是想親小蓮嗎？」戚長征如奉綸音，忙香了一下她臉蛋。

谷倩蓮放開了范良極，哭著往車隊奔去。風行烈抱著撲入他懷裏的小玲瓏，一聲長嘯，策馬掉頭去了。韓柏摟緊月兒霜兒，與安慰著寒碧翠的戚長征和范良極，直看到駝隊變成了一串在遠方蠕動的小點，才跨上灰兒，掉頭回居庸關去。灰兒雖負著三個人，仍是輕輕鬆鬆，一點不吃力。

月兒在他耳旁呢喃道：「我們在順天等你，韓郎你自己一個人去見瑤姐吧！霜兒也想多點時間陪伴爹娘哩！」

韓柏知她是怕左詩等耐不住陸路車馬之苦，才肯陪著留下，暗忖這嬌嬌女因心性純良，愈來愈懂爲別人著想了。別頭向范良極叫道：「老賊頭，你陪我去嗎？」

范良極老臉微紅道：「夢瑤想見的是你而非我，老子去幹嘛？」

前方的戚長征大笑道：「大哥想陪著大嫂才眞。」

韓柏沒有做聲，心神早飛到「家在此山中，雲深不知處」的慈航靜齋，這天下武林至高無上的聖地。

韓柏辭別各嬌妻，策著灰兒，離開順天，朝西南日夜兼程趕路，五天後到了離慈航靜齋所在的帝踏峰最近一個縣市，找了所客棧，安置好灰兒後，已是黃昏時分，他閒逛了一會，隨便找了間較順眼的酒樓，登上二樓叫了酒菜，在臨窗的一桌狼吞虎嚥起來，這幾天吃的全是乾糧，現在美食當前，自然分外起勁。酒樓內十多桌只有五張坐了客人，其中兩桌均是勁裝大漢，身配兵刃，都是武林中人。

忽聽其中一人道：「如今黑榜只剩下浪翻雲和范良極了，好應找人補上才對。」其他人一齊起鬨，吵嚷得十分熱烈。

另一人道：「攔江一戰未有勝負，誰有興趣理會誰該補上黑榜這種閒事呢。怒蛟幫愈來愈蠻橫了，竟明令中秋前後，不准任何船艇進入攔江島五十里的範圍內，否則必殺無赦，眞要操他的娘啦！」

韓柏大感有趣，別頭望去，只見一名馬臉漢子笑咪咪地怪聲道：「李洪，人家是爲你著想哩，若是來了一陣風不幸把你送到攔江島附近，被龐斑或浪翻雲的拳風劍氣無意掃死，春暉院的小白菜誰來給她籌錢贖身呢？莫怪我馬明輝不提醒你。」眾漢捧腹大笑，均說馬明輝有道理。

李洪氣紅了臉，旋又忍不住笑了起來，仍扮作凶狠道：「他日我李洪在靖難軍立了軍功，當了將軍，定把你馬臉輝杖打一番。」

韓柏心中恍然，原來這些大漢都是趕著到順天投入燕王軍隊的，不用說是看好燕軍。再沒有興趣聽下去，拍拍肚皮，待要離開時，另一瘦漢道：「現在除龐浪兩人外，最厲害當然是絕世無雙的仙子秦夢瑤，若知慈航靜齋在哪裏，我屈成爬也爬上去看她一眼。」

韓柏又生興趣，招手再要了壺酒，豎耳聆聽。眾人忽然沉默起來，顯然都在馳想著秦夢瑤的仙姿玉容。

李洪忽道：「那『浪子』韓柏，『快刀』戚長征，『紅槍』風行烈三人怕都不會比秦夢瑤差得多少，只不知誰個厲害一點呢？」

韓柏一拍飯桌，大笑而起道：「浪子韓柏，說得眞好。這一餐就算我的。」掏出一小錠紋銀，擲在桌上，大步朝樓階處走去。

眾大漢愕然看著他，其中一人叫道：「好漢高姓大名？」

韓柏一拍背上鷹刀，長笑道：「自然是浪子韓柏，否則怎會這麼大方請客。」再不理他們，離開酒樓。

他給撩起對秦夢瑤的思念，回客棧取回灰兒，立即出城，進入山野連綿的黑夜世界去。兩天後，幾經辛苦，才找到秦夢瑤所說通往慈航靜齋的山路，遠遠看到那個寫著「家在此山中，雲深不知處」的山門，心兒不由強烈跳動起來。收攝心神，放了灰兒在山腳下休息吃草，才步上有若直登青天白雲處的山道。韓柏心中湧起一股微妙的感覺，就是自踏入山門後，秦夢瑤就知道他來了。這微妙的感覺使他心花怒放，因爲他一直恐懼著的事並沒有發生，好夢瑤仍安然無恙。山路迂迴，清幽寧恬。林木夾道中，風景不住變化，美不勝收。韓柏拐了一個彎後，景物豁然開朗，遠方聳拔群山之上的雄偉巨峰處，在翠雲舒捲裏，慈航靜齋臨岩負山，巧妙深藏地融入了這令人大歎觀止的美景中。「噹！噹！噹！」禪鐘敲響，滌塵濾俗，化煩忘憂。韓柏一片清寧，加快步伐，朝目標前進。

往上穿過了一個美麗的幽谷後，才抵達靜齋所在的主峰山腰。山路愈行愈險，危岩削立，上有山鷹盤旋，下臨百丈深淵，山風拂過，有若萬人嘯叫，似正離開人世，渡往彼岸。靜齋隨著山路迂迴的角度時現時隱，說不出的詭秘美麗，如仙如幻。險道盡處，山路轉爲平坦易行，林蔭盈峰，清幽寧逸，朝陽下透出林木之上的靜齋翹角凌空，殿宇重重，閃閃生輝，卻自有一股樸實無華的動人情景。在花香瀰漫，雀鳥啼唱聲中，韓柏終抵達天下兩大聖地之一，慈航靜齋棗紅色的正門處。「咿呀！」一聲，不待韓柏叩門，大門被兩名年輕的小尼打了開來，一位貌似中年，面容素淡的女尼當門而立，她背後的廣場闃無人跡。

女尼合十低宣佛號，淡然道：「貧尼問天，韓施主你好！齋主正在後山聽雨亭等候施主。」不待他回答，掉頭領路前行。

韓柏糊塗起來，不敢和這不沾人間半點煙火的女尼並肩舉步，落後少許緊隨著，奇道：「夢瑤當了齋主嗎？」

問天尼沒有回頭，道：「敝齋齋主仍是靳冰雲。」接著聲音注進了少許感情，慈和地道：「放心吧！夢瑤當會見你一面的。」

韓柏提起的心放了下來，不敢多言，隨著她由主殿旁的碎石小路，往後山走去。左方傳來奇怪的嗡嗡聲，韓柏看去，原來是個養蜂場。左轉右折，總見不到第四個人。不片晌韓柏隨著問天尼經過一個大茶園，香氣襲人而至，地勢豁然開闊，山崖盡處，一個小亭築在一方突出的危岩處，險峻非常，此刻只見亭頂，看不到亭內的情況。亭子下臨無盡深淵，對面峰嶺嵯峨，險崖斧削而立，值此仲夏時節，翠色蒼濃，山花綻放，宛若人間仙境。左側遠方儼如犬牙陡立的峰巒處，一道飛瀑破岩而出，傾瀉數百丈，奔流震耳，水瀑到了山下形成蜿蜒而去的河溪，奇花異樹，夾溪傲立，又另有一番勝景。

韓柏看得目眩神迷時，問天尼忽然停步，嚇得他猛然停佇，否則說不定會碰上她不可冒瀆的身體。問天尼柔聲道：「齋主就在亭內，韓施主請過去見她吧！恕貧尼失陪。」韓柏依著聽雨亭的方向，穿過一片竹林後，驀然置身於後崖邊緣處，群峰環峙腳底，峰巒間霧氣氤氳，在淡藍的天幕下，哪還知人間何世。

在突出崖邊孤岩上的聽雨亭處，靳冰雲修長優美的倩影映入眼簾。她正坐在亭心的石桌旁，手提毛筆，心無旁騖地於攤開在石桌上的手卷書寫著。秀美的玉容靜若止水，不見半點波動變化。她雖沒有抬頭，卻知韓柏的來臨，輕輕道：「貴客遠來，請隨便坐。」

韓柏心頭一陣激動，想起當日相遇的情景，大步走去，拱手一揖道：「韓柏見過靳齋主！」這才在桌子另一邊的石凳坐了下來，定神一看，爲之愕然，原來她寫的是一種他從未見過的古怪文字，忍不住問道：「這是甚麼文字？」

靳冰雲直至此刻仍沒有往他瞧來，淡淡道：「這是天竺的梵文。」

韓柏默默看了一會，雖是不懂她在寫甚麼，但也感覺她的字體輕重緩急都恰到好處，筆尖所至，有若行雲流水，意到筆到，像變魔法般化出一行一行充滿畫意的文字符號，不由心神皆醉，忘記了時間的流逝，也暫忘了到這裏來是爲了見秦夢瑤的初衷。

筆倏然停下，原來到了手卷紙沿盡處。韓柏驚醒過來，一拍額頭道：「我眞糊塗，差點忘了此來是要見夢瑤哩！」

靳冰雲拿起壓卷的兩條書鎭，韓柏以前服侍慣人，忙爲她拉開卷軸，現出未書寫的部分。靳冰雲再壓好書鎭後，一邊提筆醮墨，一邊仰起俏臉瞧著他微笑道：「師妹就在茶園內的靜室裏，她有留話，要你去見她，請吧！」

韓柏恨不得插翼飛去，不過想起風行烈的囑託，有點戰戰兢兢地道：「我還有一件事……嘿！」

靳冰雲玉容回復冷靜，淡淡道：「說便說吧！爲何要呑呑吐吐？」

韓柏升起一種奇異的感覺，覺得眼前這美女跟外面的塵世再無半點關係，自己實不應擾亂她澄明如鏡的心湖。嗒然道：「我只是庸人自擾，實在都是些不打緊的事。」

靳冰雲大感興趣，把毛筆先往清水浸洗，才擱在硯台邊緣，兩手支著巧俏的下頦，微笑道：「何不說來聽聽。」

韓柏正猶豫間，她又寫起字來。他嘆了一口氣道：「實在沒有甚麼，行烈囑我代他向你問好請安。」

靳冰雲如花玉容絲毫不見波動，全心全意專注在筆鋒處，彷彿沒有聽到他的話。

韓柏奇怪道：「靳齋主聽到我的話嗎？」

靳冰雲這才停手，抬起清澈的美目看著他，漫不經意道：「對不起！替我多謝他好了。」微微一笑後，繼續筆走龍蛇。

韓柏呆了一呆，道：「他現在到了塞外去，可能不會回來了，但我知在他心中，永遠都忘不了靳齋主的。」

靳冰雲仍是那淡泊自然的模樣，像聽著與自己毫無關係的人事般，微一點頭，沒有答話。

韓柏呆瞪著她好一會後，頹然嘆了一口氣，驀地站了起來，道：「我還是去見夢瑤好了。」

轉身走了兩步，靳冰雲喚住他道：「請留步！」

韓柏轉過身去。靳冰雲放下毛筆，離座往他走來，韓柏才注意到她原來赤著雙足。她到了韓柏左側，望著茶園內綠油油漫山遍野的茶樹，秀目射出沉醉的神色，柔聲道：「師妹回來後，便到茶園石窟坐枯禪，你見到她後切莫大聲驚呼，只須輕輕報上你的名字，然後耐心守候，她自然會回來見你最後一面。」

韓柏虎軀劇震，失聲道：「最後一面？」

靳冰雲輕描淡寫道：「人總是要走的，只是看怎麼走罷了！若師妹不是有心事未了，早離開了這無邊的苦海哩。」

韓柏深吸一口氣，壓下胸中激盪著的情緒，點頭道：「我曉得了！」

靳冰雲仍是以她那平靜的聲調道：「請恕我善忘，剛才你說的那位行烈先生，究竟是誰呢？」

韓柏呆了一呆，不能置信地瞧著她道：「你忘了他曾是你的丈夫嗎？」

靳冰雲緩緩搖頭道：「我看你是弄錯了。」

韓柏手足變冷，低頭看到她的赤足，心中一動問道：「你那對繡蝶鞋子呢？」

靳冰雲隨著他的視線也瞧著自己白玉無瑕的雙足，嘴角逸出一絲笑意，淡淡道：「送給了清泉啦！由那天開始，我再沒有鞋子。」

韓柏感到她語句裏隱含玄機，呆瞪了她好一會後，試探地道：「靳齋主記不記得那雙鞋子被沖走時，我也在場呢？」

靳冰雲收回目光，往他瞧來，歉然一笑道：「是嗎？」

韓柏從心底裏冒起寒意，苦笑道：「原來齋主連我都忘記了。」

靳冰雲腳步輕移，盈盈步入繁樹生香的茶園裏，停了下來，背著跟來的韓柏道：「看你的樣子，我們間眞曾發生過很多事，可以說給我聽嗎？」說罷在一處青草上盤起雙腿，閒雅地坐了下來，還指示韓柏坐在她對面。韓柏有些失魂落魄地盤膝坐好，在她那寧恬的眼光下，一五一十把風行烈、龐斑和自己與她的關係交代出來。

靳冰雲留神聆聽著，當他說及攔江一戰時，才輕輕道：「到時我去看看好嗎？」

韓柏訝然道：「你竟還有興趣？嘿！不怕見到龐斑嗎？」

靳冰雲像個局外人般道：「見到他又如何呢？師父還有封遺書要交給他哩！」

韓柏給她的縹緲難測弄得頭大如斗，順著她口氣道：「應該沒有問題吧！要我陪靳齋主去嗎？」

靳冰雲輕搖螓首，柔聲道：「我慣了一個人自由自在。」接著盈盈而起，眼中掠過一絲淒迷之色，檀口輕吐道：「韓施主剛才說的那個故事非常感人，謝謝你啦。」

韓柏站起來時，靳冰雲合十爲禮，轉身遠去，再沒有回過頭來。

第八章 天人之道

第八章 天人之道

韓柏苦笑搖頭，轉身舉步，忽又駭然停下。原來太陽早移往西山，緩緩落下。時間爲何過得這麼快呢？自己來時是清晨時分，只不過看靳冰雲寫了「一會」字，說了幾句話，竟就過了一個白天？韓柏糊塗起來，搔著頭往茶園深處走去。這茶園面積廣闊，佔了半邊山頭，中間有塊高達四丈的巨岩，應該就是秦夢瑤用作潛修給挖空了的石窟。他的心霍霍跳動起來，想到很快見到秦夢瑤，又擔心她不知是否仍留在人間，不由手心冒汗。

繞到石岩的前方時，一道只容弓身鑽進去的鐵門出現眼前。韓柏提起勇氣，兩手輕按鐵門，往前推去。鐵門文風不動。韓柏醒覺過來，試著運功吸扯，「咿呀！」一聲，鐵門敞了開來。終於見到了心中的玉人。秦夢瑤神態如昔。一身雪白麻衣，盤膝冥坐於石窟內盡端唯一的石墩上，芳眸緊閉，手作蓮花法印，玉容仙態不染半絲塵俗，有如入定的觀音大士。

韓柏心顫神搖，來到她座前，雙膝一軟，跪了下來，熱淚奪眶而出，像個孤苦無依的小孩尋回失散了的母親般，淒涼地輕喚道：「夢瑤！夢瑤！我來了！」忽然間，他感到人世間所有名利鬥爭，甚至令人顛倒迷醉的愛情，均是不值一哂。這明悟來得絕無道理，偏又緊攫著自己的心神。想起自己自幼孤苦無依，全賴韓家收養，幾經波折，成了天下人人景仰的武林高手。可是這代表著甚麼呢？縱使擁有艷絕天下的美女，用之不盡的財富，但生命仍是頭也不回地邁著步伐流逝，任何事物總有雲散煙消的一天，回首前塵，只是彈指般剎那的光景。生命彷如一次短暫的旅程，即使像朱元璋般貴為帝主，還不是像其他人般不外其中一個過客，歷盡人世間的喜怒哀樂，悲歡離合後，悄然而去，帶不走半片雲彩。生命的意義究竟是甚麼呢？韓柏完全不明白自己為何會想到這些平時絕不會費神去想的問題。但從看到秦夢瑤開始，一種莫以名之的感覺便如斯湧上心田，使他某種平時深藏著的情緒山洪般暴發開來，完全控制不了。

淚眼模糊裏，似若見到秦夢瑤微翹修長的睫毛抖動起來，眼瞼掀起，兩道彩芒澄澈地往他射來。韓柏大喜撲前，一把摟著她的雙腿，顧不得斬冰雲的警告，狂叫道：「夢瑤！夢瑤！」聲音在石窟內細小的空間激盪著。再定睛一看，秦夢瑤不但沒有睜眼，連半點呼吸也沒有，可是她身體的柔軟安詳和至靜至極的神態，都只像進入了最深沉的睡眠中。哀傷狂湧心頭。所有其他的一切都不重要了！當日秦夢瑤離開他時，他雖然捨不得，但那只是生離，而非死別。他不知秦夢瑤是否死了？但總有著很不祥的感覺。憑他魔種的靈覺，若她仍有生命，必逃不過他的感應。可是此刻他卻清楚無誤地知道秦夢瑤的生命已不在眼前這動人的仙體內。這是沒有道理的。夢瑤怎麼都應該見自己一面才離開塵世，否則就不須千叮萬囑要自己來見她。時間不住溜走。他的心不住往下沉去。悲從中來，忍不住放聲大哭起來。奇怪的是儘管他哭得天昏地暗，靜齋的人卻沒有誰來看個究竟，似是對石窟內的事毫不關心。

不知過了多久，韓柏胸口挨著石墩，伏在秦夢瑤的腿上沉沉睡去。模糊間，他感到秦夢瑤在呼喚著他的名字，還摩挲著他濕透了的頭髮。韓柏大喜如狂，猛地抬頭。

秦夢瑤若由高高在上的仙界，探頭下來俯視他這凡間的俗子般，愛憐地道：「傻孩子！為何要傷心落淚呢？」

韓柏渾身抖顫著，懷疑地以衣袖擦著眼睛道：「我是不是在夢中？」

秦夢瑤哄孩子般道：「眞是個傻瓜，別對夢瑤這麼沒有信心吧！你見過了師姊嗎？」

韓柏嗚咽著道：「見過了，她像有點不妥，甚麼都記不起來。」悲呼一聲，又把頭埋入她懷裏，死命地抱緊她盤坐著的玉腿。

秦夢瑤溫柔細心地撫著他的背脊，毫不以為忤地道：「沒有大智大定，怎能把世情忘掉。夢瑤便自問做不到把你忘了，所以才會央你來見我。」

韓柏但覺芳香盈鼻，逐漸回過神來，感受著她輕柔的呼吸，驚魂甫定道：「我眞怕你就這樣不顧我而去呢。」抬起頭來，試探道：「你眞的坐了半年枯禪，那是否像睡覺？肚子餓不餓？」

秦夢瑤笑道：「那是一種沒法以任何言語去形容的感覺，超越了正常感官的經驗，只有親身體會，始可明白。」頓了頓柔聲道：「知不知道夢瑤為何想見你這一面呢？」

韓柏茫然搖頭。兩對眼神糾纏不放。他感到她的心靈輕輕在觸摸著他的心神，就若母親對愛兒的眷顧親熱。沒有絲毫男女間情慾的意味。有的只是一種超乎了塵俗的愛戀和關切。秦夢瑤再非以前的秦夢瑤。她那絲「破綻」已給縫補，劍心通明從此圓滿無缺。

秦夢瑤嘴角飄出一縷甜美清純得若天眞小女孩的笑意，輕柔地緩緩道：「理由挺簡單哩！夢瑤要讓韓柏知道，我對你的愛，雖由魔種而起，卻非止於魔種。夢瑤就是要你知道這點。」

韓柏茫然道：「不止是這麼簡單吧？」

秦夢瑤現出一個隱含深意的動人笑容，淡淡道：「夢瑤其實在你推開洞門時的刹那就驚覺回來，只是為了讓你好好經歷生離死別的衝激，才忍著心沒有出來會你。只有在這種極端的情況裏，你才會體會到生死的眞諦，植下你將來轉修天道的種子。那正是夢瑤請你來見最後一面的原因。」頓了頓續道：「你離開後，夢瑤將進入死關。待攔江之戰畢，再由師姊開關察看，若有遺物，師姊會差人送給你的。」

韓柏心中百感交集，茫然道：「甚麼是死關？」

秦夢瑤輕描淡寫道：「那是一種徘徊於死亡邊緣般的枯禪坐，假若道行未夠，會全身精血爆裂而亡。所以本齋的人，未經齋主批准，均不得閱看這載在慈航劍典上最後一章的秘法。夢瑤修成了劍心通明，師姊才肯給我參看。」

韓柏擔心地道：「若不成功，豈非死得很慘？你們的師祖有人練成功過嗎？」

秦夢瑤淡然自若道：「除了創立靜齋的第一代祖師，著作了《慈航劍典》的地尼外，從未有人練得成劍心通明。所以除了初祖地尼和夢瑤，沒有人知道那章秘法記載的是甚麼。」

韓柏奇道：「你師父言齋主未看過嗎？」

秦夢瑤眼中射出孺慕的神色，緩緩道：「師父修的是僅次於『死關』的『撒手法』，已是非常難得，歷代祖師中，只曾有一個人修成過，那就是曾與西藏大密宗論法比鬥的雲想眞祖師。」

韓柏深吸一口氣道：「原來夢瑤道行這麼高深！」秦夢瑤微微一笑，沒有回答。

韓柏順口問道：「爲何要等攔江之戰後才可以開關呢？」

秦夢瑤溫柔地道：「我想知道答案嘛！」

韓柏想起攔江之戰，想起龐斑的厲害，不由擔心地吁了一口氣。

秦夢瑤秀眸射出憧憬的神色，無限嚮往地道：「那將是驚天地泣鬼神的一戰，結果將永遠沒有人知曉。因爲旁人都難以明白其中發生了甚麼事。」

韓柏看著她俏臉上閃動著聖潔無瑕的光輝，剎那間心中湧起明悟。他終於明白了秦夢瑤要他來的原因，就是要讓自己分享她彌足珍貴的天道。現在他可說是俗人一個，塵孽纏身，很多事都放不下來。可是他因身具魔道合流的胎種，於修道而言，可說是一塊開墾了的肥沃土地，差的只是一粒好的種子。秦夢瑤召他來會，就是要憑無上智慧和「道法」，為他撒下這粒種子。將來塵緣還盡，這粒種子或會開花結果，把他生命的路向扭轉過來，往天人之界進軍，踏上秦夢瑤所走的道路。那將不知是多少年後的事了。

秦夢瑤俯下頭來，捧著他臉頰，愛憐無限地輕輕吻了一口，欣然道：「你終於明白了，好好回去愛你的嬌妻美婢們吧，給她們世間最大的幸福和快樂，待你塵緣了盡時，我們夫妻或還有聚首的一天。至於那會是甚麼形式，請恕夢瑤沒法說明。珍重！夢瑤去了。」緩緩放開捧著他臉頰的手。

在韓柏的瞠目結舌中。她挺直嬌軀，蕩漾著海般深情的美眸逐漸闔上，一指觸地，另一手掌心向外，作施無畏印。到眼瞼閉上時，整個人進入完全靜止的狀態，胸口的起伏立即消失，再沒有任何生命的感覺。那種具有強烈戲劇性由生而「死」的轉化，震撼得韓柏忘了悲哀。忘記了一切！

韓柏不知自己如何離開靜齋，失魂落魄地和灰兒在山野裏胡亂闖了十多天，才逐漸清醒過來，懂得回順天去。途中遇上燕王南下的大軍，軍容壯盛，浩浩蕩蕩的往南方開去，人馬輜重營地連綿十多里。韓柏報上名字，自有人帶他去燕王的主帳。燕王正在帳內舉行軍事會議，出來迎接他的是換了一身甲冑軍袍，霸氣逼人的戚長征。兩人見面當然非常歡喜。

戚長征驚異地打量著他道：「你像是變了一點，但我卻說不出有何不同處。」

韓柏拉著他到一側的大樹旁坐下來，傾吐出慈航靜齋的遭遇。戚長征聽得目瞪口呆，不知應該是喜還是悲，吁出一口涼氣道：「仙道之說，本是縹緲難測，但聽你所說有關夢瑤的事，看來眞是確有其事呢。」

韓柏眼中射出嚮慕神色，點頭道：「應是不假，否則傳鷹大俠怎能躍空仙去？」

戚長征道：「傳是這麼傳，卻非我們親眼目睹，只可當神話來看待，但現在夢瑤的道法卻是你耳聞目見的，那就不能混作一談。能寫出《慈航劍典》的地尼，才最教人驚佩。」

韓柏傷感地道：「但我以後都見不到夢瑤了。只要想起她再不屬於這人間塵世，我便虛虛空空，沒有著落。」

戚長征摟著他的肩頭，哈哈一笑道：「現在連我都被你引起對仙道的興趣，日後歸隱田園時，我們兄弟閒來便摸索研究，將來時機一至，或可向天道進軍，看看是怎麼一回事。」

韓柏無可奈何地點了點頭。望著四周綿延無盡的軍營，問道：「你們要到哪裏去打仗？」

戚長征苦惱地道：「唉！我第一次出征就決定要打場敗仗，眞是沒有趣味。」

韓柏記起了自己的胡言亂語，擔心地道：「只是佯敗罷了！不應死很多人的，是嗎？」

戚長征頹然嘆了一口氣，道：「雨時說得好，戰爭是不講人情，不擇手段的。到現在我才體會到甚麼是一將功成萬骨枯。你最好不要想這方面的問題，徒令你心煩意亂！」

韓柏明白他的意思，湧起對戰爭的厭倦，不敢問下去，道：「戰況有甚麼新發展？」

戚長征道：「現在允炆以盛庸和鐵鉉為正副大將軍，這兩人晉爵封侯後，分外賣力，一舉克復了德州，前鋒軍直抵滄州，兵勢大振。眞不服還要給他們多勝一場仗。」

韓柏懷疑地道：「德州是否故意輸掉給他們的？」

戚長征苦笑道：「鬼王說得對，若我們一意要攻城掠地，這輩子都休想征服天下。德州正是個好例子，旋得旋失。沒有燕王在指揮大局，根本頂不住對方的攻勢。唉！這次出征，絕非說敗便敗那麼簡單，還要敗而不亂，否則兵敗如山倒，給敵人啣尾窮擊，恐怕沒有人可活著回來。」

韓柏奇道：「我還是首次見到你這麼沒有信心。」

戚長征搖頭笑道：「男人就是這樣，有了嬌妻愛兒後，就很難挺起胸膛充好漢。」想起一事又道：「有個天大的好消息，李景隆要到黃州去行刺陳渲，豈知洩漏了風聲，給雨時布下陷阱，不但把隨他去的高手全部幹掉，還重傷了這魔頭。可惜終給他逃脫了，不過短期內他休想再能逞強。」

韓柏因著秦夢瑤開導，對所有鬥爭仇殺無任何興趣，改變話題道：「碧翠她們是否仍留在順天呢？」

戚長征點頭道：「我求准了燕王，把她們遷到陳公的府第，這樣我總可輕鬆一點，出入也方便些。」

大力拍了他一記，嘆道：「眞羨慕你，我恐怕要有幾年奔波勞碌，唉！攔江之戰一天未有結果，大概我們都很難快樂得起來。」

韓柏深有同感道：「返順天後，我立即起程回去，把月兒她們在武昌安置好後，就到怒蛟島去看看情況。照夢瑤的推測，此戰應非表面看來那麼簡單。」

這時帳內簇擁出燕王、張玉等人，笑著往他們走來。接風宴上，彼此暢談一番後，韓柏收拾情懷，趕往順天去。范良極、虛夜月等聞知他此行的結果，都感莫測高深，像戚長征般不知應是悲還是喜。盤桓了三天後，韓柏和范良極坐上戰船，開返洞庭。

七月十五。離攔江之戰只有一個月的時間。期待已久的江湖人士，情緒沸騰起來，人人翹首等待著這一戰的結果。從來沒有一場決鬥如此令人矚目，談論不休。好事者紛紛聚集在離攔江島最近洞庭北岸的大鎮臨湖市，希望能有機會一睹兩人風采。全國大小賭場更開出盤口，接受誰勝誰敗的賭注。怒蛟幫則再三申明：由八月十日開始，不准有任何船艇進入攔江島五十里範圍之內，只有浪龐兩人例外。這做法與當年傳鷹和蒙赤行決戰時，蒙王下令封鎖長街異曲同工，更添加了攔江一戰的神秘色彩。

從來沒有一場決鬥教人如此關心，亟欲得知勝負的結果。允炆數月來屢次命人攻打黃州府，均給義軍擊退。怒蛟幫雖不長於陸戰，但因有直破天、帥念祖和陳渲三人主持大局，允炆的主力又用於對付燕王，兵力分散下，一時奈何不了義軍。怒蛟島回復舊觀，幫眾眷屬全體回島定居，浪翻雲則偕憐秀秀留在小怒蛟，每日彈筝喝酒，一點不把快來臨的決戰放在心上。

這天韓柏等回到武昌的別府，安頓好各個夫人，待諸事妥當後，已是三日後的事，范韓兩人才有空去小怒蛟探訪浪翻雲。浪翻雲仍是那副閒逸瀟脫的樣子，只是眼神更是深邃不可測度，一舉一動，均有種超乎塵俗的超然意態。花朵兒奉上酒餚後，退出廳外，剩下三人把盞對酌。浪翻雲早到了辟穀的境界，只喝酒，不動箸。

閒聊幾句後，韓柏說了到慈航靜齋的經過。浪翻雲傾耳細聽罷，動容道：「夢瑤本是斷了七情六慾的修眞之士，但爲了師門使命，故拋開一切規條法則，投入慾海情網中，其中困難凶險，實不足爲外人道，一個不好就會舟覆人陷，永遠沉淪。只有她的定力慧心，才能於最關鍵時刻脫出羅網，教人佩服。」

范良極擔心地道：「但若偶一不愼，修死關者將全身精血爆裂而亡，教人怎放心得下。」

韓柏悽然長嘆！自靜齋回來後，他從未有一天眞正開懷過，對著諸位嬌妻時只是強顏歡笑。

浪翻雲微微一笑道：「大道至簡至易，無論千變萬化，都是殊途同歸。佛道兩門，最後不外返本歸原，尋眞見性。劍心通明乃慈航劍典的最高境界，一旦大成，絕不會再次迷失。當日夢瑤受不了魔種的誘惑，皆因尙看不破師徒之情，仍未能臻至大成之境。故初時對小柏如避蛇蠍，但現在道功已成，所以反不怕表達愛意。至於死關的凶險算得了甚麼，任何修天道的人都義無反顧，甘之如飴。不入虎穴，焉得虎子，置於死地才有重生的機會。」

韓柏的心舒服了點，道：「那靳冰雲是否精神有點問題呢？」

浪翻雲啞然失笑道：「切勿胡思亂想，靳冰雲能被言靜庵選爲傳人，資質應不下於夢瑤。況又身兼魔師宮和慈航靜齋兩家眞傳，怎會如此不濟。不過她究竟處於何種禪境道界，則非我們這些旁人能夠明白。」

韓柏道：「可是我初遇到她時，她的確處在非常失意低沉的狀態裏，回靜齋後又遇上言靜庵的仙逝，恐怕……」

范良極徐徐呼出一口香草煙，點頭道：「我倒同意老浪的說法，以言靜庵出神入化的功力，難道不可以多延幾年壽命嗎？尤其她修的是僅次於死關的撒手法，應該可控制何時仙遊。她故意讓自己最關切的徒弟目睹她的遺骸，其中必有深意，極具禪機。」

浪翻雲聽到言靜庵的名字時，眼中露出莫名的傷感之色，神情木然，片晌才接口道：「范兄說得好，靳冰雲的失意落寞，皆因她愛上了龐斑。後來龐斑超脫一切，立地頓悟，由魔入道。她也由苦戀中解放了出來，才有毅然返回靜齋之舉。她的赤足，正代表著放下一切，進入忘情的禪境，絕不是神志出了問題。」

范良極道：「老浪你和言靜庵究竟是怎麼一回事？」

浪翻雲嘴角露出一絲苦澀的笑意，淡淡道：「每個生命都是一段感人的故事，代表著人在這苦海無邊的俗世間苦中作樂的努力。在大多數時間裏，我們都在渾渾噩噩中度過，夢幻般地不眞實。只有在某一剎那，我們受到某種事物的引發和刺激，精神才能突然提升，粉碎了那夢幻的感覺，清楚地感覺到自己的存在，眼前的一切再次『眞』了起來，成爲畢生難忘的片段，亦使生命生出了意義。」接著沉沉一嘆道：「靜庵三次紆尊降貴來見我浪翻雲，使我生命裏多添了三段難忘的經歷，浪某眞是感激涕零。范兄苦苦追問，不外是想知我是否愛上了言靜庵，又或言靜庵是否愛上了我。這樣的答案，范兄滿意了嗎？」

范良極聽著他這番啓人深思的話，和語裏言間傷感之意，沉默下來，不再追纏。韓柏卻被他的話挑開了情懷，輕輕道：「自從看到夢瑤在我眼前來了又去了，我忽然對所有人世間你爭我奪的事感到無比厭惡，那都是全無意義的事情。像靳冰雲在聽雨亭寫字，藉字通禪，憑書入道，使生命融合於天地萬物，那才是眞正把握到生命，掌握到『這一刻』的眞諦。」

范良極出奇溫和地道：「你既能有此體會，應爲夢瑤進入死關而欣慰，爲何每當獨自一人，又或對著我時，都哭喪著臉，不怕令夢瑤失望嗎？」

韓柏雙目立即濕了起來，嘆道：「無論她是成仙成佛，對我這凡人來說，總是死了，再不會回來，仙蹤不再。你這些天不也是悒鬱不樂嗎？連吵架的興趣都失去了。」

浪翻雲微一揮手，廳內燈火全滅，但由左側窗櫺透入的月色，卻逐漸增凝，現出廳內的家具和三人的黑影。一片令人感觸橫生的清寧恬靜。人和物失去了平時的質感和霸氣，與黑暗融合為一。三人各自默思，分享著這帶著淡淡哀愁的平和時光。

浪翻雲摸著酒杯，想起那三個美麗的經驗中第一個片段開始時的情景。一個月後他才遇上紀惜惜。那時他對男女之情非常淡泊，最愛遊山玩水，連續登上了五個名山，在一個美麗的午後，他由黃山下來時，偶然發覺山腳處有個青翠縈環的古老縣城，遊興大發，朝城中走去。他沿著山溪，縱目看著這由粉牆黑瓦的房舍，與黃綠相間的阡陌田園綜合組成的景物，彷似一幅連綿不斷的山水畫卷。縣城入口處有兩行龐然古楓矗立著，值此深秋時節，紅葉似火，環蔭山村，令人更是目眩神迷，沉醉不已。但浪翻雲卻升起了一股解不開的悲戚淒涼之意！每當他見到美麗的楓樹時，他總有這種感覺！紅葉那種不應屬於人間的美麗，是一種淒艷哀傷的美麗，挑動著他深藏著某種難以排遣的情懷。

生命究竟是怎麼一回事？自二十五歲劍道有成以來，他不斷地思索這問題，不斷去品嘗和經驗生命。也曾和凌戰天荒唐過好一陣子，最後仍是一無所得。近年轉為遊山玩水，雖是神舒意暢，但總仍若有所失，心無所歸。這刻目睹楓林燦爛哀艷的美景，忍不住嘆了一口氣。就在此時，心中升起一種無以名之的曼妙感覺。

一個溫柔嫻雅的女聲在背後響起道：「浪翻雲你為何望楓林而興嘆？」

浪翻雲沒有回頭，淡淡道：「身無彩鳳雙飛翼，心有靈犀一點通！是否言靜庵齋主法駕親臨？」

言靜庵的聲音毫不掩飾地透出欣悅之意，歡喜地道：「早知瞞不過你！」

浪翻雲倏地轉身，腦際立時轟然一震。他從未見過這麼風華絕代，容姿優雅至無以復加的清逸美女。最令人動容的是她在那種婀婀婷婷，身長玉立，弱質纖纖中透出無比堅強的氣質。一襲男裝青衣長衫，頭綰文士髻，溫文爾雅。清澈的眸子閃動著深不可測的智慧和光芒，像每刻都在向你傾訴著某種難以言喻的玄機。

浪翻雲深吸一口氣道：「言齋主是否特意來找浪某人？」

言靜庵那不食人間煙火的芳容綻出一抹笑意，帶點俏皮地道：「可以這麼說，也可以不這麼說。先要試你是否有那種本領，現在浪兄過關了。」

浪翻雲一呆道：「過關？」

言靜庵那對像會說話的眼睛忽地射出銳利的光芒，與他深深對視了片刻後，充滿線條美的典雅臉龐泛起了動人心魄的奇異光輝，略一點頭道：「相請不如偶遇，雖說這是著了跡的偶遇，仍請浪兄賞臉，讓靜庵作個小東道。我早探得這裏有間清幽的小茶店，茶香水滑，浪兄萬勿拒絕。」

浪翻雲微微一笑道：「言齋主紆尊降貴，浪某怎會不識抬舉，請！」

言靜庵領路前行，浪翻雲連忙跟著。她停下腳步，讓對方趕上來後，才並肩舉步，指著左方一處古木參天，形狀奇特的山崗道：「浪兄看這山崗，前臨碧流，像不像一隻正在俯頭飲水，橫臥於綠水青山間的大水牛？」浪翻雲點頭同意。

這時兩人悠然經過了古城門前高達三丈，用青石砌築而成的大牌坊，繁雕細鏤的斗栱承挑檐頂，上面鑿了「黃山古縣」四個樸實無華的大字。時值晚膳時分，行人稀少，家家炊煙裊起，寧和安逸。一道水清見底的溪流，由黃山淌下，穿過了古縣城的中心，朝東流去。數百幢古樸民居，錯落有致地廣布於溪畔翠茂的綠林間，山環水抱，小橋橫溪，令人有「桃花源裏人家」的醉心感受。

言靜庵低吟道：「問余何意棲碧山，笑而不答心自閒。浪兄認為詩仙李白這兩句詩文，可否作此時此地的寫照呢？」

浪翻雲看著另一邊溪岸有小孩聲傳出來的古宅，屋子由兩幢院落建築組成，互相通連，每幢數進，磚刻均有淺浮雕，水磨檽窗，層次分明，極具古樸之美，點了點頭，卻沒有答話。言靜庵看他悠然自得的模樣，淡然一笑，也不答話。領著他走上一道小橋，登往對岸。這時有個老農，趕著百多頭羊，匆匆由遠方山上下來，蹄音羊叫，塡滿了遠近的空間，卻絲毫不使人有吵鬧的感覺。

言靜庵道：「這邊啊！請！」

浪翻雲笑道：「言齋主是帶路的人，你往哪邊走，浪某就隨你到哪裏去。」

言靜庵邊走邊道：「聽浪兄話裏的含意，今日靜庵來找你的事，應該有得商量了。」

浪翻雲道：「只要言齋主吩咐下來，浪某必定奉命遵行。」

言靜庵欣然道：「靜庵受寵若驚，這個小東道更是作定了。看！到了！」指著小巷深處，一桿布帘橫伸出來，帘上書了一個「茶」字，隨著柔風輕輕拂揚，字形時全時缺。

浪翻雲打心底透出懶閒之意，加快腳步來到茶店前，可惜門已關了。兩人對視苦笑。

言靜庵皺眉道：「這景兆不大好吧？剛才我問人時，都說天黑才關門的。現在太陽仍未下山。」

話猶未了，二樓一扇窗打了開來，伸出一張滿臉皺紋的老臉，親切慈和地道：「兩位是否要光顧老漢？」

言靜庵喜道：「老丈若不怕麻煩，我可給雙倍茶資。」

老漢呵呵笑道：「我一見你們，便心中歡喜，知音難求，遠來是客，今日老漢不但不收費，還另烹雋品，快請進來，那門是虛掩的呢。」說罷縮了回去！

浪翻雲笑道：「我們不但不用吃閉門羹，還遇上了貴人雅士，齋主請！」

言靜庵嫣然一笑，由浪翻雲推開的木門走進去。不一會兩人憑窗而坐，樓下傳來老漢沖水烹茶的聲音。浪翻雲優閒地挨著椅背，把覆雨劍和行囊解下挨牆放好。看著蒼莽虛茫的落日暮色，和那聳入雲端、秀麗迷濛的黃山夕景。有這言談高雅，智慧不凡、風華絕代的美女為伴，整個天地立時煥然充滿生機，使他這慣於孤獨的人，再不感絲毫寂寞。兩人一時都不願打破這安詳的氣氛，沒有說話，只是偶然交換一個眼神，盡在不言之中。

那是浪翻雲從未有過的一種動人感受。一直以來，他都很享受獨處的感覺，只有在那種情況下，他才感到自由適意，可以專心去思索和默想。與人說話總使他惱倦厭煩，分了他寧和的心境。可是言靜庵卻予他無比奇妙的感受，不說話時比說話更要醉人。雖然沒有任何身體的接觸，他卻感到對方的心以某種玄妙難明的方式，與他緊密地交往著。他再不是一個孤獨的個體。心有靈犀一點通，確是比言傳更雋永。自劍道有成以來，多年來古井不波的劍心，被投出了一個接一個美麗的漣漪。既新鮮又感人。

這時那老人家走了上來，從盤子拿起兩盅熱茶，放到他們檯上，和藹地道：「老漢要去睡覺，明天一早還須到山上採茶，貴客走時，順手掩上門便成。」

兩人連聲道謝，老漢去後，言靜庵歉然道：「靜庵這次來找浪兄的事，在這和平寧逸的美麗山城說出來，會是大殺風景的一回事，若浪兄不願在這刻與令人煩擾的俗世扯上關係，靜庵可再待適當時機，才向浪兄詳說。」

浪翻雲舉起茶盅，與言靜庵對飲了一口後，讚嘆不絕，揚聲道：「老丈的茶棒極了！」樓下後進處傳來老漢得意的笑聲，接著嘰哩咕嚕說了幾句，便沉寂下去，不片晌傳來打鼾之音。

兩人對視微笑著，浪翻雲嘆道：「只要一朝仍在這塵網打滾，到哪裏去都避不開人世間的鬥爭，否則浪某就不用背著這把劍此處走那處去，言齋主想浪某殺哪個人呢？」

言靜庵秀眸首次掠過驚異之色，平靜地道：「紅玄佛！」

浪翻雲若無其事地微一點頭，像早知言靜庵要對付的目標就是此人。紅玄佛乃名列當時黑榜的厲害人物，惡名昭彰，手上掌握著一個廣布全國的黑道組織，密謀造反。此時朱元璋仍忙於與蒙將擴廓交戰，無暇理他，他趁勢不住擴張勢力，聲勢日盛。浪翻雲此時雖名動天下，因從未與黑榜人物交鋒，仍屬榜外之士，若依言靜庵之命而行，可說是晉級挑戰。

言靜庵淡淡道：「靜庵非好鬥爭仇殺，可是這人橫行作惡，危及天下安靖，才來求浪兄出手。」

浪翻雲苦笑道：「我們怒蛟幫在朱元璋眼中，也非甚麼好人來哩。」

言靜庵聽他說得有趣，「噗哧」嬌笑，這優雅閒逸的美女似若露出了眞面目，變成了個天眞嬌痴的小女孩，那種變化，看得浪翻雲呆了起來。她垂首不好意思地道：「靜庵失態了。元璋是元璋，我們是我們。現在紅玄佛率著手下四大凶將，到了京師密謀刺殺元璋，給八派偵知此事，一時尙難以得手，浪兄若立即趕去，說不定可相請不如偶遇般請他吃上兩劍。」說到最後，再現出小女孩般的調皮神態。

浪翻雲感到她與自己的距離拉近了許多，微笑道：「浪某仍有一事不解，以武林兩大聖地的實力，要收拾一個紅玄佛應非難事，何故卻屬意浪某呢？」

言靜庵素淡的面容回復先前的高雅寧逸，柔聲道：「這關係到我們與南北兩藏一場延綿數百年的鬥爭，所以靜庵每次下山行事，均不願張揚，故此才有勞煩浪兄之舉，請浪兄勿要見怪。」

浪翻雲舉盅把餘茶一口喝盡，拿起長劍包袱，哈哈笑道：「言齋主背後必還另有深意，不過不說出來也不打緊。浪某這就趕赴京師，完成齋主委託的使命。」

言靜庵陪著他站了起來，綻出清美的笑容，溫柔地道：「此地一別，未知還有無後會之期，浪兄珍重，恕靜庵不送了。」

浪翻雲從容道：「終於也不過是一別，齋主請了。」轉身欲去時，像記起了某事般，伸手懷裏，取出一錠銀兩，放在檯上。

言靜庵纖手一伸，明潤似雪雕般的手掌攔在他的手與桌面之間，微嗔道：「哎呀！浪兄似乎忘了誰是東道主。」

浪翻雲啞然失笑，收回銀兩，哈哈大笑，飄然去了。一個月後他趕到京師，紅玄佛剛事情敗露，折損了兩名凶將，正欲遠遁。就在浪翻雲要離京追殺敵人時，於落花橋遇上了紀惜惜，一見鍾情，非無前因，他的情懷早給言靜庵挑動了。剎那間往事湧上心頭，浪翻雲無限感慨。

一點火光亮起，接著熊熊燒了起來。韓柏滿臉熱淚，看著手中拈著的那封言靜庵給秦夢瑤，再由後者轉贈給他尚未拆開過的遺書，在火燄劈啪聲中灰飛煙滅。他明白了秦夢瑤贈信之意，因爲她終看破了師徒之情，正如她看破了男女之情那樣，才拋開一切，進入死關。浪翻雲和范良極都沒有說話，靜靜看著火燄由盛轉衰，像世間所有生命般，燃盡後重歸寂滅。大廳景物再融入了月夜去。

第九章

月滿攔江

第九章　月滿攔江

浪翻雲送走了韓柏和范良極後，回到內室，憐秀秀早睡得香熟，俏臉泛著幸福的光輝。在窗欞透進來的月色下，靜夜是如許溫柔。他坐到床沿處，爲她蓋好被子。自那晚之後，他每晚伴她睡下，便另行打坐入靜。這是長期以來的習慣，冥坐對他就如一般人的睡眠休息。看著憐秀秀那滿足安詳的俏模樣，心中不由湧起歉意。他再不能像對惜惜般忘情地投入男女的熱戀裏，至乎拋棄了對天道和劍道的追求，全心全意去令對方幸福快樂。與憐秀秀是有點像償還某種心債。這才情曲藝可比擬紀惜惜，同時亦是紀惜惜的崇拜者的名妓，就像是惜惜冥冥中爲他作的安排，要他履行對惜惜臨死前的承諾——這世界還有很多美好的事物，千萬別因她的離去而放棄了一切！憐秀秀活脫脫就是另一個紀惜惜，那種不矯情虛飾，於溫柔中顯得直接和灑脫的行爲尤爲神肖，只要是愛上了的，再無反顧。

那晚他帶著紀惜惜，連夜離京，但終被朱元璋得到訊息，請出鬼王率領高手來對付他，在京師西南五十里的京南驛把他截著。健馬人立而起，把睡夢中的紀惜惜驚醒過來，星眸露出詫異迷惘的神色，由浪翻雲懷裏看著微明天色下，品字形攔在路上的三名男子。鬼王負手傲立，背後是鐵青衣和碧天雁兩大家將高手。

虛若無哈哈一笑，道：「虛某先向惜惜小姐問好。」如電的雙目轉到瀟灑自若的浪翻雲身上，冷然道：「浪翻雲你好應自豪，虛某這十年來除了對付蒙人，從不親自出手，但聽得是你浪翻雲，仍忍不住心動手癢地趕來。」

紀惜惜嬌嗔道：「威武王，此事是惜惜甘心情願……」

鬼王一聲長笑，打斷她道：「惜惜小姐並非不明事理的人，當知現實的殘酷，只爲浪翻雲身屬叛逆，虛某便難讓他活著離去。若換了是其他人，說不定虛某會爲小姐網開一面，放他一馬，只把小姐帶回京師算了。」

浪翻雲微微一笑，在惜惜耳邊輕輕道：「不要說話和動氣，一切交給我。」惜惜微一點頭，舒服地挨入他懷裏。

鬼王冷哼一聲，沉聲道：「浪兄何不先與懷中美人下馬，好讓虛某予你公平決鬥的機會，嘗聞覆雨劍法能奪天地之造化，有鬼神莫測之威，今日道左相逢，實是平生快事。」

浪翻雲好整以暇地微笑道：「虛兄過譽了，但若讓惜惜離開本人懷裏，那無論勝敗，惜惜也難以和浪某比翼離去。」

鬼王搖頭失笑道：「難道浪兄想懷抱美人，高踞馬上來應付虛某的鞭子嗎？」

浪翻雲仰天長笑，大喝道：「有何不可！」一夾馬腹，戰馬放開四蹄，奮力向以虛若無爲首的三人衝刺過去。塵土滾揚半天。

虛若無眼中掠過驚異之色時，鐵青衣和碧天雁兩人分左右衝上，布衫和雙枴來到手中，斜掠而起，朝浪翻雲兩人一騎迎去。浪翻雲這一著實在行險至極，但在戰略上卻是在這情況下的最佳選擇。任他有通天之能，仍絕不能在正面交鋒，毫無緩衝的情況下抵擋有鬼王在內的三大高手聯合一擊，但這個險卻不能不冒。首先，鬼王乃英雄了得的人，絕不肯與家將聯手圍攻。其次，也是最重要的一點，他們絕不會傷害紀惜惜，否則殺了他浪翻雲也沒有用。紀惜惜反成了他的護身盾牌，使對方投鼠忌器，不能發揮全部威力。有利必有害，懷裏有位千嬌百媚的俏佳人，他只能全採守勢，所以若馬兒不保，他將失去了機動力，要陷於苦戰之局。

鐵青衣的長衫像一片雲般掃向馬頭，若給帶上，保證馬首立和軀體分家。碧天雁掠往浪翻雲側，兩枴閃電劈出，分攻浪翻雲右肩和側背，教他不能阻止鐵青衣殺馬。兩人取的都是不會波及紀惜惜的攻擊位置，正好落入浪翻雲的神機妙算裏。鬼王退了尋丈後，仍是負手傲立，雙目神光迸射，緊罩著浪翻雲，防他棄馬挾美逃生。紀惜惜星眸半閉，嬌柔地挨入浪翻雲懷裏，那種需人保護愛憐的感覺，激起了浪翻雲的豪情壯志，一聲長嘯，覆雨劍離鞘而出，靈動巧妙，不見絲毫斧鑿痕跡。煙花般的光點，在紀惜惜眼前爆開，接著馬頭前和右側盡是光點和嗤嗤劍氣，令人目眩神迷。虛若無一見對方出手，立時動容，一言不發，鬼魅般沖天而起，往浪翻雲頭頂飛掠過來。

鐵青衣的長衫首先與覆雨劍交觸，全力的一擊，立時勁道全消，不但傷不了馬兒，連變招的後繼攻擊力也失去了，大吃一驚時，一股無可抗禦的力道扯著長衫，把他帶得順勢由馬頭前往橫飛跌。鐵青衣終是高手，立即鬆手放開長衫，同時凌空飛起一腳，往健馬咽喉踢去。長衫改橫飛爲直上，颼的一聲竟朝迎頭像流星趕月般掠來的鬼王疾射而去，時間角度則巧妙地拿捏得全無破綻可尋。勇不可擋，能令三軍辟易的碧天雁，凌空扭腰轉身，眼看雙枴要劈中浪翻雲，豈知「噹」的一聲，浪翻雲劍柄回撞過來，正好迎上攻向他肩頭的一枴，接著眼前劍芒暴漲，以碧天雁的悍勇，仍沒法繼續往他背側劈打另一枴，回枴護身時，爆起連串金鐵交鳴的清音。碧天雁吃虧在雙腳離地，難以著力，一聲悶哼，給覆雨劍送得往道旁的林木拋去。浪翻雲同時撐出左腳，像長了眼睛般一分不差與鐵青衣硬拚了一記。鐵青衣慘哼一聲，斷線風箏地橫飛向與碧天雁相反的一方。

這時鐵青衣給挑得脫手的長衫剛迎上鬼王，衣內蓄著鐵青衣和浪翻雲兩人的內勁，以鬼王的自負，亦不敢硬接，冷哼一聲，凌空翻了個觔斗，長衫呼一聲在身下險險飛過，同時名震天下的鬼王鞭由他衣袖飛出，往正策騎飛馳的浪翻雲頭頂點去。浪翻雲哈哈一笑，大喝道：「領教了！」覆雨劍化巧為拙，沖天而起。鬼王一聲長笑，鬼王鞭化作漫天鞭影，向下方的浪翻雲罩去，鞭風勁氣，威力驚人。浪翻雲再夾馬腹，催得這匹重金買來的健馬把速度增至極限，覆雨劍爆起漫天光雨，反映著初陽的光線，像一片光網般把虛若無瞧往下方的視線完全隔絕開來。以虛若無的修養，亦要心中駭然。一連串劍鞭交觸的聲音響過後，虛若無胸中一口眞氣已盡，落到地面，浪翻雲早挾美策騎奔出了五丈之外。覆雨劍「鏘」的一聲回到鞘內。鬼王擺手制止了兩大家將追去，深吸一口氣將聲音運勁傳送去道：「假以時日，浪兄定可與龐斑一決雌雄，一路順風。」

浪翻雲由回憶醒覺過來時，鬼王虛若無這三句話仍像在耳際縈繞未去。還有二十多天，就是他與龐斑決戰攔江的大日子了。自惜惜死後，他一直在期待著這一天的來臨，早在龐斑向他送出戰書前，他已決定了要對這雄踞天下第一高手寶座達六十年的超卓人物挑戰。只有在生死決戰的時刻，面對生死，他才可體悟出生命的眞義。除了龐斑外，再沒有人可予他同樣的刺激和啓發。想到這裏，一聲低吟，俯頭吻了憐秀秀的臉蛋後，出房去了。

在萬眾期待下，日子一天接一天的溜走。怒蛟幫戰船雲集於攔江島附近的海域，來回梭巡，實施封鎖。怒蛟幫的帥船上，凌戰天、上官鷹、翟雨時等在指揮大局。他們的心情，比要收復怒蛟島還更緊張。這天是八月十四，怒蛟幫收到情報，載著魔師龐斑的樓船巨艦，進入了洞庭水域，暫時下錨泊岸，估計水程，應在今晚午夜後開來。消息傳至，氣氛立時拉緊得若滿弓之弦。一艘打著梁秋末旗號的戰船滿帆駛至，然後逐漸減速，到了帥船旁緩緩停下。幾個人橫掠過來，不但有梁秋末，還有韓柏和范良極，連小鬼王荊城冷都來了。眾人相見，由於心情沉重，少了往日的歡笑熱鬧。

來到指揮台上時，梁秋末道：「許多大門派的人亦想到來觀戰，還正式向我作了知會。」

凌戰天看著十里外藏在雲霧中的攔江島，苦笑道：「他們以爲在這樣的距離，仍可看到他兩人交手嗎？」

范良極沉聲道：「凌兄心情不佳，才事事看不順眼，他們也學我們那樣，只想著能愈接近戰場愈好，至少可看到是誰活著離開攔江島。」

忽然間所有人都沉默下來，再沒有人有興趣說話。

小怒蛟的浪翻雲卻在談笑風生。

這時范豹進來道：「小風帆準備妥當，首座眞不需小人負責操舟嗎？」

浪翻雲啞然失笑道：「范豹你何時變得如此拖泥帶水，最要緊放好那兩罈清溪流泉，若我沒酒喝，會回來找你算賬。」

范豹低著頭，一聲不作匆匆走了。在旁伺候兩人的花朵兒，「嘩」一聲哭了起來，掩面奔返內宅處。

浪翻雲對憐秀秀苦笑道：「爲何人人好像大難臨頭的樣子，眞教人費解。」

憐秀秀喜孜孜地提壺為他斟酒，以懇求的語氣道：「秀秀斟了這杯酒，浪翻雲須准秀秀送他下船去。」

浪翻雲想起當日面對鬼王，紀惜惜蜷伏入懷的動人情景，心中憐意大生，點頭道：「浪翻雲哪敢不從命。」

憐秀秀輕輕嘆了一口氣：「這大半年是秀秀一生中最快樂的日子，浪郎放心去吧！秀秀懂得照顧自己。」

浪翻雲舉杯一飲而盡，暢然道：「好！想不到攔江之戰前，我浪翻雲仍可得此紅顏知己。」

龐斑極目北望，心中浮起孤立於洞庭湖中那終年給煙雲怒濤封鎖著的攔江島。萬頃碧波，在腳下的巨舟邊緣下數丈處的湖面無窮無盡地延伸開去，雲霞冉冉，粼粼湖水反映著夕照的餘暉，澎湃迴流，激盪著無數人的心湖。矗然高聳，兀立百丈的攔江島，明晚此時會是怎麼的一番情景呢？挺立船頭的龐斑回首前塵，以他不受世情影響的定力，亦不由欷歔一嘆。他這輩子最受震撼的時刻，就是第一眼看到言靜庵的剎那。那改變了他以後的命運。明天此時，他面對的再不是這一望無際的湖水，而是島腳由湖底插天而起，波濤激濺，島上雖有林木，但飛禽罕集的孤島攔江。他等了足有一年。這動人的時刻，在眼前的太陽再度落下時將會翩然而至。

在夕霞橫亙的天幕上，他彷似看到言靜庵欺霜賽雪，羊脂白玉般的纖手，體貼地為他翻開一頁接一頁以梵文寫成的《慈航劍典》。自三日前他踏入靜齋的劍閣，由言靜庵翻開了劍典的第一章後，他便安坐桌旁，沒有說過半句話，又或動過半個指頭，只是目不轉睛地讀著劍典內所記載那些超越了人類智慧極限的劍術和禪法，劍即禪。那是武林兩大聖地一切武功心法的源頭，淨念禪宗的禪典只是抄自劍典內十三章的其中十二章，再加以演繹變化而成。

看罷第十二章後，言靜庵忽把劍典闔上，移坐到長桌之側，托著下頦深深凝注著他。以龐斑的涵養，仍禁不住愕然了好一陣子，才道：「言齋主是否想害苦龐某，正津津有味時，卻偏不讓我續看應是最精采的第十三章。」

言靜庵嫣然一笑道：「想不到龐兄會有焦灼的情緒，剛才若靜庵出手，不知會不會教龐兄栽個大跟頭呢？」

龐斑搖頭苦笑道：「我總是鬥不過你，快告訴我，是否須龐斑出手強索？」

言靜庵「噗哧」笑道：「龐兄眞奇怪，劍典就在你伸手可及之處，何用強來，只不過是舉手之勞吧！」接著幽幽一嘆道：「我眞恨不得你能立即翻閱最後一章，那就可一了百了。」

龐斑眼中光芒閃動，注視了她好一會後，眼光才轉回劍典之上，點頭道：「言齋主說得好，劍典上所載禪法，雖是玄奧無比，但卻與龐某無緣，不看也罷。」

言靜庵微微一笑，站了起來，移到可眺望後山聽雨亭的窗櫺前，背著他平靜地道：「靜庵這回約魔師來此，本是不安好心，想引魔師看那詳載最後一著的死關法。」

龐斑像早知如此，毫無驚異地道：「不知言齋主是否相信，就在齋主提議讓我閱讀劍典時，龐斑已知齋主此意。」

言靜庵盈盈轉過身來，笑意盎然道：「當然瞞不過龐兄哩！靜庵原沒打算要瞞你，亦不愁你不入局。以龐兄的自負，當不會認爲會闖不過死關吧？」

龐斑長長一嘆，站起雄偉的軀體，緩緩來到言靜庵身前三尺許處，俯頭細審她典雅溫柔，惹人憐愛的臉龐，柔聲道：「言齋主爲何臨時改變主意，免去龐某殺身之險呢？」

言靜庵花容一黯，低著頭由他身邊往大門走去，輕輕道：「不必再追究了吧，靜庵可不想在這等事上白費唇舌。」

龐斑旋身喝道：「靜庵！」

言靜庵在出口處停了下來，柔聲道：「看在你首次喚我的名字分上，就讓你陪我到聽雨亭，欣賞快在東山升上來的彎月吧！」

輕言淺語，迴蕩心湖。眼前一暗，夕陽的最後一絲餘暉，消沒在湖水之下。將滿的明月在天邊現出仙姿。龐斑忽然湧起對言靜庵強烈的思念。浪翻雲啊！你現在是否在這湖水三萬六千頃，煙波浩淼的洞庭湖某一角落，與我龐斑凝望著同一個明月呢？

明月高掛天幕之上，浪翻雲端坐舟心，漫不經意地操控著小風帆，身後是像駝峰靈龜般冒出水面的十八湖島的陰影。自那天早上闖關遠離京師後，浪翻雲帶著紀惜惜遊山玩水地悠然回到怒蛟島，立即向紅玄佛發出戰書，向這縱橫無敵的黑榜高手正式挑戰。到第十招他便擊殺了這不可一世的黑榜高手。此戰奠定了他躋身黑榜高手的地位，當時聲勢尤在毒手乾羅之上，怒蛟幫因而威望大增，遠近黑道幫會無不臣服，受其管束。當他匆匆趕返怒蛟島會見愛妻時，途中先遇上厲若海，接著就是一直深藏在心底裏的言靜庵。就像上次那麼突然般，當他在一個小酒鋪自斟自飲時，心中一動，知她來了。

這風華絕代的女子俏生生坐在他對面，仍是一身男裝，欣然笑道：「這次仍由我作東道好嗎？我只陪你喝一杯酒，賀你出師報捷。」

浪翻雲召來夥計，故意爲她添了個大湯碗，一邊斟酒邊笑道：「齋主不是打算再不見我嗎？爲何又不遠千里移駕來此？」

言靜庵蹙緊黛眉，看著那一碗等於三碗的烈酒，微嗔道：「這算不算借取巧來陷害靜庵呢？」

浪翻雲理所當然地道：「浪某正想灌醉齋主，看看烈酒能否破掉齋主的心有靈犀？」

言靜庵低頭淺笑道：「是否有了嬌妻的男人，都會變得口甜舌滑哩？」

浪翻雲微一錯愕，把倒得一滴不剩的空酒壺放回檯上，啞然失笑道：「照浪某的個人經歷和此刻的言行舉止，恐怕齋主不幸言中。」

言靜庵微微嘆息，幽幽看了他一眼後，眸光投進晶瑩的高粱酒去，以平靜得令人心顫的語調一字一字緩緩道：「我爲甚麼改變主意再來見你呢？靜庵怕也不太明白自己，或許是因浪翻雲已心有所屬，所以言靜庵才不是那麼怕見他吧！」

浪翻雲擊桌嘆道：「現在我才明白龐斑爲何要退隱二十年。」

言靜庵嘴角飄出一絲苦澀得教人心碎的笑容，如若不聞地道：「靜庵有個提議，不知浪兄有沒有接受的膽量和氣度？」

浪翻雲舒適地挨在椅背處，笑吟吟地盯著她那碗特大碗的烈酒，好整以暇地道：「言齋主何妨說來一聽。」

言靜庵掩嘴失笑，神態嬌憨無倫，歡喜地道：「竟又給你識破了！不理如何！浪翻雲！究竟肯不肯和靜庵共享這一大碗酒？」

浪翻雲默然下來，茫然地看著那碗酒。言靜庵俏臉破天荒地紅了起來，螓首微垂，一聲不做，眼中充滿哀然之色。

浪翻雲輕嘆一聲，苦笑道：「若這句話言齋主是在上回說出來，小弟定會問齋主那碗是否合卺酒，可惜言齋主卻不肯給浪翻雲那一去不回的機會。」

言靜庵臉龐回復了冰雪般的瑩潔無瑕，靜如止水般淡淡道：「修道的路是最孤寂的，終有一天，浪兄也會變得像我一般孤獨，這是必須付出的代價。」

夜風吹來，帶來湖水熟悉的氣味。浪翻雲從令人心碎的回憶中醒覺過來，像剛被利刃在心裏剜了深深的一刀。

方夜羽來到挺立在船頭的龐斑身後，躬身道：「大船立即啓航，可於明天入黑前到達攔江島。」

龐斑淡然道：「攔江之戰後，不論勝敗，夜羽你必須率各人立即趕返域外，娶妻生子，安享餘年，不要理會中原的事。」

方夜羽恭敬地道：「夜羽謹遵師尊訓示。」言罷退了下去，下令啓碇開航。

龐斑苦澀一笑，大元朝終於完了，再沒有捲土重來的希望。當年他雖有能力多延大元朝幾年或甚至十幾年的壽命，終是於事無補，中原實在太大，一個不得人心的外族朝廷，單憑武力是絕站不住腳的。那日的情景又活現在他腦海裏。

龐斑倚欄看著西山上像巨輪般下沉著的夕陽，身後的言靜庵道：「龐兄想和靜庵下一局棋嗎？」

龐斑搖頭道：「對不起！龐某不想和靜庵分出勝負。」

言靜庵嘆了一口氣，輕柔得像蜻蜓點水似的道：「那便讓靜庵斗膽問魔師一句——大元仍有可爲嗎？」

樓船緩緩滑破水面，往攔江島滿帆駛去。

韓柏等人聚集在看台上，瞧著預示朝陽即將冒出湖面的霞光雲彩，默然無語。天色明媚。八月十五終於來了。今夜家家戶戶都張燈結綵，共慶中秋佳節。可是他們卻只能在此苦待戰果。

紀惜惜魂兮去矣的三天後，浪翻雲仍悄立在她墓前。他終於明白甚麼是眞正的孤獨。那並非在乎有多少人在你身旁，而是心的問題。造化弄人！紅顏命薄！經過了這三日三夜的思索，他終於悟通了最可怕的對手就是無影無形的命運。一天仍被局限在生死之間，就要被命運操縱著。

當他得到這結論的一刻，言靜庵來到他身旁，柔聲道：「當靜庵聽到惜惜染恙的消息，立即兼程趕來，想憑著醫道上一點心得，稍盡棉力，想不到還是來遲了三天。」

她一身雪白寬闊的絲袍，只在腰間束上兩寸寬的絲帶，隱約表露出她無限優美的身段線條，有種說不出的嬌柔纖弱。披肩的烏黑長髮自由寫意地垂在胸前背後，黑髮冰肌，盡顯她以前被男裝掩藏了的女性風采。

三天來，浪翻雲首次移動腳步，離開新墳，沉聲道：「齋主有沒有興趣再陪浪某去喝酒？」

言靜庵仰望怒蛟島繁星密布的夜空，輕輕道：「這麼晚了！酒鋪都關門哩。」話是這麼說，腳步卻緊跟著浪翻雲。

浪翻雲沒有帶她去喝酒，只領著她到了島後聳起的一處孤崖，止步崖沿，縱目四顧，長長吁出心頭鬱結著的無限哀痛後，剎那間回復了往昔的冷靜，旋又頹然嘆了一口氣，不能自已地道：「惜惜死了！」

言靜庵來到他身後，欲言又止，終沒有說話。湖風拂來，兩人髮袂飄飛，獵獵作響。

浪翻雲雙目蒙上化不開的深沉哀色，跌進既美麗又傷感的回憶裏，夢囈般道：「惜惜教曉了我如何去掌握和欣賞生命，使每一刻都是那麼新鮮，那麼感人。既迷醉於眼前的光陰，亦期待著下一刻的來臨，又希望時間永不溜逝。現在惜惜去了，生命對我再無半丁點的縈繫，使浪某變成了另一個注定孤獨的人。」

言靜庵緩緩移前，來到他左側處，幽幽一嘆道：「上次靜庵來與浪兄相見，本再有一事相求，但終沒有說出來，現在浪兄想知道嗎？」

浪翻雲反口問道：「齋主是否愛上了龐斑？」

言靜庵悽然笑道：「愛上了又如何呢？我們選擇了的道路，是注定了必須孤獨一生。那是逆流而上的艱苦旅程，只要稍有鬆懈，立即會被奔騰的狂流捲沖而下，永遠沉淪在物慾那無邊苦海的下游裏。」

默然片晌後，玉容回復了止水般的安詳，淡淡道：「任何與生命有關的情事，均是暫若春夢，轉眼後煙消雲散，了無遺痕，空手而來，白手而去。」

浪翻雲輕描淡寫地道：「那為何齋主仍要三次來見浪某人，不怕愈陷愈深嗎？」

言靜庵現出了罕有充盈著女兒家味道的甜美笑容，欣然道：「浪兄終忍不住說出這教人喘不過氣來的逼人話語。」

她深邃莫測的眸子閃動著智慧的采芒，緩緩道：「若靜庵狠得下心，不理塵世上所發生的事，更沒有遇上龐斑和浪翻雲，說不定早進入劍心通明之境，入滅死關。偏是命運弄人，此刻想撒手而去亦暫不可得。」

浪翻雲想不到她如此直接，一震下別過頭來，看著她側面優雅纖秀的輪廓，愕然道：「齋主知不知道如此暴露弱點，實屬不智，假若浪某把心一橫，務要得到齋主，那齋主過往的堅持和努力，豈非盡付東流嗎？」

言靜庵嘴角逸出一絲莫測高深的笑意，油然道：「龐斑、浪翻雲和言靜庵，均不是乘人之危的人，才弄至現在如斯局面，既是有緣，何須有分，浪兄莫要嚇唬靜庵。」

浪翻雲啞然失笑道：「難怪龐斑鬥你不過，浪某也要甘拜下風。」

言靜庵轉過嬌軀，面向著他欣然道：「今晚之會，直至此刻，靜庵才見到浪兄瀟灑的笑容。橫豎靜庵不應說的那句話也說了出來，浪兄有沒有興趣再聽靜庵的肺腑之言呢？」

浪翻雲啼笑皆非，苦笑道：「何礙說來一聽。」

言靜庵似小女孩般雀躍道：「這次你看不破靜庵了。」

浪翻雲嘆道：「我難道不知言齋主正巧施玄法，好激起浪某的生機鬥志嗎？齋主錯愛浪翻雲了，但我心中仍是非常感激的。」

言靜庵轉回身去，目光投向水天交接處，輕柔地道：「初會龐斑時，靜庵還可說是措手不及。但那次在黃山古縣見你浪翻雲時，早有準備，仍是道心失守。故別時才有後會也許無期之言。豈知找到借口，又忍不住再來見你。三次相見，要數第二次最不可原諒。」

浪翻雲深深嘆了一口氣，沉聲道：「言齋主是否想藉請我對付即將出關的龐斑，好激起我的豪情壯志？」

言靜庵回復了她那不染一絲俗塵的雅淡神情，秀目閃動著前所未見的神采，柔聲道：「浪翻雲怎會是任從擺佈的人，更不需我言靜庵激勵鬥志。惜惜之死，將會把你推上龐斑所走的同一道路，有一天路盡之時，你們將在那一點上相遇，再也不感孤獨。」早晨的太陽升上了湖面，照得言靜庵絲質白衣銀芒爍閃，玉容輝映著聖潔的光彩，與這俗世再無半點關係。

回憶中的朝日忽化作了快沉下水面的夕陽。攔江島隱隱在望。靠近怒蛟島的一方船艦密布，另外還有無數輕型鬥艦來回梭巡著。浪翻雲長身而起，放下布帆，內力透足傳下去，小船立即翹起頭來，船尾處水花激濺，艇身像會飛翔的魚兒般，箭矢似的破浪往攔江島疾射而去。

滿月升離湖面，斜照攔江。百多艘船上滿載著來隔水觀戰的人，可是這孤島仍是依然故我，任得雲帶奇峰，霧鎖寒灘。正值水漲之時，巨浪沖上外圍的礁石，不住發出使人心顫神蕩的驚天巨響，不肯有一刻放緩下來。來自魔師宮的樓船巨艦，在另一方放下載著龐斑的小艇後，繞了過來，孤零零停到另一方去，只放出煙火，以示問好，再沒有任何動靜。眾人屏息靜氣，看著浪翻雲的小艇消沒在攔江島另一邊的煙雲怒濤裏，反鬆了一口氣。誰勝誰負？很快將可揭曉。

浪翻雲全速催船，忽而沖上浪頂，忽而落往波谷，在大自然妙手雕出來各種奇形怪狀的明暗礁石林間左穿右插。月色透霧而入，蒼茫的煙水裏怪影幢幢，恍若海市蜃樓的太虛幻境。氣勢磅礡的孤島矗立前方，不住擴大，似要迎頭壓下，教人呼吸難暢。險灘處怪石亂布，島身被風浪侵蝕得巉巖險峻，唯有峰頂怪樹盤生，使人感到這死氣沉沉的湖島仍有著一線生機。狂風捲進礁石的間隙裏，浪花四濺，尖厲的呼嘯猶如鬼哭神號，聞者驚心。浪翻雲心神卻是前所未有的寧和平靜，眼前驚心動魄的駭人情況，只像魔境幻象般沒有使他絲毫分神。他感到在這狂暴凶厄的背後，深藏著大自然難以言喻的層次和美態。劇裂摩擦的聲音在船底響起，一個巨浪把人和船毫不費力地送上了碎石滾動的險灘，浪翻雲一聲長嘯，凌空而起，落到被風化得似若人頭的一塊巨巖之頂。中秋的月光破霧灑下，剛好把他罩在金黃的色光裏。

龐斑雄偉如山的軀體現身在峰頂邊緣處，欣然道：「美景當前，月滿攔江，浪兄請移大駕，到此一聚如何？」

浪翻雲仰天長笑道：「如此月照當頭的時刻，能與魔師一決雌雄，足慰平生，龐兄請稍候片刻。」高踞峰頂的龐斑，看著浪翻雲幾個起落後，已衝至峰頂的上空，輕鬆瀟灑地落在五丈外一株老樹之巔。兩人眼神交接，天地立生變化。

范良極抬頭望著本是清澈澄明的夜空，愕然道：「老天爺是怎麼搞的？」

眾人紛紛仰首觀天。東邊一抹又厚又重的烏雲，挾著閃動的電光，正由湖沿處迅速移來，鋪天蓋地的氣勢，看得人心生寒意。明月這刻仍是君臨湖上，但她的光采能保持多久呢？

龐斑兩手負後，目光如電，嘴角帶著滿足的笑意，欣然看著傲立眼前，意態自若的浪翻雲，沒有說話。「鏘！」覆雨劍離鞘而出，先由懷中暴湧出一團光雨，接著雨點擴散，剎那間龐斑身前身後盡是光點，令人難以相信這只是由一把劍變化出來的視象。魔師龐斑被夜風拂動著的衣衫倏地靜止下來，右腳輕輕踏在地上，即發出有若悶雷的聲音，轟傳於島內縱橫交錯的洞穴裏，迴響不絕，威勢懾人。整個孤島似是搖晃了一下，把浪聲風聲，全蓋了過去。光點倏地散去。浪翻雲仍是意態優閒地卓立老樹之巔，覆雨劍早回鞘內，像是從來沒有出過手。

龐斑搖頭嘆道：「不愧是浪翻雲，不受心魔所感，否則龐某在氣機牽引下，全力出手，這場仗再不用打了。」

浪翻雲望著天際，眼神若能透出雲霧，對外界洞悉無遺，平靜地道：「人法地，地法天，天法道，道法自然。天人交感，四時變化，人心幻滅，這片雷雨來得正合其時。」

龐斑點頭道：「當年蒙師與傳鷹決戰長街，亦是雷雨交加，天人相應，這片烏雲來得絕非偶然。」

兩人均神舒意閒，不但有若從未曾出手試探虛實，更像至交好友，到此聚首談心，不帶絲毫敵意。就在此時，龐斑全身衣衫忽拂蕩飛揚，獵獵狂響，鎖峰的雲霧繞著他急轉起來，情景詭異至極。浪翻雲微微一笑，手往後收。由昨天黃昏乘船出發，他的心神就逐漸進入一種從未曾涉獵過的玄妙境界中。他的心靈徹底敞了開來，多年壓抑著的情緒毫無保留地湧上心田，沉浸在對惜惜和言靜庵那使人魂斷的追憶中，不放過任何一個片段，不肯錯過任何細節。她們的音容，在他心湖裏活了過來，與他共享這決戰前無與倫比的旅航。過去、現在、未來，融爲一體，那包含了所有愛和痛苦，以及一切人天事物。平時深藏著的創傷呈現了出來，各種令人顛倒迷失的情緒洪水般沖過心靈的大地。這種種強烈至不能約束和沒有止境的情緒，亦如洪水般沖刷洗淨了他的身心。

當攔江島出現眼前時，就在那一刹間，他與包圍著他的天地再無內外之分，你我之別。在那一刻，他像火鳳凰般由世情的烈燄重生過來。唯能極於情。故能極於劍。他終於達到了憧憬中劍道的極致，這種境界是永不會結束的，只要再跨進一步，他將可由天人合一的境界，更上一層樓，踏破天人之限。他在等待著。眼前雖是迷團般化不開的濃霧，但他卻一分不誤地知道龐斑每根毛髮的動靜。自兩眼交鎖那瞬間開始，他們的心靈已緊接在一起。只要他有半分心神失守，就是屍橫就地之局。在氣勢互引下，這悲慘的結果連龐斑都沒法改變過來。

天際的雷鳴，隱隱傳來，更增添兩人正面交鋒前那山雨欲來的緊張氣氛。龐斑卓立於捲飛狂旋的濃霧之中，不住催發魔功。換了對手不是浪翻雲，儘管高明如無想僧之輩，在他全力施爲的壓力和強勁的氣勢催逼下，也必須立即改守爲攻，以免他將魔功提至極限時，被絞成粉碎。以厲若海之能，亦要以堅攻堅，不讓龐斑有此機會。自魔功大成的六十年來，從未有人可像浪翻雲般與他正面對峙這麼久，更不要說任他提聚功力。整個天地的精氣不住由他的毛孔吸入體內，轉化作眞元之氣，他的精神不住強化凝聚，全力克制著對方的心神，覷隙而入。這種奪天地造化，攫取宇宙精華的玄妙功法，只有他成了道胎的魔體才可辦到。但這過程亦是凶險異常，人身始終有限，宇宙卻是無窮，若只聚不散，輕則走火入魔，重則當場粉身碎骨，就算龐斑也不能例外倖免。他需要的是一個宣洩的對象，一個勢均力敵的對抗，才可取得平衡。浪翻雲正是他苦盼了六十年的對手。

浪翻雲全身衣衫不動，但頭髮卻飛揚天上，雙目神光電射，他不能學龐斑般奪取天地精華，但他卻成了宇宙無分彼我的部分，天人融爲一體。無論龐斑的精神和攻擊的力量如何龐大可怕，但他的氣勢總是如影隨形，緊跟龐斑的氣勢不住增長著。就似一葉輕舟，無論波濤如何洶湧，總能在波浪上任意遨遊，安然無恙。「轟隆！」雷鳴由東面傳來，風雨正逐步逼近。「鏘錚！」浪翻雲名震天下的覆雨劍像有靈性般由鞘內彈了出來，不知如何的，來到浪翻雲修長的指掌內。翻捲著的風雲倏地靜止，有如忽然凝固了。龐斑似若由地底冒上來般，現身在浪翻雲身前丈許處，一拳擊來。

這時數百艘觀戰船上以千計的各路武林高手，正全神貫注、目瞪口呆地看著攔江島峰頂處像怒龍般旋飛狂舞的雲煙，不能相信那是人爲的力量。天上圓月高臨峰頂之上，金黃的色光，罩灑在急轉著的雲霧上，把它化成了一團盤舞著的金黃光雲，儼若一個離奇荒誕的神跡。轟雷震耳時，眾人才驚覺半邊天地正陷在疾雷驟雨的狂暴肆虐裏。同時發現一葉輕舟從雲海蒼茫處疾箭般射來，要與雲雨比賽飛移的速度。

沒有任何言語可形容龐斑那一拳的威力和速度。毫無花巧的一拳，偏顯盡了天地微妙的變化，貫通了道境魔界的秘密。浪翻雲似醒還醉的眼倏地睜亮，爆出無可形擬的精芒，覆雨劍化作一道長虹，先沖天而起，忽然速度激增，有若脫弦之箭，遊龍破浪般幾下起伏急竄，電射在龐斑的拳頭上。拳劍相交，卻沒有絲毫聲音。廣布峰頂的雲煙，倏地聚攏到拳劍交接的那一點上，接著漫天煙雲以電光石火的驚人速度消逸得無跡無形！就像那裏剛被破開了一個通往另一空間的洞穴。整個峰頂全暴露在明月金黃的色光下，一片澄明清澈。隔水觀戰的人，都可清楚看到兩人拳劍交擊那一瞬間令人畢生難忘的詭異情景。

狂風暴捲。「啪喇！」一道電光金矛般穿雲刺下，在兩人頭上裂成無數根狀的閃光，歷久猶存。明月失色，烏雲蓋頂。滂沱大雨漫天打下，又把這對備受天下人景仰的頂尖高手沒入茫茫的風雨雷電中。龐斑神目如電，與浪翻雲凌厲的目光劍鋒相對地交擊著。這威震天下的魔師進入前所未有的超凡入聖境界裏，把天地宇宙的能量以己體作媒介，長江大河般源源不絕透過覆雨劍送入浪翻雲的經脈裏。只要浪翻雲一下支持不住，那非凡體可抗禦澎湃驚人的力量將可把他炸成粉末，不留丁點痕跡。海納百川，有容乃大。沒有人可擋得住這驚天地泣鬼神的攻擊。即使浪翻雲也沒有能力辦到。

但浪翻雲卻變成了一個無邊無際的大海，經脈千川百河般把來自龐斑這深不可測的源頭和力量，狂吸猛納，舒引運轉。龐斑冷酷的容顏忽地飄出一絲無比眞誠的笑意。浪翻雲雙目亦逸出歡暢的神色。驀地兩人同時仰天大笑起來，連震天價響的雷電風雨聲都掩蓋不了。龐斑的拳頭虛虛蕩蕩，所有力量忽然無影無蹤。同一時間浪翻雲吸納了他的所有眞元造化，閃電般狂打回去，刹那間全送回龐斑體內。雨箭射來，都給勁氣逼得濺飛橫瀉開去。兩人衣衫，沒有半滴雨漬。

觀戰的人卻是衣衫盡濕，不過亦無暇理會。快艇這時來到了舟船雲集的最外圍處。一位身穿雪白布衣，身段無限優美的女子，俏立船頭處，斜撐遊子傘，掩蓋了人人渴想一見的芳容。艇尾處任憑風吹雨打的撐船者是位中年尼姑，雙槳揮動如飛，入水出水，不見半點浪花，如鳥拍翅膀，載著船頭女子，朝著攔江島駛去。韓柏失聲道：「是靳齋主。」撐艇者正是問天尼。

霹靂一聲。龐斑在虛空裏消失不見。刹那後重現在剛才卓立的崖緣處，整個人被耀目的金芒籠罩著，接著把金芒吸入體內，再回復原形，就像由天上回到了人間，由神仙變回了凡人。兩大高手目光緊鎖不放，接著同時相視大笑，歡欣若狂，就像兩個得到了畢生渴望著罕貴玩物的小孩童。

龐斑笑得跪了下來，指著浪翻雲道：「你明白了嗎？」

浪翻雲也笑得前仰後合，須得以劍支地，才沒跌倒地上，狂點著頭笑道：「就是這樣子。」

橫豎大雨擋格了眾人投往攔江島上的視線，大部分人都移目到那載著武林聖地之主的斬冰雲身上。正當人人以爲小艇會筆直駛往攔江島時，小艇緩緩停下，橫亙在舟船蟻集處和孤島之間。

龐斑辛苦地收止了笑聲，搖頭嘆道：「龐某人迫不及待了。」浪翻雲的覆雨劍拋上了半空，心靈進入止水不波的道境裏。同一時間，龐斑的面容變得無比地冷酷，由跪姿改作立勢，再緩緩升起，完全違返了自然的常規。在兩人相距的方圓十丈處，乾乾爽爽的，沒有一滴雨水的遺痕。覆雨劍化作一團反映著天上電光的銀白芒點，流星追月般畫過虛空，循一道包涵了天地至理的弧線，往龐斑投去。龐斑以他那違返了常理的身勢，躍起崖緣，拳頭猛擊而出，轟在由銀點組成閃爍不休的光球上。光球爆炸開來，變成潮水驟捲般的劍雨，一浪接一浪往龐斑沖擊狂湧。龐斑一聲長嘯，沖天斜飛仰後，來到了崖外的虛空處，一個翻騰，雙足離下方險灘惡礁，足有百丈的距離，就算他有金剛不壞之體，亦要跌得粉身碎骨。劍雨斂去，現出浪翻雲淵渟嶽峙的雄偉虎軀，忽如飛鷹急掠，疾撲崖外，覆雨劍再現出漫天螢火般躍閃的芒點，往龐斑攻去，全不理會置身處是可令人斷魂飲恨的可怕高空。兩人虎躍龍遊，乍合倏分，拳劍在空中刹那間交換了百多擊，卻沒有人下墜半分。

無論覆雨劍如何變化，龐斑的拳頭總能轟擊在劍尖上；同樣的無論拳頭怎樣急緩難分，覆雨劍亦可及時阻截。天地的精華，源源不絕地透過龐斑由魔種轉化過來的道體，循環不休地在拳劍交擊中在兩人經脈間運轉著，達到了絕對的平衡，把他們固定在虛空處。只要其中一人失手，擋不住對方的拳或劍，被擊中者，當然立時全身破碎而亡，勝利者亦要墜下崖去，慘死在礁灘處。兩人愈打愈慢，似是時間忽然懶惰倦勤了起來。天空則轟鳴之聲不絕，電打雷擊，明滅不休，威勢駭人至極。到慢得無可再慢時，兩人同時傾盡全力，施出渾身解數，攻出最後的一拳一劍。覆雨劍先斜射開去，才彎了回來，橫斬龐斑的右腰。龐斑的拳頭由懷內破空衝出，直取浪翻雲的咽喉。剎那間，他們都明白到，若依這形勢發展下去，只有同歸於盡的結局。兩人眼光交觸，同時會心而笑。心神融合無間，比任何知己更要投機相得。

「鏘！」覆雨劍回到鞘內。龐斑拳化爲掌，與浪翻雲緩緩伸來的手緊握在一起。手心相觸時，他們同時感到了鷹緣的存在。感覺到他整個精神、智慧、經驗，不受時空阻隔。千百道電光激打而下，刺在兩人緊握著代表勘破了生死的一對手掌處。爆起了遠近可見，震破了虛空，強烈至使人睜不開眼來的龐大電光火團。

當大片雲雨雷電移聚至攔江島上空，使滿月無蹤，天地失色時，東方天際卻因烏雲的移駕露出了明月高懸、金光燦爛的夜空湖水，月光還不住往攔江島這方向擴展過來。在這中秋佳節，於這天下人人翹首等待決戰結局的水域，光明與黑暗，和平與狂暴，正展開它們的鬥爭和追逐。東方那邊的湖水在月照下閃爍生輝，這邊的湖水卻仍因風吹雨打而波洶浪急，情景詭異無倫。

眾人正呆看著在攔江島上空那令人目眩神顫、動魄驚心的光芒時，一葉扁舟悠悠地從漫漫雷雨中自攔江島處駛出來。難道勝負已分？舟上隱約可見一個雄偉的身形，正負手卓立船首處，雨箭來至其方圓丈許處，紛紛橫濺開去，似有把無形的巨傘，在艇上張了開來。來舟速度雖看來極慢，偏是轉瞬間便進入了數萬名觀戰者眼睛可辨的視野內。來者正是龐斑。期望著浪翻雲勝出的人無不手足冰冷，一顆心直往下沉。

龐斑面容一片寧洽，魔幻般的眼神凝定在嬌柔得令人生憐，持傘盈立在另一小舟上的靳冰雲處。兩艇的距離不住縮短。在場諸人無不被那種奇異的氣氛震懾著，只懂呆瞪著眼。靳冰雲衣袂迎風飄揚，似欲乘風而去，靜候著龐斑逐漸接近的小舟。小艇緩緩靠近，到艇緣相接，成雙成對時，這威震天下六十年的魔師，謙虛誠摯地在靳冰雲旁單膝跪下，仰起頭來，無限情深地看著傘下靳冰雲那平靜清美的絕世姿容。兩人目光糾纏久久，臉上同時泛起動人心魂的笑意。

在眾人屏息靜氣的全神貫注中，龐斑伸手懷內，取出他在過去一年內形影不離的那對繡了雙蝶紋的布鞋。靳冰雲柔順地提起右足，秀眸射出海樣柔情，深注進龐斑奇異的眼神裏。龐斑嘴角逸出一絲純眞有若孩童的笑意，一手溫柔仔細地輕輕握著她纖白晶瑩的赤足，先俯頭吻了一下，才小心翼翼爲她穿上鞋子。風雨雖是那麼不肯妥協，湖水仍是波蕩不平，可是兩葉輕舟，總是平穩安逸，一點不受惡劣的環境所影響。所有眼光全集中到兩人身上，沒有人發出任何聲音，只有急浪打上船身和風雨的呼嘯聲。爲靳冰雲撐艇的問天尼目泛奇光，凝注在龐斑臉上。龐斑似是完全不知有外人在場，心神放在這爲他受盡磨折的美女身上，再吻了她另一隻纖足後，又體貼溫柔地替她穿上了另一隻蝶紋布鞋。這對男女目光再觸，同時有感於中，交換了一個動人無比的笑容。直至此刻，兩人仍沒有說過一句話。此時無聲勝有聲。靳冰雲穿妥了布鞋的秀足踏回艇上時，她緩緩把玉手遞向龐斑，按在他寬肩上。龐斑長身而起，伸手袖內，再抽出來時，手上已多了一封信。兩艇驟然分開。

龐斑的小艇理應往方夜羽等待他凱旋歸來的巨舟駛去，可是他取的方向，卻是沒有任何舟艇，只有茫茫風雨的無際湖面處。眾人均心叫完了。勝利的終是龐斑，連唯一的對手浪翻雲也輸掉了，以後天下再無可與抗衡的人。這個念頭尚在腦海裏轉動著時，一團電芒在龐斑立身處爆射開來。天地煞白一片。

眾人猝不及防下，都抵受不了刺眼的強光，一時睜目如盲。強光倏斂，可是暴烈的殘餘，仍使人甚麼都看不清楚。眼前景象逐漸清晰。在眾人心顫神蕩，目瞪口呆中，龐斑消失得無影無蹤，空餘一艘孤舟在湖水上飄浮著。驀地眼前再亮，烏雲的邊緣橫移到中天處，現出陰晴之間的交界線。月色照下。這邊的天地充盈著金黃的色光。難道大勝而回的龐斑竟給閃電轟雷劈下了艇。但眼銳者如韓柏、范良極、凌戰天之輩，卻清楚知道電光並非來自天上，而是發自龐斑的身上。溫柔的月色下，小艇沒有半點被電打雷劈的焦灼痕跡。眾人心中都升起怪異無倫的感覺。

載著靳冰雲的小艇早迅速去遠，剩下了一個小黑點，沒進蒼茫美麗的湖光深處。眾人百思不得其解下，不約而同朝攔江島望去。隨著蓋天烏雲的飄走，月光飛快地往攔江島照射過去。聳出水面的礁石逐一呈現在視線下。倏忽間，傲立湖中的孤島遙遙展現在全場觀者的眼前。月滿攔江下，終年鎖島的雲霧奇跡地去得一分不餘。這長年受狂風颳蝕，雨水沖刷，懸岩陡峭，石色赭赤的孤島，在回復澄碧清明，反映著月夜的湖水裏，像一位給揭掉了蔽面輕紗的美女，既含羞又驕傲地任君評頭品足。當眾人眼光移往峰頂時，在明月當頭的美景中，一幅令他們終生休想有片刻能忘掉的圖象展呈在壯闊的視野中。浪翻雲背負著名震天下的覆雨劍，傲立在峰頂一塊虛懸而出的巨岩盡端處，正閒逸地仰首凝視著天上的明月。又是惜惜的忌辰了。當時明月在。曾照彩雲歸。那是他們最後一眼看到浪翻雲。

《覆雨翻雲》全書完

武俠小說當代盟主
黃易 真正代表作
大唐雙龍傳
■黃易全新修訂、華文閱讀終極版
■黃易傾倒俠友、五百萬字野心鉅作
■香港動漫奇才Michael Lau、李澤寧精繪全彩大唐雙龍傳人物
全套20冊
典藏上市！
◎ 大唐雙龍傳【全套20冊】定價5000元，時報悅讀網獨家優惠特價3600元
◎ 尋秦記【全套7冊】定價1960元，時報悅讀網獨家優惠特價1390元
詳情請上網查詢→www.readingtimes.com.tw
典藏黃易
時報出版

新人間叢書139

覆雨翻雲修訂版〈卷十二〉

作者—黃易
主編—葉美瑤
編輯—邱淑鈴
校對—黃易、余淑宜、陳錦生
企畫—陳靜宜
董事長
發行人—孫思照
總經理—莫昭平
總編輯—陳蕙慧
出版者—時報文化出版企業股份有限公司
10803台北市和平西路三段二四〇號三樓
發行專線—（〇二）二三〇六—六八四二
讀者服務專線—〇八〇〇—二三一—七〇五・（〇二）二三〇四—七一〇三
讀者服務傳真—（〇二）二三〇四—六八五八
郵撥—一九三四四七二四時報文化出版公司
信箱—台北郵政七九～九九信箱
時報悅讀網—http://www.readingtimes.com.tw
電子郵件信箱—liter@readingtimes.com.tw
法律顧問—理律法律事務所　陳長文律師、李念祖律師
印刷—盈昌印刷有限公司
初版一刷—二〇〇四年十二月二十日
初版三刷—二〇一三年一月二十五日
定價—新台幣二四〇元
⊙行政院新聞局局版北市業字第八〇號

ISBN 957-13-4198-3
Printed in Taiwan

國家圖書館出版品預行編目資料

覆雨翻雲修訂版／黃易著. --初版. --臺北
市：時報文化, 2004〔民93-〕
冊； 公分. --（新人間；128-139）

ISBN 957-13-4186-X（一套：平裝）

ISBN 957-13-4187-8（第1冊：平裝）ISBN 957-13-4188-6
（第2冊：平裝）ISBN 957-13-4189-4（第3冊：平裝）
ISBN 957-13-4190-8（第4冊：平裝）ISBN 957-13-4191-6
（第5冊：平裝）ISBN 957-13-4192-4（第6冊：平裝）
ISBN 957-13-4193-2（第7冊：平裝）ISBN 957-13-4194-0
（第8冊：平裝）ISBN 957-13-4195-9（第9冊：平裝）
ISBN 957-13-4196-7（第10冊：平裝）ISBN 957-13-4197-
5（第11冊：平裝）ISBN 957-13-4198-3（第12冊：平裝）

857.9 93016670

編號：AK0139	書名：覆雨翻雲 卷十二
姓名：	性別：________ 1.男 2.女
出生日期： 年 月 日	e-mail：

________ 學歷：1.小學 2.國中 3.高中 4.大專 5.研究所（含以上）

________ 職業：1.學生 2.公務（含軍警） 3.家管 4.服務 5.金融
6.製造 7.資訊 8.大眾傳播 9.自由業 10.農漁牧
11.退休 12.其他

地址：________ 縣（市）________ 鄉鎮區 ________ 村________ 里

________ 鄰 ________ 路（街）______ 段 _____ 巷_____ 弄_____ 號_____ 樓

郵遞區號 ________________

（下列資料請以數字填在每題前之空格處）

________ **您從哪裡得知本書／**
1.書店 2.報紙廣告 3.報紙專欄 4.雜誌廣告 5.親友介紹
6.DM廣告傳單 7.其他_______

________ **您希望我們爲您出版哪一類的作品／**
1.長篇小說 2.中、短篇小說 3.詩 4.戲劇 5.其他 _______

您對本書的意見／
________ 內　　容／1.滿意 2.尚可 3.應改進
________ 編　　輯／1.滿意 2.尚可 3.應改進
________ 封面設計／1.滿意 2.尚可 3.應改進
________ 校　　對／1.滿意 2.尚可 3.應改進
________ 翻　　譯／1.滿意 2.尚可 3.應改進
________ 定　　價／1.偏低 2.適中 3.偏高

您的建議／

____

____

____

請沿虛線摺下裝訂，謝謝！

廣　告　回　信
台北郵局登記證
台北廣字第2218號

時報出版
CHINA TIMES PUBLISHING COMPANY
尊重智慧與創意的文化事業

地址：10803台北市和平西路三段240號3樓
讀者服務專線：0800-231-705・(02)2304-7103
讀者服務傳真：(02)2304-6858
郵撥：19344724 時報文化出版公司

請寄回這張服務卡（免貼郵票），您可以——
●隨時收到最新消息。
●參加專為您設計的各項回饋優惠活動。

新感覺・新人間・文學的新版圖

新人間

寄回本卡，掌握新人間系列的最新訊息